詩와 공화국

詩와 고흐와 국

변홍철 산문집

한티재

내 고장 七月은
청포도가 익어가는 시절

이 마을 전설이 주절이주절이 열리고
먼데 하늘이 꿈 꾸며 알알이 들어와 박혀

하늘 밑 푸른 바다가 가슴을 열고
흰 돛 단 배가 곱게 밀려서 오면

내가 바라는 손님은 고달픈 몸으로
靑袍를 입고 찾아 온다고 했으니

내 그를 맞아 이 포도를 따 먹으면
두 손은 함뿍 적셔도 좋으련

아이야 우리 식탁엔 은쟁반에
하이얀 모시 수건을 마련해두렴

― 이육사, 「靑葡萄」 전문

인간이 공화국 안에서 산다는 것은 어떤 특정한 형태의 정부하에서
산다는 것이 아니라 어떤 특정한 형태의 삶을 살아야 한다는 것을
의미한다는 것이다. 그 삶이 바로 시민적 삶이다. 이때 시민이란
바로 아리스토텔레스가 말하는 폴리스적 동물로서 인간의 목적을
실현하는 인간이다. 공적인 일에 참여하여 공익을 실현함으로써
자기를 실현하는 삶이 인간다운 삶이라는 뜻이다. 그것은 공화국이
특정인의 것 혹은 특정 집단의 것이 아니라 공공의 것이라는 사실을
부단히 확인하는 삶이다.

— 조승래, 「공화국과 공화주의」(『역사학보』제198집) 중에서

두 가지 고백

하나

글을 쓴다는 뚜렷한 자의식도 없이, 체계적인 사상이나 짜임새 있는 공부도 없이, 이런저런 지면의 요청이 있을 때마다 무작정 글을 써왔다. 그러니 이 졸편들 사이에 무슨 일관성 같은 것이 있을 리 없다. 보고하고, 전파하고, 호소하기 위한 '필요'가 늘 앞선, 그래서 거칠기 짝이 없는 글들이다.

이런 볼품 없는 조각글들을 묶어 책으로 내는 일은 아무리 그럴 듯한 명분을 내세우더라도 분명 염치없는 일이다. 그럼에도 이런 낯 뜨거운 일을 저지르는 것은 "도대체 내가 그동안 무슨 생각으로, 무슨 일들을 저지르며 살아왔던가" 하는 질문을 스스로 한번쯤은 해 보아야 하겠다는, 순전한 이기심의 발로임을 고백하지 않을 수 없다.

부연하자면 공부든, 투쟁이든, 삶이든, 이렇게 막무가내로 혼란 스럽기만 해서야 되겠는가, 이제 이때쯤 되면 차마 부끄럽더라도 돌아볼 것은 돌아보고, 뼈아픈 반성이 필요하다면 그것을 회피하지 말아야겠다는 생각에, 용기라기보다는 무모함에 자신을 맡겨보기로 했다. 이런 무모함이 더 많은 부끄러움과 혼란을 불러올 것이라는 것을 모르지는 않으나⋯⋯.

그런 질문과 반성을 위해 굳이 출판물의 형식까지 취할 필요가 있겠느냐는 회의도 없지는 않았으나, 그 질문에 대한 답이나 반성의 실마리를 나 혼자서 찾기는 어렵다, 그동안 내가 무슨 생각으로 무슨 일들에 관여했든, 내가 잠시 머물거나 걸어왔던 길 어느 한구석도 온전한 내 '사유지'는 없다는 핑계로, 불필요한 종이의 낭비를 다소 합리화해 본다.

둘

'詩'와 '공화국'이라는 거룩하고 눈물겨운 낱말을 함부로 이어서, 두서도 없는 이 산문집의 제목으로 갖다 붙이는 것에 대해 머리 숙여 양해를 구한다. 누구에게? 정직한 노동으로 하루하루 이 땅의 위대한 '詩'를 써 나가는 모든 형제자매들께, 그리고 언젠가 우리 모두가 '내 나라'라고 부르게 될 아름다운 '공화국'을 향해 지금도 보이지 않는 곳에서 투쟁하는 모든 동지들께.

삼평리 은사시나무 위로 돋는 별처럼, 이 졸편 더미 속에 행여 빛나는 조각이 눈에 띈다면, 그것의 주인은 그들이라고 미리 고백해 둔다. 그럴 일이 있을지는 모르겠지만.

지금까지 한 번도 충실한 공부라고는 해 보지 못했으나, 언제나 배움을 동경하도록 자극해 주시는 모든 스승과 선배들께, 이 자리를 빌려 깊이 감사드린다.

2015년 2월

변홍철

2

3

1

독도는 괭이갈매기와 바다제비의 것이다

시마네 현의 '다케시마의 날' 조례제정을 둘러싸고, 또 한번 '반일 열풍'이 불고 있다. 여야를 막론하고 모처럼 하나의 목소리로, 이 사태를 '도발' 또는 '침략'으로 규정하고 일본 정부와 우익을 규탄하고 있다. 이러한 일본의 움직임이 군국주의화, 팽창주의화의 흐름에서 나온 것이라는 우리 사회 전반의 우려와 경계의 목소리는 물론 정당하다. 특히나 교과서를 통한 과거사 왜곡 문제 등과 겹쳐, 한국인들에게 이러한 상황이 각별한 위기감으로 다가오는 것 또한 근거 없는 것은 아니다.

그러나 '독도 문제'를 두고, 우리 사회가 갑자기 진보와 보수, 여와 야도 없이 획일화된 목소리로 '반일'을 외치는 상황을 결코 건강한 사회 반응이라고 보기는 어렵다. 예컨대, 지난 3월 16일 민주노동당 '지도부'가 시마네 현의 '다케시마의 날 조례제정'과 관련해 발표한 성명서는 평소 민주노동당에 애정을 갖고 있던 한 시민으로서, 적지 않은 실망감을 주었다. 다른 것은 두고라도, 녹도 문제와 관련해 정부에 '강력한 조치'를 촉구하면서, '독도 국군주둔', '독도 개발' 따위를 주문한 것을 보고는, 안타까운 생각마저 들었다.

그 작고 여린 돌섬 위 어디에 '군대'를 주둔시키고 그 섬의 어느 부분을 '개발'하라는 것인가. 우리의 섬과 해안에 아직도 군사용 철조망이 부족한가. 독도를 우리의 '소유'로 못박기 위해, 노무현 정부가 '경기부양'을 위한 만병통치약처럼 밀어붙이고 있는 골프장 광풍을 통해 한복판까지 불어넣어 해상 골프연습장이라도 세우라는 것인가. 설마 민주노동당의 성명서가 그런 저열한 발상에서 비롯된 것은 아니리라 믿지만, 한편으로 이것은 어쩌면 우리 사회 전반의 자연환경, 소위 '국토'를 대하는 태도와 인식의 반영이 아닌가 하는 생각에 착잡해진다.

이럴 때일수록 우리에게는 좀더 근원적이고 비판적인 상상력이 필요하다. 차라리 우리는 일본의 시민사회를 향하여 이렇게 말하는 것이 옳을지도 모른다.

"독도는 원래 괭이갈매기와 바다제비, 수많은 물고기와 파도의 것입니다. 우리 한국의 풀뿌리 민중들은 그러한 자연의 섬인 독도를 인간의 탐욕과 국가주의 논리로 '소유'(영유)하는 것이 온당하지 않으며, 오히려 자본과 국가의 개발·팽창 논리로부터 이 아름다운 섬과 바다를 지키는 것이 더욱 중요하다고 생각해왔습니다.

그런데 이 섬을 당신네 지도자들과 우익 세력이 굳이 이제 와서 차지하겠다는 것은 무엇을 의미합니까? 굳이 이런 식으로 평범한 민중의 삶 속에 긴장의 날을 세우려 하는 여러분의 지도자들은 무엇을 획책하려는 것일까요? 여기에서 당신네 일본 정부가 과거, 우리 한국의 민중들에게 어떠한 고통을 끼쳤는지 새삼 길게 언급하지는 않겠습니다. 다만, 우리 한국 민중은 이번 독도에 관한 당신들 지도자들의 움직임이, 과거에 그랬듯이 또다시 동북아시아와 세계에 '제국주의적인 힘'으로써 팽창해 나가겠다는 터무니없고 부도덕한 야심과 관련이 있는 것은 아닌지 깊이 우려하고 있습니다. 아마 이러한 우려는 여러분, 일본 민중들에게도 다르지 않을 것입니다. 언제나 그랬듯이 팽창과 정복, 전쟁에의 유혹은 어느 나라든 민중의 피를 빨아먹는 지배세력과 권력엘리트들의 것이지, 하루하루를 노동하여 정직하게 먹고사는 풀뿌리 민중의 이해와는 아무런 인연이 없다는 것을 일본의 형제 여러분도 너무나 잘 아실 것이라고 믿고 있습니다.

우리는 원래 자연은 인간이 '소유'하거나 함부로 훼손할 수 있는 것이 아니라, 잘 보존하여 후손들에게 물려주는 것이 옳다고 조상들로부터 배워왔습니다. 아마 여러분도 그랬으리라 믿습니다.

그러니 형제 여러분! 평화를 사랑하고 자연을 소중히 여기는 양국 풀뿌리의 오랜 지혜와 전통에 따라, 독도가 독도로서, 자연이 자연으로서 아름답게 보존되고 유지될 수 있도록 하십시다. 자연을, 독도를, 국가주의와 군국주의라는 더러운 명분으로 함께 짓밟는 어리석음에 동참하지 맙시다. 독도는 독도이기도 하고, 당신들에게는 '다케시마'이기도 합니다. 그러나 그것은 우리 인간이 붙인 이

름일 뿐, 독도는 원래 괭이갈매기와 바다제비, 수많은 물고기와 파
도의 것이 아닙니까."

'국가'가 긴장을 부추길수록, 우리는 국경을 넘어 풀뿌리의 연대
를 돈독히 해야 한다. 나아가 모든 자연환경은 '국가'의 소유물이
기 이전에, 생명공동체의 복잡한 그물망을 이루고 있는 형제라는
존경심을 잃어버려서도 안 된다.

(2005. 3)

자포자기할 수 있는 권리는 없다

사소한 일

한 해를 돌아보는 자리에 서서, 묘하게도 기억에 또렷한 한 가지 일이 있다.

아마도 지난 8월, 4대강 토건사업의 문제점을 다룬 MBC의 〈PD수첩〉 "4대강 수심 6미터의 비밀" 편이 방영되지 못한 일로 많은 사람들이 분노하고 있던 어느 날 저녁이었을 것이다. 퇴근할 무렵이었으니 시각은 거의 8시가 넘었을 때였는데, 수성경찰서 앞 인도에 내 또래로 보이는 한 남자가 조금 쭈뼛거리며 혼자 서 있었다. 이미 날은 어두워졌고, 그날따라 날씨가 몹시 더워서 그랬는지 행인들도 별로 없었는데, 이 남자는 양손에 두꺼운 종이를 한 장씩 들고 서 있었다. 설마 하고 가까이 다가가 보았더니, 아니나 다를까, 그는 지금 일인시위를 하고 있는 것이었다! 마분지에 매직펜으로 휘갈겨 쓴 피켓의 내용 중 하나는 아마도 "PD수첩 불방, 이것이 민주주의입니까?" 정도였던 것 같다.

이미 〈PD수첩〉 불방 이후 이에 분노한 많은 시민들이 '아고라' 등 인터넷을 통해 다양한 비판의 목소리를 내고 있었고, 여의도 문화방송 앞에서는 시민들이 촛불집회까지 열고 있을 무렵이었으니, 한 시민이 그런 주제로 일인시위를 하는 것이 사실은 이상할 것도 없었다. 그러나 그럼에도 나는 적이 의아함을 느끼지 않을 수 없었다.

아마도 그 첫 번째 까닭은 그 남자가 내가 보기에, 시쳇말로 전혀 '선수'(진보정당이나 시민단체의 활동가나 회원)로 보이지 않았기 때문이었을지도 모르겠다. 손으로 거칠게 휘갈겨 써서 만든 피켓의 모양새나 거기에 적힌 문구, 그리고 그의 표정과 행동거지 등이 한눈에도 '활동가'는커녕, 평소 집회나 시위에 참가해 본 경험이 많은 사람은 아니었다. 그리고 만약 그런 '선수'라면 그 시각에 그런 장소에서 일인시위를 하는 것이 그다지 큰 '효과'가 없는 일이라는 것쯤은 잘 알고 있을 것이 아닌가. 아니 좀더 솔직히 말하면, 대구에서 이런 일로 저녁시간에 일인시위를 할 만한 내 또래의 '선수'라면 내가 그의 이름까지는 몰라도 얼굴조차 낯설 수야 있겠는가, 하는 시건방진 생각이 불쑥 고개를 들었던 것이다.

어쨌건 모른 체하고 지나칠 수가 없어서, 피켓의 내용에 대해 나도 동감하고 지지한다고 인사를 하고 나서, 실례를 무릅쓰고 혹시 무슨 일을 하는 분인지 물어 보았다. "이 근처에 사는 회사원인데 퇴근하고 집에 들어가는 길에, 하도 화가 나서 한잔 하고 이렇게 나왔다"는 것이었다. 많이는 아니지만, 과연 약간의 취기는 있는 것 같았다. 하지만 무슨 객기를 부리는 표정이나 말투는 전혀 아니고, 사뭇 진지하였다. 어쩌면 너무도 쑥스러워서 한두 잔 술의 힘을 빌려 이렇게 혼자 서 있는 것일지도 모른다는 생각마저 들었다. 몇 마디 대화를 나누면서, 내가 짐작한 대로 그 남자는 지극히 '소박한 분노'를 표현하지 않을 수 없어서 나온 그야말로 '평범한' 시민이라는 것을 확인할 수 있었다.

그때 내가 받은 느낌은 좀 복잡한 것이었지만, 가장 큰 느낌은 '부끄러움'이었다. 그때까지 나는 새로 시작한 일이 너무도 바쁘다는 이유로, 시내 중심가에서 잇따라 열리고 있던 4대강 토건사업 반대 촛불집회나 그밖의 여러 항의행동과 집회에 거의 참가하지 못하고 있었다. 겨우 한두 번, 친구들의 권유에 못 이겨 강정보 공사 현장 같은 데 따라가서 구경하다시피 둘러보고 돌아온 것이 전부였다. 내 처지가 그렇다면, 이 남자처럼 퇴근 후, 내 나름의 방법으로 의사를 표현하기 위한 노력을 해 볼 수는 없었을까, 하는 생각에 우선 부끄러운 마음이 들었을 것이다.

그런데 시간이 지나고 나서 생각해 보니 내가 느낀 부끄러움의 뿌리는 더욱 깊은 것이었다. 고백하자면, 그 무렵 내 마음 깊은 곳에는 예전의 내가(적어도 2008년 '촛불정국'까지는) 그토록 경멸해 마지않던 것들—변화를 위한 노력에 대한 냉소, 현실에 대한 무감각, 도무지 바뀔 것 같지 않은 현실 앞에서의 자포자기, 정신의 나태함—이 이미 견고하게 또아리를 틀고 있었다고 해야 할 것이다.

정신의 타락

리 호이나키는 『正義의 길로 비틀거리며 가다』에 실린 에세이 「또 하나의 전쟁」에서, 미국의 아나키스트인 애먼 헤나시의 비범한 삶을 소개하고 있다. 많은 일화들 가운데 이런 대목이 있다.

피켓시위를 하고 있는 동안 그(애먼 헤나시)는, 그렇게 해서 세상을 바꿀 수 있다고 확신하는지 질문을 받곤 했다. "아뇨, 하지만 세상이 나를 바꿀 수 없다는 것은 확신합니다"라는 게 그의 대답이었다.

이 문장은 내가 적어도 2008년 말까지, 말이나 글로 자주 인용하곤 하던 대목이다. 그러면서 나는 그 무렵까지 내가 열렬히 참가했던, 심지어 내가 나서서 조직하기도 했던 여러 항의행동들에 정당성과 '유머'를 부여하려고 애썼다. 그런데 그 여름 저녁, 수성경찰서 앞에서 외롭게 일인시위를 하고 있는 그 남자에게 나는 고작 "그렇게 해서 세상을 바꿀 수 있다고 확신하는지" 묻고 있는 꼴이었다.

현대 아나키즘의 역사에 그(애먼 헤나시)가 끼친 공헌의 하나는 그가 '한 사람의 혁명'one-man revolution이라고 부른 개념과 그 실천 속에 담겨 있다. 나는, 만약 내게 용기가 있다면, 사람이 마땅히 그래야 한다고 내가 생각하는 대로 오늘 당장 살기 시작할 수 있다. 나는 사회가 바뀔 때까지 기다릴 필요가 없다. 세계를 변화시키는 방법은 자기 자신의 변화를 위한 시도이다. 이것이 '한 사람의 혁명'이다. 그는 그밖에 다른 방법은 없다고 믿었다.

　말하자면, 그날 만난 남자는 자기 나름으로 '한 사람의 혁명'을 시작하고 있었던 셈이다. 비록 약간의 술의 힘을 빌려 나온 소박하기 짝이 없는 개인적 행동이라고 하더라도, 그 의미가 폄훼될 수는 없다.

　반면에, 개인적인 상황과 '정세'가 두루 '잘나가던 시절'에는 한동안 '한 사람의 혁명' 같은 고상한 말을 입에 달고 운동가연하면서 어설픈 '선동'마저 일삼던 다른 남자는, 시간(불과 2년도 안 되는 시간)이 흐른 뒤 이제 와서 개인적인 형편의 어려움과 '차가운 시대 분위기'를 탓하며 어느새 마음속에 냉소와 무감각, 자포자기, 나태함 따위의 '치명적인 병'을 키우고 있었던 것이다. 어쩌면 이 질병의 숙주가 되어버린 남자는, 올해 들어 친구들 덕분에 함께 시작한 사업에 대한 주변의 격려와 과분한 관심에 조금은 우쭐해져서, "지금은 거리에 나서 피켓을 들거나 소리를 지르기보다는 좀더 장기적인 관점을 가지고 안정적인 '진지'를 구축해야 할 때다"라는 제법 그럴듯한 논리로 자신의 냉담과 기회주의를 합리화하고 있었던 것인지도 모른다. 그러면서, "저 사람, 내가 모르는 사람인 걸 보니 '선수'는 아닌 모양이군" 하는 식의 오만방자한 생각을 잠시라도 했다는 것도, 나중에 돌이켜 보니 부끄럽기 짝이 없는 일이었다. 이것은 길게 말할 것도 없이 '정신의 타락'의 징후에 다름 아니다.

　그 뒤로 그 남자를 다시 만나지는 못했다. 잇따라 같은 시각 그

장소에 나가 보지 못했기 때문에, 단 하루로 끝난 일인시위인지 며칠이라도 더 이어졌는지 알지 못한다. 그런데도 한 해를 돌아보는 이 시점에서, 그 '사소한 일'은 내 기억에 이상하게도 또렷하게 남아있다.

설령 그 빛이 반딧불만 하다 할지라도

돌이켜 보면, 17년 동안 대구에서 발행되던 『녹색평론』이 2008년 말 서울로 옮겨가면서, 그 잡지에서 10년 넘게 일하던 나는 자의 반 타의 반으로 '실직자'가 되었고, 2009년 한 해는 가족과 함께 오랫동안 별러 왔던 귀농 '실험'으로 경북 의성의 시골 마을에서 얼치기 농사를 지으며 지냈다. 그러다가 시골생활을 힘들어 하는 아내도 마음에 걸리고, 무엇보다 현실적인 준비가 너무도 부족하다는 것을 뼈아프게 확인하고 나서 돌아와, 올해 초부터 다시 시작한 대구생활이었다. 그 와중에 퇴직금 잔고는 바닥이 보이고, 이래저래 새로 시작한 일은 분주했으니 2010년 한 해가 나로서도 녹록한 것은 물론 아니었다. 게다가 주변의 지지와 관심만큼 경제적으로도 수익이 있을 만한 사업은 아니기에, 생계에 대한 긴장과 불안은 만만치 않은 것이 사실이다.

그러나 지난 여름, 거리에서 만났던 한 이웃 앞에서 내가 느낀 부끄러움과 자괴감의 근원은 그런 핑계로 결코 면책될 수 있는 것이 아니다. 더구나 지금 이 사회를 휩쓸고 있는 암울함과 참담함을 직시한다면, 이 세밑의 어둠과 차가움 앞에서 감히 '희망'을 말하기는 어렵다고 하더라도, 함부로 자포자기할 수 있는 권리가 나에게 없다는 인식은 분명히 해야 할 것이다. 나는 지금 무슨 '지식인의 책무' 같은 대단한 것을 말하고 싶은 것은 결코 아니다. 다행이라고나 할까, 그런 것을 논할 만한 자격도, 책임도 나에게는 없다. 그러나 처지와 정세 따위를 핑계로 '정신의 타락'과 '나태함'마저 스스로 용납해서는 안 된다고 믿는다. 루쉰魯迅의 다음과 같은 글을 읽으니, 더욱 그런 생각이 든다. 부디 이 길이, 비틀거리면서라도 정의正義의 언저리를 향해 가는 여정이 될 수 있기를.

나는 중국의 청년들이 다들 차가운 분위기에서 헤어나
자포자기하는 자들의 그따위 말을 들을 필요가 없이
오직 일로 발전해 가기만을 바란다.

일을 할 수 있는 사람은 일을 하고,
소리를 낼 수 있는 사람은 소리를 내며,
열이 있으면 있는 만큼 빛을 내야 한다.

설령 그 빛이 반딧불만 하다 할지라도
어둠 속에서 다소라도 빛을 뿌릴 수 있을 것이기에,
햇불이 나타날 때까지 기다리고 있을 필요가 없다.

앞으로도 끝내 횃불이 나타나지 않는다면 우리는 유일한 빛이 될 것이다.

만일 횃불이 나타나고 태양이 솟아오르면 우리들은 물론 기꺼이 사라질 것이다.

우리는 아무 불평도 없을 뿐만 아니라, 같이 기뻐하면서 그 횃불과 태양을 찬미할 것이다. (1919년)

— 루쉰, 『아침꽃을 저녁에 줍다』 중에서

(2010. 12)

촛불, 도시락, 詩

C형께

  안녕하십니까? 무더위가 조금씩 누그러지고, 어느덧 9월의 하늘은 가을빛으로 높아가고 있습니다. 지난 5월부터 서울시청 앞 광장을 비롯한 전국의 거리와 광장에서 우리 시민들이 밝혔던 촛불의 큰 바다 속에서, 형이나 저나 참 뜨겁고 벅찬 봄과 여름을 났습니다. 그래서인지 초가을을 예감케 하는 저 하늘과 바람결 앞에서, 우리가 느끼는 감회는 예년과는 또 다른 것 같군요.

촛불

형은 며칠 전 저에게, 100일이 넘도록 전국의 시민들이 들었던 그 촛불이 조금씩 사그라들고 있는 것을 보니, 마음이 참 심란하다고 했지요. 도대체 현실은 무엇 하나 바뀐 것 같지 않은데, 결국 또 이렇게 끝나고 마는 것인가 하는 안타까움을, 몇 잔 술에 기대어 쓸쓸

한 목소리로 토로하는 형의 얘기를 들으면서, 저도 그저 고개를 끄덕일 수밖에 없었지요. 어찌 그것이 형만의 안타까움이겠습니까.

그날 술자리에서 형과 나눈 이야기들을 다시 떠올리면서, 몇 가지 단상을 두서없이 적을까 해요. 새로운 이야기도 아니고, 더구나 형이 저보다 훨씬 깊이 생각하고 있을 문제들인지라 적이 외람된 이야기가 될 것이 뻔하지만, 그저 힘겨운 투쟁을 함께 해온 우리들 '우정'의 한 장면에 대한 비망록이라 여기고 읽어주세요.

C형, 촛불은 대구뿐만 아니라 서울을 비롯해 전국적으로도 차츰 잦아들 수밖에 없을 거라고 봅니다. 그것이 당연하다고 보아야겠지요. 다만 그 촛불의 경험, 촛불정국을 통해 우리 시민들이 학습한 민주주의와 광장의 경험이 우리의 일상생활을 변화시키고, 우리 각자의 삶에 깊이 각인됨으로써, 앞으로의 긴 투쟁에 거름이 되도록 해야 한다고 봅니다. 촛불의 외양이 잦아드는 것을 두고 안타까워하거나 괴로워할 필요는 없다고 봐요. 이럴 때일수록, "져도 져도 그러나 끝내 지지 않는" 풀뿌리의 생명력에 대한 깊은 신뢰가 필요하다고 저는 생각해요. 촛불을 비롯한 대중투쟁의 고양과 침잠에 따라 일희일비하는 너무 짧은 호흡에 우리 자신을 맡기지는 말았으면 합니다.

형은 저한테, 요새는 왜 평일의 촛불문화제에 통 얼굴을 비추지 않느냐고, 약간은 퉁명스럽게 묻기도 했지요. 최근 평일 촛불집회에 예전만큼 자주 나가지 못하고 주말에만 겨우 나가곤 하는 것은, 솔직히 말해 제 자신이 많이 피곤하기도 해서이지만, 대구의 최대

환경 현안인 '앞산터널 반대 투쟁'이 최근 용두골 쪽에 새로운 농성 캠프를 설치하고, 조만간 나무위 고공농성을 시작하기 위해 준비하는 등 그쪽 일이 바쁘게 돌아가는데 거기에 제가 미력이나마 함께하고 있기도 하기 때문이에요. 형도 알다시피 터널의 반대쪽 입구 예정지점인 달비골에서는 작년 11월 5일부터, 그리고 용두골에서는 얼마 전 7월 20일부터 천막농성을 이어오고 있습니다. (언제 시간이 나면, 이 앞산터널 문제에 대해 형과 좀더 자세히 이야기할 기회가 있기를 바랍니다. 많은 사람들이 "그거 벌써 끝난 일 아니냐"라고 의아해하곤 하지만, 그러나 "앞산은 아직 뚫리지 않았"다는 것을 형도 기억해 주셨으면 합니다.)

C형, 2008년 촛불의 의미와 평가에 대해서는 여기서 길게 말하지 않겠습니다만, 제 나름대로 형에게 꼭 해두고 싶은 이야기가 있어요. 지난 2005년 말(정확히는 11월 23일), 그러니까 노무현 정권 때 소위 '쌀개방 협상 비준안'이 국회에서 통과된 직후, 바로 그 다음날부터, 저와 제가 속한 작은 모임 '땅과자유'는 '우리쌀과 농업을 지키기 위한 촛불집회'를 200일 동안 진행했고, 그 뒤로도 매주 금요일 저녁 '한미FTA 저지를 위한 금요 촛불집회'를 해를 몇 번 넘겨가며 이어왔습니다. 그러다가 올해 들어 '광우병 위험 미국산 쇠고기 수입 반대 촛불문화제'와 자연스럽게 만나게 된 것인데요. 그러니까, 최근 이명박 정부 들어서고, 광우병 반대 촛불문화제가 크게 열리기 이전에 우리는 아주 작고 외로운 촛불을, 사람이 많이 모일 때에는 20여 명, 적을 때에는 4~5명 정도 규모의 촛불을 들어왔던

겁니다. 그런 작고 잘 눈에 띄지 않는 촛불집회를 이어왔기 때문에, 우리는 스스로를 '얼굴 없는 사람들'이라고 부르기도 하였지요. 조금은 자조적인 느낌도 없지는 않지만, 그러나 이 말은 원래 멕시코 치아파스 주 라칸돈 숲속의 사파티스타 농민군, 검은 스키마스크를 쓴 그 원주민 게릴라들이 스스로를 칭하는 말이지요.

그런데 그 과정에서 우리가 확실하게 깨달았던 것은 사람의 많고 적음, 소리의 크고 작음이 결코 문제가 아니라는 것이었습니다. 가장 중요한 것은 촛불을 들고 서 있는 내 자신의 성찰, 기도라는 것, 그것이 참으로 간절하다면, 대형 스피커가 없어도, 그리고 모인 사람이 많지 않아도, 참으로 신기하게도 주위의 시민들에게 우리의 호소, 목소리가 분명히 전달되고 어떤 공명을 분명히 발생시킨다는 것이었지요. 물론 거기에는 여러 가지 세심한 준비도 필요하고 또 끈질김, 꾸준함 같은 것이 반드시 뒷받침되어야 합니다만.

최근 5월부터 전국적으로 이어져온 촛불은 그 규모 면에서 엄청난 것이었고, 정치적으로도 매우 큰 의미가 있으며, 특히 그 역동성과 자발성 등을 볼 때 가히 '혁명적'인 양상을 띠고 있다는 것은 길게 말할 필요도 없습니다. 저희도 그동안 외로운 촛불집회만 하다가, 많은 사람들과 함께 촛불을 드니까 말할 수 없이 재미있고 신이 났습니다. 그러나 바로 그렇기 때문에 또 이런 방식은 조금만 촛불의 수가 줄어도 많은 사람들이 스스로 힘이 빠지고, 알게 모르게 어떤 패배감 같은 것에 쉽게 감염되기도 하고 그러는 것 같습니다.

게다가 이명박 정권과 검찰, 경찰, 보수언론은 촛불의 기세가 주춤해지자마자 어마어마한 공권력과 이데올로기 공세를 통해 촛불의 정당성을 짓밟고 온갖 수단을 동원해 시민들을 탄압하고 있습니다. 이러한 공안탄압의 분위기가, 함께 촛불을 들었던 시민들 속에 패배감과 무력감의 전염을 더욱 부채질하는 것도 분명한 사실이지요.

하지만, 단호히 말하건대, 우리가 잘한 것은 분명히 잘한 것입니다. 그리고 승리한 것은 분명히 승리한 것입니다. 그 보람과 영광을, 지배자들의 탄압과 교활한 이데올로기 공세에 밀려 스스로 부인하거나 의미를 축소하는 것은 결코 옳은 일이 아닙니다.

그러나 동시에, 언제든 이런 대규모의 군중은 또 때가 되면 흩어지게 되고, 언제 그랬느냐는 듯이 각자의 일상의 중력 속으로 쉽게 빠져들어가는 것이 당연하다, 전혀 이상할 것이 없다고 보는 여유 있는 안목, 긴 호흡이 필요하다고 생각합니다.

지금 이명박 정부의 언론장악 음모, 기룡전자를 비롯한 비정규직 노동자들의 끈질긴 장기 농성투쟁 등 다양한 이슈에 대응하는 여러 가지 용기있고 기민한 연대행동들이 이어지고 있습니다. 대구만 하더라도 '환경파괴 경제파탄'을 초래할, '한반도 대운하의 전초전'이라고 할 수 있는 '앞산터널' 공사를 저지하려는 반대운동이, 외롭지만 그러나 역시 끈질기게 전개되고 있습니다. 이렇게 또 촛불은 다시 곳곳으로 옮겨 붙어 부활하는 것이라고 저는 믿습니다.

도시락

C형도 알다시피, 저는 얼마 전 '집회 및 시위에 관한 법률' 위반으로 경찰에 의해 불구속 입건되었습니다. (대구 지역에서는 이번 '촛불정국'과 관련하여, 저를 포함해 모두 10명이 불구속 입건되었다고 하는군요.) 제 경우는 일명 '도시락 프로젝트'가 미신고 불법집회이고 그것을 제가 '주최'했다고 보고, '집시법'에 저촉된다고 검찰과 경찰은 판단하는 모양입니다.

형도 알다시피, '도시락 프로젝트'는 지난 6월 말과 7월 초에 저와 몇몇 시민들이 함께 벌였던 일종의 퍼포먼스였는데요. 광우병 위험 쇠고기 수입에 대한 시민 대다수의 우려와 반대의 목소리를, 그리고 검역주권과 안전한 밥상에 대한 시민들의 정당한 요구를 "우스운 수준의, 형편없는 네티즌"들의 "천민민주주의"라고 모욕했던 주성영 국회의원의 망언에 대한 평화적인 항의행동이었던 것이지요. 물론 '윤봉길 의사의 도시락 폭탄'을 연상하는 사람도 없지는 않습니다만, 그러나 사실 저희가 함께한 '도시락 프로젝트'는 완전히 유쾌하고 평화로운, 그리고 소규모의 자발적인 퍼포먼스에 불과한 것이었지요. 무언가 정치적인 의사표현을 하고 싶어도 좀처럼 시간을 내기 어려운 직장인들이 점심시간을 이용해서 각자 준비해온 도시락을 주성영 의원 사무실 앞에서 '함께 모여 먹는 것'이 전부였습니다. (인터넷 검색창에 '주성영 도시락 프로젝트'를 입력하면 당시의 상황을 생생하게 기록한 동영상 자료가 몇 개 있습니다.) 고작 이걸 가지고 '집시법'을 무리하게 적용하여 '범죄행위'로 취급하고 있는 검찰과 경찰의 과잉대응이 참으로 어이없고, 차라리 안쓰럽다는 생각마저 들어요. (국가권력을 비롯한 모든 폭력적인 체제의 특징 중 하나가 바로 '유머 없음'이긴 하지만…….)

물론 '시민불복종'과 '비폭력 직접행동'의 대의에 따라, 법적인 책임을 져야 할 부분은 마땅히 감수해야 하겠지요. 그러나 '도시락 프로젝트'를 불법집회로 규정하는 등 집시법을 무리하게 적용하는 데 대해서는 결코 동의할 수 없습니다.

제가 지난 8월 12일, 동부경찰서에 조사를 받기 위해 출두하기 전, '광우병 위험 미국산 쇠고기 수입반대 대구경북 대책회의'의 주관으로 마련한 기자회견에서도 분명히 말씀드렸지만, '도시락 프로젝트'는 위력과 기세를 동원하여 의지를 관철시키려 한 것이 아니며, 어디까지나 평화적, 문화적인 항의행동(퍼포먼스)이었습니다. 그리고 현장에서 보행자 및 차량 등의 통행에 전혀 방해가 되지 않았을 뿐만 아니라, 주변 행인 및 시민들에게 추호의 물리적, 심리적 위협이나 불편을 끼치지 않았습니다. 또 소수 시민들의 지극히 자발적인 행동이었다는 점을 감안할 때 저를 '주최자'로 규정하는 것 역시 무리한 해석이라고 봅니다.

문제는 이러한 소박하고 문화적인 방식조차도 집시법을 무리하게 적용, 범죄행위로 규정하는 것을 묵과한다면, 앞으로 자칫 우리 시민들의 의사 표현의 자유 전체가 심대하게 제약될지도 모른다는 것이지요.

아무튼 그날 기자회견에도 C형을 비롯한 많은 '촛불시민'들, 지역의 여러 단체에서 함께 해주셨고, 또 『한겨레』를 비롯한 여러 언론에서도 관심을 가지고 취재·보도해 주셔서 이것이 제 개인의 문제로서가 아니라, 이명박 정부 검찰과 경찰의 공안탄압을 규탄하고 집회의 자유를 지키기 위한 우리 시민들의 항의의 목소리로서 널리 알려진 것을 다행스럽게 생각하고 있습니다. 고맙습니다.

앞으로 검찰이 약식 기소를 해서 벌금을 부과하거나, 아니면 추가조사가 있을 수도 있는데, 어느 쪽이든 통지 또는 소환장이 오면 '대책회의', '민변'(민주사회를 위한 변호사모임) 등 대구지역 시민사회단체들과 논의해서 공동으로 대응할 생각입니다. 촛불을 함께 들고 또 주성영의 망언을 함께 규탄해온 많은 시민들이 함께 해주실 것으로 믿고, 당당히 대처해 나가겠습니다.

그러던 무렵에 또 하나의 '사건'이 있었지요. 이명박 정부의 국방부가 소위 '불온서적 23종'을 선정하여 육해공군 군부대에 관리지침을 내렸다는 것이 언론을 통해 확인·보도되었습니다. 형도 알다시피 바로 그 23종의 '불온서적' 가운데, 제가 일하는 녹색평론사에서 펴낸 권정생 선생님의 『우리들의 하느님』이 포함되어 있었지요. 녹색평론사에서 나온 책이라는 점에서도 그렇지만, 저는 술 한잔 먹으면 동무들에게 자칭 '권정생주의자'라고 주장하는 중생이기도 해서, 이번 국방부의 불온서적 선정이 예사롭지 않게 여겨졌습니다. (그래서 당장 그 23종의 '불온서적'들을 모아, 촛불문화제에서 '국방부 선정 불온서적 전시회'를 열기도 했지요.)

좀 역설적이긴 하지만, 『우리들의 하느님』은 분명히 불온한 책이

맞다고 저는 봅니다. 그것은 이 책이 가진 자들, 힘 있는 자들만의 논리로 돌아가는 이 세상에 대한 가장 신랄하고도 날카로운 비판이자, 언제나 가난하고 힘 없는 약자들의 편에 서 계신 하느님의 '현존'을 가장 쉽고도 명징한 언어로 보여주고 있는 책이기 때문입니다. 권정생 선생님 자신이 그런 가난하고 힘 없는 자들의 처지에서, 주류의 가치관과 지배 이데올로기에 맞서, 가장 비타협적으로 살다 가신 분이기에 그분의 목소리가 생생하게 담긴 '산문집'이 어찌 불온하지 않을 수 있겠어요? 다만, 그러한 '불온성'이야말로 모순과 부조리로 가득 찬 이 세상에 더없이 귀한 메시지라는 것을 우리 독자들, 시민들(국군 장병들도 분명히 이 사회 시민의 일원이지요)이 스스로 알아서 읽고 판단하도록 하지 않고 일종의 '금서 목록'으로써 그 권리를 제한하고 규제하겠다는 시대착오적인 생각을 국방부, 즉 이 정부가 아직도 갖고 있다는 것이 참으로 한심스러운 일이지요. 이번에 국방부가 선정한 23종 '불온서적' 목록 덕분에 오히려 여기에 들어간 책들의 판매가 예전에 비해 훨씬 늘어났다고 하는 것만 보더라도, 우리 사회의 전반적인 인식 수준이 이러한 '금서 목록' 따위로는 규제할 수 없을 만큼 성숙했다는 것을 잘 알 수 있지 않습니까?

詩

C형, 저는 지금 이 편지를 '앞산을 꼭 지키려는 사람들'(약칭 '앞산꼭지')이 앞산터널 공사를 막기 위해 설치한 용두골 농성 텐트 안에서

쓰고 있어요.

오늘 아침에는, 여기 터널 입구 교량공사 현장에 일자리가 있나 알아보러 왔다가 일자리를 얻지 못하고 숲 그늘에 쉬러 온 건설노동자 두 분이 농성 텐트 앞 서명대 위에 놓인 홍보 동영상 CD와 전단지를 보고 무슨 내용인지 묻더군요. 설명을 하고 한참 대화를 나누었는데요. '환경파괴 경제파탄'의 현장이 저분들에게는 또 일용할 양식을 버는 일터가 되는 이 아이러니. 그러니 어찌 매사가 칼로 자르듯 단순명료할 수만 있겠습니까. 아무튼 저의 어눌한 설명을, 두 분 다 어떤 반감도 냉소의 기색도 없이, 진지하게 경청하고는, 고생이 많다고 진심으로 인사를 하고 가시더군요. 이런 심성이 바로 진정한 풀뿌리 민중의 마음씀이라고 저는 생각해요. 비록 오늘 일용할 양식을 위한 일거리를 구하지는 못했으나, 앞산터널의 문제점과 이 숲의 소중함에 대해 최선을 다해 설명하는 데 기꺼이 귀를 기울이고, 설령 처지와 생각의 차이는 있을지언정 마땅한 경의를 표하는 그분들의 모습은 얼마나 기품이 있습니까.

높은 가지를 흔드는 매미소리에 묻혀
내 울음소리는 아직 노래가 아니오
(…)
귀뚜루루루 귀뚜루루루
보내는 내 타전 소리가
누구의 마음 하나 울릴 수 있을까

누구의 가슴 위로 실려 갈 수 있을까

나희덕 시인의 시 「귀뚜라미」에 안치환이 곡을 붙여 불렀던 노래를 혼자서 흥얼거려 봅니다. 우리의 이 기도와 호소 — "앞산은 아이들의 것, 어른들이 지켜주세요!", "환경파괴 경제파탄 앞산터널 막아내자!", "앞산터널 막아내고 대운하도 막아내자!" — 는, 아직 '개발'과 '성장'의 헛된 소음에 묻혀 온전한 노래가 되지 못하고 있는 것일까요? 우리의 이 타전 소리가 누구의 마음 하나 울릴 수 있을까요?

"억압과 거짓이 승勝하는 시대를 살아가는 시인은 고통스럽다. 눈 부릅뜨고 세상을 지켜보며 탁한 공기를 샘물 같은 언어로 고발해야 하는 게 시인의 소명召命이기 때문이다." 농성 텐트에 누군가 놓고 간 8월 11일자 『경향신문』 30면 「다르위시의 시와 희망」이라는 칼럼(이종탁 논설위원)의 첫머리입니다. 지난 8월 9일 숨을 거둔 팔레스타인의 저항시인 마흐무드 다르위시를 추모하는 글인데요. "시는 자유를 향한 거대한 광기입니다. 아무리 삶이 칠흑같이 어둡더라도 그 안에서 빛을 찾고 희망을 만드는 게 시인의 사명입니다." 다르위시가 한 말이랍니다.

그의 말대로라면 이 농성 캠프를 밤낮으로 지켜가며, 농성일지에 꾹꾹 눌러 "빛을 찾고 희망을 만드는" 언어를 새기고 있는 '얼굴 없는' 사람들, '앞산꼭지'들이야말로 누구보다도 자신의 사명에 충실한 시인들이 아닌가 하는 생각이 듭니다. 어디 그뿐입니까.

C형을 비롯해 100일이 넘도록 우리의 광장에 촛불의 시어詩語 흘러 넘치게 했던 무수한 '작은' 사람들, 촛불시민들이야말로 위대한 서사시敍事詩의 시인들 아니겠습니까.

C형, 이 가을, 우리 모두의 '건필'을 간절히 기원합니다.

(2008. 9)

독도 페티시즘

또다시 불거진 독도 문제

광복절을 며칠 앞두고 이명박 대통령이 갑작스레 독도를 다녀온 뒤로, 나라 안팎이 또 한번 독도 문제로 시끄럽다. 일본 정부는 이 일을 빌미로 독도 문제를 국제사법재판소에 제소하겠다고 공포했다. 야당 등 정치권에서는 이 대통령의 그간의 독도 관련 발언과 대일 외교 행보 등을 보았을 때 그 진정성을 믿기 어렵다는 반응이 적지 않다. 한마디로 국면전환용의 '정치적 쇼'에 불과하다는 것이다.

특히 공연히 독도를 분쟁지역화하는 데 일조했다는 비판까지 나오고 있다. "예전에 독도 문제 관련해 일본 정부에다가 '지금은 곤란하다, 기다려 달라'고 하더니 이제 바야흐로 그때가 되었나 보다"는 쓴소리까지 나돌고 있다. '실효적 지배'가 유지되고 있는 독도를 국제적인 분쟁지역으로 '공식화'하는 것이 '국익'에 도움 될 것 없다는 시민들의 상식에서 비롯된 비판 여론일 것이다.

어쨌거나 이명박 대통령을 비롯한 한국의 권력자든 일본 정부의 권력자든, 걸핏하면 독도를 정치적으로 활용하기 좋아하는 것은, 이 작은 섬이 가지고 있는 상징성 때문일 것이다. 물론 단순한 상징의 차원을 넘어, 국토와 자원의 범위, 나아가 역사해석이라는 더욱 복잡하고 또 실제적인 의미와 맥락이 독도에 얽혀 있기는 하다. 그러나 일종의 '페티시즘'(물신숭배)에 양국 정부와 국민들이 독도를 '동원'하고 있다는 서글픈 측면도 분명히 있다고 봐야 할 것이다.

'4대강 살리기' 대통령의 '국토수호' 의지?

나는 다른 무엇보다도 이명박 대통령이 '한국령'이라고 새겨진 독도의 바위를 손으로 어루만지는 장면을 뉴스에서 보고, 솔직히 불쾌감과 함께 불길한 기분을 떨쳐 버릴 수 없었다. 그 장면은 대한민국의 국가원수가 '영토'를 수호할 의지를 분명히 가지고 있고 또 그렇게 할 정치적·외교적 능력을 가지고 있다는 신뢰감을 주기보다는, 온 산하를 거대자본의 이익을 뽑아내기 위한 '개발대상'으로 삼아버리는 탐욕스런 '마이더스의 손'이 드디어 이 작은 바위섬까지도 '이익'이 된다면 어떻게든 개발하거나 처분하겠다는 선언처럼 보였기 때문이다.

4대강 토건개발사업으로 온 나라의 강이 녹조를 뒤집어쓰고 죽어가는 것을 보면서, 그것을 '4대강 살리기'라는 이름으로 포장해 우악스럽게 밀어붙여 온 정부와 그 대통령이 말하는 '국토수호'가 과연 앞으로 어떤 참담한 드라마를 만들어갈지 조금만 진지하게 생각해 본다면, 이런 불길하고 불쾌한 기분이 전혀 근거 없는 것이라고 할 수는 없을 것이다.

아니나 다를까, 일례로 전략기동부대인 해병대가 9월 초 독도 상륙훈련을 실시할 것이라는 기사가 광복절 아침 주요 일간지 1면에 대문짝만하게 실렸다. 이번 훈련에는 해병대 외에도 3200톤급 한국형 구축함과 호위함, 잠수함, P-3C 해상초계기, 해경 경비함과 공군 F-15K 전투기 등이 참여할 예정이란다. 그뿐이 아니다. 방위산업청은 때를 맞춰 "일본에 비해 열세인 해군력을 대폭 증강해야 한다"는 연구용역 결과를 지난 주말 국회 예결위에 중간보고했다고 한다. 그 보고서는 현재 3척인 이지스함(7700톤급)을 8척으로 늘리고 해상작전 헬기 25대도 갖춰야 한다고 제안했다.

4대강 토건개발사업에 이어 동해안 원자력 클러스터를 포함한 '원자력 르네상스' 사업 등 향후 수년 동안 거대자본들에게 어마어마한 돈다발을 확실히 떠안겨다 줄 토건사업들을 임기 내에 돌이킬 수 없는 수준으로 못박아 두려는 수순을 착착 진행하고 있는 것도 모자라, 이제 독도를 중심으로 한 안보 위기를 의도적으로 조성하여 이를 빌미로 군비를 확장하고 또 그것을 통해 기득권 세력의 이권을 제대로 챙겨 두겠다는 '비즈니스 마인드'가 아니고서야 대통령의 이러한 행보를 어떻게 이해할 수 있겠는가.

그뿐만이 아니다. 일본 정부는 이번 일을 제로성장 국면과 후쿠시마 사고 이후 사실상 무너져 가는 국가권력을 재건할 절호의 기회로 삼으려 들 것이다. 중국과의 영토분쟁과 아울러 이명박 대통령이 참으로 고맙게도 불을 지펴준 독도 분쟁화는 자위대의 군비 확장과 위상 제고에 더없는 호기로 작용할 것이다. 일본이든 한국이든, 자본과 국가권력의 입장에서 자신들의 기득권과 체제 유지를 위해서는 동아시아의 평화쯤 언제든 제물로 삼을 준비가 되어있다는 것을 우리는 지나간 역사를 통해 잘 알고 있다. 이들에게 안보 위기와 전쟁은 언제나 '비즈니스'의 연장에 불과한 것이다. (국가와 국가, 군대와 군대의 무력충돌만이 아니라, 풀뿌리 민중과 자연에 대한 일상적 폭력과 전쟁 역시 마찬가지다.)

'국토'인가 '자연'인가

그러나 내가 지금 말하고 싶은 서글픈 '독도 페티시즘'은 이명박 대통령이나 정부의 행태와 관련된 것만은 아니다. 한국의 일반 국민들은 독도 문제가 불거지면 반일감정과 함께 갑자기 '국토'에 대한 '사랑'에 대부분 마음이 뜨거워지는 듯하다. 그러한 감정과 분위기를 이해 못할 것도 없고 탓할 까닭도 없다. 아니 '과거사'를 생각한다면 그러한 반응은 지극히 정당하다고 할 수 있다.

하지만 정작 온 나라의 산과 강이 마치 전쟁과도 같은 토건개발 사업으로 신음하고 죽어가는 것을 평소에는 전혀 관심도 없이 나 몰라라 하다가, 어째서 독도 얘기만 불거지면 너도 나도 '국토수호론자'가 되어 이렇게 흥분하는지, 나는 그것이 서글프고 안타깝다.

낙동강, 영산강, 금강, 한강 등 전국의 강들이 지금 더 이상 흐르지 못하고 댐에 갇혀 썩어가고 있는데, 내성천을 비롯한 전국의 강 모래와 습지들이 순식간에 사라지고 온갖 물고기와 철새들의 보금 자리가 불과 몇 개월 사이에 송두리째 사라져 버렸는데, 핵발전소 에서 나온 전기를 대구와 수도권으로 끌어가기 위한 고압송전탑 건 설에 맞서 밀양과 청도를 비롯한 이웃 고을들의 나이든 농민들이 삼복더위와 뙤약볕 아래에서 참혹한 전쟁을 치르고 있는데, 제주 강정 구럼비바위와 아름다운 바다가 건설업체의 바지선과 중장비, 폭약에 의해 날마다 깨져나가고 더럽혀지고 있는데, 국토 전체를 죽음의 땅으로 만들어버릴 수도 있는 시한폭탄 같은 노후원전 고리 1호기가 기어이 수명연장 재가동에 들어갔는데…….

다들 에어컨 켜놓고, 맥주에 치킨 다리 뜯으면서 한가하게 올림 픽 중계나 보다가, 갑자기 독도 문제가 불거지자 너도나도 '국토수 호'에 열을 올리는 이런 아이러니한 상황을 도대체 어떻게 이해해 야 할지 모르겠다. 그러니까 독도는 하나의 페티시즘에 불과한 것 이다. 이런 식의 관심과 애정은 진정한 '국토애'나 '영토주권' 의지 와는 거리가 멀다.

물론 독도는 우리에게 소중한 땅의 일부이다. 그러나 그것은 대 한민국의 '국토'이기 전에 우리가 앞으로 대대손손 깃들어 살아야 할 '자연'의 일부로서 더욱 소중한 것이다. 우리가 진정으로 독도 를 사랑하고 존중한다면, 서글픈 페티시즘에서 벗어나 고통받고 신 음하는 우리의 산하를 탐욕스런 자본과 권력, 오만하고 부도덕한 토건세력과 팽창주의세력으로부터 지켜내기 위한 '민중과 자연의

평화수호'에 먼저 나서야 할 것이다. 그러한 논리와 실천이 뒷받침
되지 않는다면, 바다제비와 괭이갈매기, 그리고 파도의 섬인 독도
는 언제라도 민중의 평화와 자연에 대한 공격의 희생제물이 되거
나, 비참한 군비경쟁과 전쟁의 도화선으로 동원될 수 있다는 것을
잊지 말아야 한다.

(2012. 8)

대구에 없는 것 — 존경, 책임, 정치

꾸리찌바 배우기

브라질의 꾸리찌바 시는 이제 우리 사회에도 잘 알려진 도시이다. 1996년 『녹색평론』에 「희망의 도시, 꾸리찌바」라는 기사가 처음 실린 이후, 여러 방송사가 앞다투어 이 도시를 직접 취재하여 다큐멘터리를 제작하기도 했고, 단행본으로 나온 『꿈의 도시 꾸리찌바』(박용남 지음, 녹색평론사, 2009)는 공무원과 도시행정 전문가뿐 아니라 일반 시민들에게까지 널리 읽히는 '스테디셀러'가 되었다. 그 덕분에 이 책의 저자는 지난 십여 년간 전국의 자치단체와 전문가 그룹, 시민단체들이 개최한 강연회와 토론회에 셀 수 없을 만큼 초대되기도 했다.

　2001년부터 불었던 국내의 '꾸리찌바 배우기 열풍'의 원인은 무엇이었을까? IMF 외환위기 이후 우리 사회가 겪어야 했던 극심한 부의 불균형과 양극화, 공동체의 파괴, 그리고 지구온난화를 비롯한 지구적 차원의 환경 위기 앞에서, "지구에서 환경적으로 가장 올바른 도시", "지속 가능한 풍요가 실현되는 도시", "환경과 공동체를 보호하면서도 경제적 풍요를 누리는 도시", 그래서 시민의 대부분이 "떠나고 싶어하지 않는 도시"라는 안팎의 평가를 받는 브라질의 한 변방 도시의 사례는, 당시 많은 사람들의 관심과 탐구의 대상이 되지 않을 수 없었다.

이런 '꾸리찌바 배우기 열풍'이 불 때, 대구시 공무원들도 꾸리찌바 시의 대중교통 정책 등 '도시행정 혁명'에 깊은 관심을 가졌다고 들었다. 『꿈의 도시 꾸리찌바』 저자를 초청해 여러 차례 강의를 듣고 토론도 했던 것으로 기억한다. 아마 일부 관계 공무원들은 직접 꾸리찌바 시를 방문해서 배우기도 했을 것이다.

그러나 이러한 당시의 뜨거운 관심에도 불구하고, 정작 대구시 공무원들이 꾸리찌바 시의 '도시행정 혁명'의 핵심을 제대로 이해했다고 볼 만한 충분한 증거는 이제까지 없었던 것 같다. 그 '혁명'의 핵심은 다른 것이 아니라, 시민에 대한 '존경'이다. 꾸리찌바 시가 '꿈의 도시', '희망의 도시' 같은 별명 외에 '존경의 수도'라는 이름으로 불리고, 유엔 등 국제사회에서 칭송받고 있다는 것이 그것을 분명히 말해 준다.

실제로 꾸리찌바 시의 다양한 정책과 프로그램들을 살펴보면, 어린이와 청소년, 여성과 노인, 장애인과 빈곤층 등 사회적 약자의 권리는 물론 자연환경을 배려하고 존경하는 정신이 그 밑에 깊고도 두텁게 깔려 있다는 것을 알게 된다. 꾸리찌바 시가 우리에게 주는 감동은 따지고 보면 겉으로 보이는 정책과 아이디어가 아닌, 그 밑

바탕에 깔린 정신과 철학에서 비롯되는 것일지도 모른다.

대구도시철도 3호선, 부실특혜와 안전성 문제

최근 대구도시철도 3호선에 대한 감사원 감사결과 발표와 그에 대한 대구시 정부의 태도를 접하면서, 많은 시민들이 분노하고 배신감을 느꼈다. 나 역시 마찬가지 심정을 느끼면서, 한때의 '꾸리찌바 배우기 열풍'을 떠올리지 않을 수 없었다. 역시 대구시 관료-공무원들은 '꾸리찌바'로부터 아무것도 배우지 못한 것이 아닌가.

여러 차례 보도된 바와 같이, 대구도시철도 3호선을 추진하는 과정에서 수요예측 부풀리기, 차량선정 특혜, 사업비 낭비, 재해방지대책 소홀 등의 심각한 문제가 있었다는 것이 지난 4월 30일 감사원 발표로 드러났다. 지금까지 대구시는 3호선을 '명품 모노레일', '최첨단 랜드마크'로 홍보하면서 시민들의 눈과 귀를 막아왔다. 그동안 안전성 등 시민들의 문제제기에도 불구하고 경제성과 최첨단 시스템을 명분으로 모노레일 공사를 강행해 온 것이다. 하지만 그 이면에는 수많은 허위와 왜곡이 있었다는 것이 이번 감사결과 드러난 것. 더구나 열차안전과 직결되는 안전인력의 운영비조차 고의로 누락하여, '세계 최초 모노레일 무인운전'이라는 무지막지한 '실험'으로 대구시민들의 생명과 안전을 내몰려 하는 데 대한 우려역시 끊이지 않고 있다.

그런데 더더욱 대구시민들을 분노케 하는 것은 이러한 감사원 발표 이후, 정작 대구시민들에게는 단 한마디 사과도 없이, 감사결과가 사실과 다르다며 반박하고 해명하기 급급한 대구시장과 공무원들의 태도다. 김범일 대구시장은 "교통수요 과다예측 지적은 어느 정도 받아들일 수 있지만, 도심 경관을 감안해 모노레일로 변경한 점과 관련해 제기된 각종 의혹은 전혀 사실과 다르다"고 말했다. ('교통수요 과다예측'만 하더라도 사실은 매우 심각한 흠결사항일 뿐만 아니라, 3호선 모노레일이 과연 '도심 경관'에 도움이 된다고 여기는 대구시민들이 얼마나 되겠는가 하는 문제는 여기서 길게 말하지 않겠다.)

감사원 발표를 접하고 분노와 배신감을 느끼는 시민들, 안전성에 대한 심각한 불신과 불안감을 느끼는 대구시민들 앞에 우선 머리 숙여 사과부터 할 생각은 하지 않고, 일단 반박부터 하고 보자는 이 안하무인, 오만불손한 태도는 도대체 어디에서 나오는 것일까. 그 것은 시민들에 대한 '존경'이라고는 털끝만큼도 갖고 있지 않은 대구시장과 공무원들의 사고방식에서 비롯된 것이라고 할 수밖에 없다. 오죽했으면 '안전한 3호선 만들기 강북주민모임' 같은 풀뿌리 단체는 이번 감사결과에서 드러난 "대구시의 도시철도 3호선 문제는 실수가 아니라 계획된 범죄행위"라고까지 규탄했겠는가.

또, 지난 5월 6일 대구지역의 여러 시민사회단체들은 기자회견을 열고 "각종 부실특혜로 얼룩진 3호선 경전철 사업에 대한 명백한 진상을 밝히고 책임자를 처벌"할 것을 요구했다. 또 "시민안전과 편의를 위협하는 무인운영을 철회하고 안전과 생명을 제1원칙으로 하는 도시철도 3호선을 추진할 것", "시민이 직접 참여하고 감시하는 '시민안전위원회'를 구성할 것" 등을 촉구했다. 대구지하철 화재참사가 일어난 지 십 년이 되도록 아직까지 그날의 악몽과 상처에서 벗어나지 못하고 있는 우리 대구시민들로서는, 이러한 요구와 주장은 너무도 당연하고 정당한 것이다.

존경과 책임의 관계

꾸리찌바에는 대부분의 도시에서는 실종되어 있는 '정치'가 복원되어 시민들이 사는 장소는 물론이고 사람 개개인도 바꾸어 놓고 있다. 그것은 시 당국이 꾸리찌바 시민에 대해 무한한 존경심을 보이고 있기 때문에 가능하다. 이것이 무엇을 의미하는지는 꾸리찌바 도시계획연구소 소장이었던 오스발도 나바로 알베스의 다음과 같은 말을 들으면 더욱 분명해진다. "당신이 사람들을 존경할 때, 그들 역시 당신을 존경한다. 사람들은 시가 그들을 위해 많은 것을 행하고 있다는 것을 알게 되면, 책임을 다하기 시작한다."

— 『꿈의 도시 꾸리찌바』 중에서

꾸리찌바와 반대로, 시민을 존경하지 않는 행정은 결국 시민의 '무책임'을 낳는다. 그러한 불경不敬의 행정이 고착화되면 시민들은 어느새 스스로에 대한 존중심(자존감)을 완전히 잃어버리고, 도시 전체는 자기모멸과 무기력의 분위기에 지배당하게 된다. 그것은 곧 하나의 도시가 '조직화된 무책임의 체제'로 전락한다는 것을 의미한다. 이따금 다른 지역 사람들이 대구를 깔보면서, 또는 우리 스스로 자조적으로 쓰곤 하는 '고담도시'라는 불명예스런 이름은, 어쩌면 이러한 '조직화된 무책임의 체제'에 붙인 은유일지도 모른다.

'조직화된 무책임의 체제'는 바꾸어 말하면 '정치'가 실종된 시스템이다. 정책과 행정, 예산 등에 대한 토론과 경쟁이 사라진 도시, 선거가 아무런 힘을 갖지 못하는 도시, 변화에 대한 희망이 봉쇄된 도시……. 그것은 정확히 '꿈의 도시', '희망의 도시', '존경의 수도'의 정반대편에 있는 다른 도시의 풍경이자 좌표인 것이다.

이렇게 생각해 놓고 보면, 대구시장과 시 정부가 안하무인, 오만불손, 시민에 대한 불경으로 일관하는 것에는 그들 나름의 '합리적인 이유'가 있다는 것을 이해하게 된다. 결코 '존경'받지 못하는 시민들, 그래서 자신의 '책임'을 망각하는 시민들, 그리하여 마침내 '정치'의 힘을 불신하고 혐오하기까지 하는 시민들이야말로 부패하고 무능한 정치세력, 기득권 동맹에게는 더없이 좋은 서식환경 아니겠는가.

'시민의 주권'과 정치의 복원

저들로부터 존경받는 것을 더 이상 기대할 수 없다면, 이제 시민들 스스로 '자존감'을 회복하기 위한 각고의 노력을 하지 않으면 안 된다. 그것은 우리 스스로 '시민의 주권'을 되찾고, 아래로부터 정치를 복원하는 것을 통해서만 가능하다.

한 사회 구성원으로서 '합법적 신분 보장'을 의미하는 소극적 '시민권'이 아닌, 한 도시의 권력주체로서 가진 '정치적 힘'을 뜻하는 적극적 의미의 '시민의 주권' 개념이 지금 우리 대구시민들에게 절실하게 필요하다. 대한민국은 민주공화국이고, 모든 권력은 국민에게서 나온다는 것이 이 나라 헌법의 으뜸 정신이라면, 대구시의 모든 권력 역시 이 도시의 시민들로부터 나온다는 이치는 너무도 당연한 것이다.

그런데도 대구시 정부를 구성하고 있는 시장과 관료들, 어용전문가와 토호언론들은 이러한 이치에서 너무나 동떨어진 자신들만의 특권세계를 구축하고 있다. 이제 그들을 비난하고 있을 틈이 없다. 우리 시민들부터, 너무나 오랫동안 이어져 온(그리고 시민들 스스로 방조해 온) 한 정당의 독재질서와 강고한 기득권 동맹 구조 속에서, '시민의 주권'을 포기하고 살고 있는 것은 아닌지, 뼈아프게 물어야 한다. 이러한 질문과 각성이 없다면, 우리는 결코 정치적 무력감에서 벗어나지 못할 것이다. 무력감이야말로 보이지 않는 곳에서 끝없이 이 도시의 미래를 갉아먹는 기득권 동맹에게는 최고의 숙주宿主다. 이제 스스로 그러한 숙주로서 동원되기를 거부하고, 대구시의 주인, 지역의 주권자인 시민으로서 깨어날 책임, 그리고 정치를 복원할 의무가 지금 우리 모두에게 있다.

(2013. 5)

일상이 두렵다

대구 지하철 화재참사 현장 주변과 합동분향소가 마련된 대구시민 회관에는 오늘도 희생자들을 추모하는 시민들의 발걸음이 이어지 고 있다. 거리마다, 빌딩들마다 조의弔意를 표하는 플래카드가 걸리 고, 방송은 물론 중앙 및 지역의 신문들은 오늘도 사고 관련 기사들 이 주요지면을 차지하고 있다. 사고 발생 후 보름이 지났지만, 참사 가 우리에게 준 충격과 분노는 쉬 가라앉지 않고, 그 상처 또한 쉽 게 아물지 않고 있다. 이것은 당연한 일이다. 특히 지난 몇 해 동안 지하철과 관련한 대형사고만 해도 수차례, 그로 인해 매번 사랑하 는 가족과 이웃을 잃어야 했던 우리 시민들로서는 이번의 참사가 쉽사리 잊혀지거나 묻혀질 수 있는 성질의 사건이 아니라는 것은 분명하다. 마땅히 우리는, 이 사고를 졸속으로 수습하려 하거나, 어 물쩡 몇몇 개인에게 책임을 전가함으로써 매듭을 지으려는 기도에 대해 단호하게 문제를 제기하고, 철저한 진상규명과 수긍할 만한 피해보상을 요구해야 함은 물론, 종합적인 '대책'을 세우는 일에

소홀해서는 안될 것이다. 지난한 시간이 걸린다 하더라도, 그렇게 하는 것만이 이번 사고로 희생된 이웃과 그 가족들의 고통과 슬픔에 값하는 길임을 잊어서는 안될 것이다.

그러나, 참으로 아이러니컬하게도, 사고발생 직후 개업開業이 일시 연기되었던 대구역 롯데백화점은, 유가족의 눈물과 한숨이 그치지 않고 있는 합동분향소를 내려다보는 자리에서 며칠 전 문을 열었고, 그 일대를 중심으로 도심의 거리는 예상대로 심각한 교통체증을 보이고 있다. 슬픔과 분노의 현장을 한편으로 하고, 우리의 그 알량한 '일상'日常은 서서히 재개되고 있는 것이다. 그렇게 우리의 생활은 다시 이어질 것이고, 시간의 흐름과 함께 참사의 기억은 서서히 지워져갈 것이다. 이것 또한 당연한 일이다. 그것이 아무리 끔찍하고 참혹한 사고라 하더라도, 인간인 한 우리는 '망각의 강물'에 실려 '지나간' 일로부터 서서히 또 다른 기슭으로 옮아가게 되어있으며, 그것은 개인적으로나 사회적으로나 삶을 영위하기 위해서는 어쩌면 따를 수밖에 없는 운명이라고 해야 할지도 모른다.

그렇다. 그렇게 시간은 또 흘러갈 것이다. 서울의 삼풍백화점이 그랬고, 성수대교가 그랬고, 씨랜드 화재참사도 어김없이 그랬다. 지금 조사弔詞가 적힌 저 검은 플래카드가 펄럭이는 빌딩과 거리에, 몇 주 뒤에는 무슨 현수막이 걸릴지 우리는 이미 알고 있다. 거기에는 "부자 되세요"라고 부추기는 천박하고 비현실적인 광고 카피들이 아무런 부끄러움 없이 다시 내걸릴 것이고, 새로 문을 연 백화점은 수백의 목숨을 앗아간 중앙로역을 내려다보며 머지않아

성업盛業의 즐거운 비명을 지를 것이다.

나는 우리가 언제까지나 침통한 표정을 짓고 있어야 한다고 말하는 것이 결코 아니다. 내가 지금 말하고 싶은 것은, 우리가 잠시 후 상복喪服을 벗고 재개할 그 지극히 '일상적인 생활'이라는 것이 사실은 이번과 같은 대형참사의 근본적인 원인일지도 모른다는 것을 한번쯤 우리가 차분히 성찰할 기회를 놓쳐서는 안 된다는 것이다.

인구 250만의 대도시, 거기서 누리는 우리의 '일상생활'을 더욱 원활히 하기 위해 땅을 파헤치고 엄청난 돈을 들이붓고 수많은 목숨을 잃어가면서도 우리는 지하철을 계속 뚫어야 하는가. 우리 지역의 '정상적인 발전'을 위해 우리는 대기업과 거대자본을 끌어와 계속 새로운 백화점과 아파트를 세우고, 끝없이 산을 깎아 새 길을 닦아야만 하는가. 우리의 일상생활을 위해 정말 골프장은 필요하고, 지하수와 강물의 오염은 감수해야만 하는 것인가. 만약 그렇다고 한다면, 그렇게 하는 와중에 우리가 겪게 될 또 다른 참사와 희생은 어디까지나 '일상적인 비극'에 다름아닌 것이다. 우리가 우리 자신의 일상과 그 공간인 대도시가 안고 있는 폭력성과 야만성에 대해 근본적으로 회의하지 않는다면 말이다. 다만, 그것이 얼마나 극적으로 터지느냐에 따라, 우리가 받는 충격과 상처의 강도는 차이가 있겠지만.

하긴 그렇다. 따지고 보면, 전국적으로 하루 평균 30~40명이 이미 '일상적인' 자동차 사고로 목숨을 잃고 있다. 5~6일이면, 이번 대구 지하철 참사로 우리 곁을 떠나야 했던 가족과 이웃의 수만큼

이 운명을 달리하는 셈이지만, 우리는 이제 더 이상 자동차 문명에 대해서는 질문을 하지 않기로 암묵적인 동의를 한 셈이다. 그리고 그로 인한 '다소의 희생'은 이미 우리 일상의 '자연스런' 한 부분이 되지 않았는가. 나는, 그래서 이 일상이 두렵다.

(2003. 3)

나로호 발사 성공, 환호만 할 것인가

'우주강국'의 꿈?

나로호 발사 성공 이후, 언론의 '환호'가 대단하다. 보수와 진보 가릴 것 없이 이 '쾌거'를 찬양하고 있다. 가령 『한겨레』는 1월 31일자 사설 「나로호의 성공, 우주개발을 향한 절반의 성취」에서 "우주기술은 이제 꿈의 첨단기술이 아니라 현실의 생활기술이 된 지 오래"라면서, 우주기술과 통신위성을 "차세대 성장동력 산업"으로 규정하고, 이러한 기술의 발전을 위해 "행정과 정치의 지나친 개입"을 자제할 것을 주문했다.

『경향신문』 역시 같은 날 1면 머릿기사 「한국, 마침내 우주의 문을 열다」에서 "나로호 발사가 성공하면서 한국은 러시아·미국·북한 등에 이어 자국 영토에서 자국 기술로 우주발사체를 쏘아올리는 데 성공한 11번째 '스페이스클럽' 가입국이 됐다"고 쓰고, 다분히 긍정적인 태도로 세 면에 걸쳐 이를 자세히 다루고 있다.

정당들도 마찬가지다. 집권여당은 말할 것도 없고 민주통합당,

통합진보당, 진보정의당 등 야당들도 하나같이 '환영' 일색이다.

'우주강국'이라는 말에서도 알 수 있듯, 이러한 입장들은 로켓 개발과 같은 우주기술 개발이 국가발전과 경제성장을 위해 반드시 필요하다는 전제를 하나같이 공유하고 있다. 그리고 『한겨레』 사설처럼 한국의 우주기술은 "내비게이션, 이동통신, 기상관측, 재해감시, 자원탐사" 같은, 이미 '현실의 생활기술'이 되어버린 분야에서 '평화로운 목적'으로만 이용될 것이라는 것 역시 은연중에 전제로 하고 있다.

그러나 이러한 전제들이 과연 타당하고 신뢰할 만한 것인지를 냉정하게 묻지 않을 수 없다. 더구나 우주기술 개발과 같은 천문학적인 비용이 투자되는 프로젝트의 경우, 그것이 시민들의 삶과 우리 사회의 안전과 미래에 어떤 영향을 끼칠지를 균형감 있게 성찰해야만 한다.

우주공간의 군사적·상업적 이용에 대한 비판적인 연구·저술을 해온 칼 크로스먼 뉴욕주립대 교수의 논문 「우주공간으로 뿌려지는 탐욕의 씨앗」(2001)은 이러한 비판적 성찰에 도움을 준다. 주요 내용을 살펴보자.

우주공간으로 뿌려지는 탐욕의 씨앗

인간이 처음 달을 밟기 훨씬 전부터 이미 인류는 우주공간의 소유권에 대한 계획들을 준비하고 있었다. 1967년부터 효력이 발효된,

유엔 총회의 '외계공간조약'Outer Space Treaty은 우주공간을 향한 경주에서 큰 도약이 되었다. 세계 대부분의 국가들에 의해 비준된 이 조약은 지구 바깥 공간에 대한 기본적인 국제법의 역할을 한다.

"인류의 우주공간에의 진출로 생겨나는 엄청난 새로운 가능성에 직면하여, 외계공간에 대한 탐험과 평화적인 이용으로 전체 인류가 얻게 될 이익을 위해서"라고 OST의 전문前文에 명시되어 있다. 또한, "달과 그밖의 다른 천체들을 포함한 우주공간은 특정 국가의 전유물이 되어서는 안 되며" 우주에서의 전쟁 가능성도 배제하여야 한다고 말하고 있다.

그러나, 조약이나 협정의 문제점은 늘 누군가가 그것을 벗어나려 한다는 점이다. 그 결과 2000년 11월 20일 유엔 총회에서는 163개 국이 OST와 특히 "우주공간은 평화적인 목적을 위해 남겨두어야 한다"는 단서조항을 재확인하는 투표를 하였다. 이런 절차가 필요했던 이유는 바로 미국이 우주공간을 군사적으로 독점하려는 그들만의 계획을 추진하고 있기 때문이다.

미 우주사령부와 그 내부조직의 문건에 분명하게 기술되어 있듯이 미국 군부는 "우주를 통제하고" 지구를 "지배하기"를 원한다. 미 우주사령부는 "육군과 해군 및 공군의 우주군대를 조정"하며 "우주공간의 이용을 제도화하는 데 도움이 되기 위하여" 1985년에 설립되었다고 인터넷 홈페이지에서 설명하고 있다. 미국 군부의 문서들은 우주를 '궁극적인 고지高地'라고 부르고 있다. 엄청난 자금이 우주에서의 전쟁을 위해서 투입되고 있는데, 그 안에는 우주에서의 사용을 기반으로 하고 있는 레이저 무기개발도 포함되어 있다. '미사일 방어체제' 역시 미국의 우주공간에 대한 군사적 프로그램의 한 단계다. 또 과거 로날드 레이건이 공표했던 '별들의 전쟁'이라는 별명이 붙었던 군사계획 역시 사라진 것이 아니다.

1996년의 미공군위원회 보고서 「새로운 세계의 전망―21세기의 공군과 우주」에는 다음과 같이 명시되어 있다. "앞으로 20년 이내에 새로운 기술에 힘입어, 전술적·전략적 충돌에서 무력의 과시로서 에너지와 질량을 전달하는 데 엄청난 파괴력을 가진, 우주기지로부터의 무기를 사용하는 것이 가능할 것이다. (…) 기술의 진보는 레이저 무기의 사용이 대량 살상에서 경제적인 방법이 되게 할 것이다."

또 하나의 미국 우주사령부의 보고서는 「비전 2020」인데, 그 표지에는 레이저 무기가 지상의 목표물을 명중시키는 그림이 그려져 있다. 「비전 2020」에서는 "우주사령부는 우주에서의 군사행동을 지배하여 미국의 이익을 보호하고, 우주의 군사력을 통합하여 지구상의 어떠한 분쟁상황에도 대처할 수 있는 전쟁수행 능력을 갖춘다"고 선언하고 있다.

1996년에 나온 「비전 2020」은 우주와 지구를 통제하려는 미국의 노력을, 여러 세기 전에 국가들이 상업적인 이익을 보호·증진하기 위하여 해군을 육성하고, 유럽국가들이 해상을 장악함으로써 세계를 정복했던 것과 비교하고 있다. 「비전 2020」은 또한 글로벌 경제를 강조한다. "경제의 세계화는 지속될 것이며, 그 결과 가진 자와

못 가진 자 사이의 간격은 점점 더 벌어질 것이다"라고 우주사령부
는 말한다.

미국의 올가미

황대권은 『경향신문』 1월 31일자 '녹색세상'에 기고한 칼럼 「로켓
발사 경쟁」에서 이렇게 적고 있다.

> 미국의 원대한 우주 군사기지 구상에는 천문학적인 비용이 든다. 뿐만
> 아니라 그렇게 하고 싶어도 할 수 없는 대부분의 나라들은 미국의 '미친
> 짓'을 한사코 반대한다. 명분을 만들면 된다. 미국의 가상 적국을 부추
> 겨 우주개발에 나서게 하는 것이다. 특히 북한이나 이란 같은 나라가 적
> 격이다. 미국이 자국의 이익을 위해 의도적으로 적국의 군사력을 강화
> 시킨 예를 들라고 하면 한정 없이 들 수 있다. (…) 사회주의권 몰락, 김
> 일성 사망, 미국에 의한 오랜 무역금지 압박, 연이은 자연재해 등으로 국
> 력이 거덜나다시피 한 북한으로서 최소한 자원을 가지고 스스로를 지킬
> 수 있는 방법이라곤 '핵미사일 개발'밖에 없었다. 누가 어떻게 도움을
> 주었는지는 모르지만 아무튼 북한은 초보적 수준의 우주개척에 보란 듯
> 이 성공했다.

이것은 보기 드물게 날카로운 분석이다. '미국의 올가미'에 걸려
든 북한의 '성공'은 결국 미국의 우주 군사기지화를 위한 명분과

비용을 확보하는 데 도움을 준다. "북한의 공격능력을 과장함으로써 공포심에 사로잡힌 남한"과 주변국들에게 미국이 주도하는 군산복합체제로의 편입을 독려할 수 있게 되는 것이다. 비용전가를 포함해서 말이다.

지난 1월 28일 외신들은 미국, 중국, 일본이 요격미사일과 정찰미사일을 쏘아올렸다고 보도했다. 그리고 이틀 뒤 한국까지 나로호 발사에 성공하게 된 것이다. 이러한 '로켓 발사 경쟁'이 의미하는 바를 우리는 직시해야 한다. E. F. 슈마허의 말처럼 천문학적인 비용이 드는 거대기술은 "핵발전소와 같이 실제로 어떤 작업이 완성되고 나면 얼마나 무익한지 위험한지 상관없이 그 일을 운영할 마피아 집단"을 만들어 내기 때문이다.

우주개발은 단순히 '차세대 성장동력 산업'의 문제가 아니다. 이것은 명백히 군비경쟁의 일환이며, 지구적 차원의 평화와 관련된 매우 중차대한 문제이다. 따라서 나로호 발사 성공에 '환호'하며 이것이 가진 군사적·정치적 함의를 외면하는 것은 매우 위험천만한 태도라는 것을 반드시 기억해야 한다.

(2013. 2)

"나는 국익을 원하지 않는다"

"저를 한번 보세요. 찬찬히 오랫동안. 여러분이 이라크에 폭탄을 떨어뜨리는 걸 생각했을 때, 여러분 머릿속에는 바로 제 모습이 떠올라야 합니다. 저는 여러분이 죽이려는 바로 그 아이입니다." 미국에 살고 있는 열세 살 난 이라크 출신 소녀 샬롯 앨더브런이 했던 말이다. 이 소녀는 비록 자신은 미국에 살고 있지만, 자신을 닮은 수많은 이라크의 아이들이 미국 정부가 벌일 야만적인 침략전쟁으로 죽어갈 것이라며, 이렇게 호소하고 있다. "이 아이들이 바로 여러분의 아이들이거나, 아니면 조카나 이웃집 아이들이라고 생각해 보세요. 여러분의 아들이 사지가 절단되어서 고통 속에 몸부림치고 있는데도, 아들의 고통을 덜어줄 수도 없고 편안하게 해줄 수도 없이 그냥 무기력하기만 하다고 생각해 보세요. 여러분의 딸이 무너진 건물의 돌더미에 깔려서 울부짖고 있는데, 구해줄 수 없다고 생각해 보세요. 여러분의 아이들이 자기 눈앞에서 여러분이 죽는 걸 보고 나서, 굶주린 채로 혼자서 이 거리 저 거리를 떠돌아다닌다고 생각해 보세요······."

그러나 이러한 안타까운 절규도, 수천만 세계시민들의 반전시위도, 심지어 목숨을 걸고 바그다드에 남은 '인간 방패'들의 결의도, 미국 정부의 '준비된' 만행을 막지는 못했다. 지난 3월 20일, 마침내 최신예 미사일들이 바그다드를 폭격하기 시작한 이후, 그들은 시나리오대로 지상군을 투입해 이라크를 짓밟기 시작하고 있다. 미국 정부는 파렴치하게도 '정밀 공습' 운운하며 민간인의 피해를 최소화할 수 있다고 하지만, 그것을 믿는 세계시민은 아무도 없다. 이제 샬롯을 닮은 아이들을 비롯해 무고한 이라크 민초들의 희생을 막기는 어렵게 되었다. 제발 일어나지 않기를 바랐던 끔찍한 상황이 벌어지고 만 것이다.

유엔은 "오늘은 유엔과 국제사회 모두에 슬픈 날"이라고 침통한 메시지를 발표했다. 유럽을 비롯한 세계 각국은 말할 것도 없고, 미국내에서도 '반전'을 외치는 분노의 목소리가 뿜어져나오고 있다. 미국 정부가 뭐라고 명분을 들먹이든, 이 침략전쟁이 아무런 정당성도 갖지 못한 만행이라는 것은 이제 길게 말할 필요도 없다. 그리고, 우리 세대는 인간의 생존과 존귀함을 함부로 짓밟는 패륜적인 폭력을 당당히 막지 못한 또 한번의 죄과를 짊어지게 되었다.

'우리의 죄'라고 말했다. 거두절미하고 이렇게 말해 보자. 미국의 침략 개시를 전후해 텔레비전과 신문들이 연일 '이라크전과 주가株價의 관계'를 말할 때, 나는 '우리의 죄'를 생각하지 않을 수 없었다. 그리고 '우리의 대통령'이 '국익'國益을 운운하며 미국에 대한 지지와 파병을 기꺼이 약속할 때, 나는 분노와 치욕감과 함께 다시 한번 '우리의 죄'를 생각하지 않을 수 없었다. 그렇다. 고개를 쳐들고 치솟는 주가에 환호하는 우리의 탐욕스런 삶이, 자본주의 세계시장에서 우리 '몫'의 떡고물(그것을 '국익'이라고 부르며)이 행여라도 줄어들까 노심초사 눈치를 살피는 비굴하고 구차스런 생존 논리가 결국 이라크 민중들의 비극 앞에서 우리를 이토록 무력하게 만드는 것은 아닌가. 우리가 '주가'와 '국익'의 논리에서 벗어나지 못하는 한, 미국의 이라크 침략은 어쩌면 '합리적'이고 '정당한' 것은 아닌가. 자본주의와 경제성장, 국가주의의 논리는 언제나 전쟁과 피를 요구하기 때문이다.

그리고 이런 생각도 해보자. 이번 침략전쟁은 미국의 패권주의와 함께 '석유'에 대한 배타적 이권利權을 확보하려는 야욕과 깊이 관련되어 있다는 것을 우리는 너무도 잘 알고 있다. 그러나 석유에 목을 매고 있는 것은 비단 미국 정부와 석유재벌들만이 아니다. 바로 나 자신과 우리 모두가 저 유전油田에 목숨줄을 대고, '석유시대'를 함께 살고 있는 것이다. 따라서 우리가 이 전쟁을 '묵인'한다면, 그것은 본질적으로 '석유시대'의 기득권을 포기하지 않으려는 기득권 세력의 공범자로서 이 전쟁에 동참하는 것에 다름 아니다. 뿐만 아니라, 우리가 이 '석유시대'를 넘어서기 위해, 지속 가능한 녹색 에너지 체제를 지금부터라도 적극적으로 모색하기 시작하지 않는다면, 그것은 언제라도 발발 가능한 석유 이권 전쟁을 사실상 방치하는 것에 다름 아니며, 따라서 그것은 반反평화적인 삶을 우리가 포기하지 않겠다는 것과 같은 뜻이 된다.

　이제 미국 정부의 만행에 대해 분노만 하고 있을 때는 아니다. 모든 가능한 방법을 동원해 우리는 저들이 만행을 즉시 중단하고 이라크에서 철수할 것을 촉구해야 한다. 또한 미국 정부에 대한 지지와 파병을 표명한 한국 정부와 이에 맞장구치고 있는 여야 정당의 정치인들에게 강력한 압력을 넣어, 지지 입장과 파병안을 즉시 철회하도록 노력해야 한다. 그것이 '우리의 죄'를 조금이라도 더는 길일 것이다. 더 나아가 '주가'와 '국익'의 논리, 그리고 '석유시대'로부터 한발짝이라도 벗어나기 위해(이미 우리 발에도 피가 묻어있지만) 우리는 힘과 지혜를 모아야 한다. '국익'을 위해서라면 인간의 생명을 무참히 짓밟는 전쟁조차 '지지'하고 그 전장에 우리의 젊은이들을 보내야 한다고 '정부'가 말한다면, 우리는 이렇게 대답해야 한다. "나는 더 이상 국익을 원하지 않는다." 그리고 "당신의 정부는 더 이상 나의 정부가 아니다!"

(2003. 3)

한 초등학생의 죽음과 일제고사

생의 꽃봉오리가 채 영글기도 전에

지난 7일 수성구 범어동 한 아파트 13층에서 초등학교 6학년 어린이가 스스로 몸을 던져 목숨을 잃었다는 소식을 들은 뒤로, 이런 소식을 들을 때마다 매번 그랬지만, 참담한 마음에 며칠째 일이 손에 잘 잡히지 않습니다. 또래 친구들보다 몸집이 작았다는 그 친구가, 자신이 사는 10층을 지나 13층까지 올라가는 동안 도대체 무슨 생각을 하고, 또 어떤 심정이었을까를 짐작해 보려고 하면, 손발에 힘이 다 빠져나가는 듯한 기분이 듭니다.

이유야 어쨌든, 아름다운 생의 꽃봉오리가 채 영글기도 전에 이 세상을 떠날 수밖에 없었던 그 어린이의 명복을 먼저 빕니다. 부디 슬픔과 아픔, 두려움이 없는 곳에서, 마음껏 뛰고 노래하며 웃을 수 있기를⋯⋯. 그 어린 나이에 "더 이상 살고 싶지 않다"고 판단해 버리도록 만든 이 끔찍한 사회에 대해 책임이 있는 어리석은 어른들을 부디 용서해 주기를⋯⋯.

어린이와 청소년들이 잇따라 스스로 목숨을 끊는 사회, 청소년 사망원인 1위가 자살인 사회, 청소년 자살률이 전 세계 1위인 나라. 이런 사회, 이런 나라에서 소위 어른이라는 사람들이, 부모라는 작자들이, 지금 이 시각 마치 아무 일도 없다는 듯이 살고 있다는 자체가 엄청난 범죄라는 기분이 듭니다. 이것은 너무 지나친 생각일까요?

더구나 대구 수성구가 이런 참담한 일이 전국에서도 가장 빈번히 일어나는 지역이라는 사실은 무엇을 의미할까요? 이번 사건 수사를 맡은 경찰도, 해당 학교나 교육청도 다들 입을 다물고 있으니, 사건의 경위와 원인을 자세히 알 수는 없지만, 이런 불행이 유독 수성구에서 자주 일어나는 것이 이 지역의 높은 사교육열, 지나친 경쟁과 결코 무관하지 않다는 것은 누구도 부인하기 어려울 것입니다.

전쟁 같은 경쟁의 지옥도

가령 이번에 세상을 떠난 학생이 다니던 초등학교의 학생 현황을 조금만 살펴보아도 이 지역의 문제점이 다시 한번 확인됩니다. 이 학교는 1학년부터 5학년까지 올라가면서 학급 수와 학생 수가 조금씩 늘어나다가, 6학년은 5학년에 비해 5학급이 더 많고, 학생 수는 무려 140명 정도 더 많습니다.

사회 전반의 저출산 추세나 다른 요인으로는 이 학교의 저학년과 6학년 학생 수의 가파른 차이를 설명하기 어렵습니다. 소위 대학입시에 강한 '명문고'들이 밀집해 있는 이 지역 학군으로 진입하기 위해, 5학년과 6학년 초에 전입해 오는 학생들 수가 그만큼 많다는 뜻이고, 이것은 결국 초등학교 5~6학년 때부터 사실상 치열한 입시경쟁이 일상화된다는 것을 의미하는 것 아닌가요? 이번에 일어난 슬픈 일은 과연 이런 현실과는 무관한 것일까요?

물론 이것은 단지 수성구만의 문제도 아닙니다. 정도의 차이는 있겠지만, 다른 지역들은 또 수성구를 '준거집단' 삼아 끝없이 경쟁을 부추기고 있으니까요. 다른 학군의 학교와 상위권 학생들은 수성구 학생들을 따라잡기 위해 가랑이가 찢어질 노릇이고, 중하위권 학생들은 이중 삼중의 열패감과 무력감에 빠질 수밖에 없게 됩니다. 학생간, 학교간, 학군간 서열화와 교육불평등, 전쟁 같은 경쟁의 지옥도로부터 어느 한 군데라도 자유로운 곳이 있습니까?

한 초등학생의 죽음을 접하고, 저는 수성구에 사는, 그리고 대구에 사는 동료 이웃들, 책임감을 공감하는 부모들에게, 그리고 교사들에게 묻고 싶습니다. 정말 우리가 이런 사회를 그냥 내버려둬도 되는 것일까요? 이런 비극이 내 아이에게만 일어나지 않으면 상관없는 것일까요? 우리는 지금 무엇을 해야 하는 것일까요?

그러나 저는 또 한편으로, 이런 질문과 고민이 어른과 부모들, 교사들만의 것이어서는 안 된다고 생각합니다. 그렇게 어린이와 청소년들을 대상화한 질문과 해법은 반드시 엉터리가 될 수밖에 없다고 봅니다. 그래서 이웃의 어린이들, 지역의 청소년들에게도 묻고 싶습니다. 우리는 바로 옆에서 일어나고 있는 이런 슬픈 일들을 동료의 문제, 친구의 문제, 그리고 나아가 바로 내 문제라고 느끼고 있나요? 이런 일들이 자꾸만 일어나는 원인은 도대체 무엇인가요? 이런 현실을 바꾸기 위해 우리가 함께 할 수 있는 일은 없을까요?

답을 찾기가 쉽지 않은 질문들, 아니 어쩌면 너무나 고통스럽고 불편해서 피하고 싶은 질문들일지도 모릅니다. 그러나 불편함과 고통, 두려움을 이겨내고 질문을 직시해야 합니다. 혼자서는 어렵겠지만, 함께 손잡을 수 있는 이웃과 동료가 단 한 사람만 있어도 견뎌낼 수 있다고 믿습니다. 그런 질문 속에서 비록 희미하나마 어떤 답이 보인다면, 그것을 움켜쥐고 함께 실천하고 노력해야 합니다. 그것이 설령 현실에 큰 타격을 줄 수 없는 아주 보잘것없는 작은 행동일지라도, 거기서부터 시작하지 않으면 안 된다고 생각합니다. 가령, 부모들의 참회를 위한 작은 촛불켜기 같은 아주 작은 일이라고 하더라도……

문제는 각자의 슬픔과 고통을 고백하고, 그것을 함께 나누려는 작은 광장을 우리 속에, 우리 마을 가운데에 만드는 일입니다. 저는 그것이 곧 우리의 현실을 바꾸기 위한 '정치'의 첫걸음이라고 생각합니다.

"무한경쟁? 무식한 경쟁! 일제고사에 반대합니다"

지난 며칠 동안 이런 생각에 골몰하고 있는데, 그 끔찍한 경쟁과 서열화, 교육불균형을 국가가 나서서 또다시 부채질하고 있다는 소식이 들리네요. 오는 6월 25일, 전국의 중학교 3학년과 고등학교 2학년을 대상으로 한 일제고사(국가수준 학업성취도평가)가 시행된다고 합니다.

보도에 따르면 어느 지역 교육청은 일제고사를 앞두고 10억 원대 '격려금'을 뿌렸다고도 하고, "시험 잘 치면 상금이 있다"는 소문도 돌고 있답니다. 중3인 딸아이 얘길 들어보니, 안 그래도 기말시험 앞두고 스트레스 받는데 일부 교사들은 일제고사 점수를 높이기 위해 '예상문제'를 억지로 풀게 해서 학생들 스트레스가 더 심하다고 하네요. 교사들도 학생들도 할 짓이 아닙니다. 또 다른 기사를 보니, 심지어 좋은 성적을 내려고 '찍기 요령'을 가르쳐주는 교사들도 있다고 하니, 일제고사에 따른 학교 현장의 파행이 이만저만이 아닌가 봅니다.

끝없는 경쟁은 어린 학생들의 영혼에 상처를 입히고, 때로는 스스로 목숨을 끊는 끔찍한 일마저 초래한다는 것을 우리는 그동안 보아왔습니다. 이러한 경쟁을 줄이려면 우선 일제고사부터 없애야 합니다. 집집마다 사교육비 때문에 온 나라가 몸살을 앓고 있습니다. '경제민주화'를 위해서도 서민들이 사교육비 부담을 덜 수 있도록 해야 하는데, 그러려면 우선 일제고사부터 없애야 합니다. 학생과 학교, 지역까지도 줄을 세우는 서열화와 교육불균형의 현실은 "국민생활의 균등한 향상을 기하"는 것을 국가의 의무로 밝히고 있는 헌법에 명백히 위배됩니다. 서열화와 교육불균형 문제를 해결하는 첫걸음은 일제고사를 없애는 것입니다. 일제고사는 교육적인 면에서도 전혀 효과가 없다고 대부분의 교사와 학생들이 입을 모아 말하고 있습니다. 점수 따기 반복학습과 무식한 암기교육으로 학생들을 내모는 일제고사는 없어져야 합니다.

저는 지난 3월 7일 일제고사일에 대구 수성구의 한 중학교 앞에서 일제고사 반대 일인시위를 했습니다. 오는 6월 25일에도 여러 교사, 학부모들과 동시다발 일인시위에 함께 할 예정입니다. 불과 며칠 전에도 초등학생이 스스로 목숨을 끊은 동네, 그러나 모두들 쉬쉬하며 '불편한 진실'을 애써 외면하는 이 사회의 위선과 부조리에 바늘 끝만 한 균열이라도 내는 것이, 부모이면서 보잘것없는 '글방 선생'인 시민의 의무라고 생각하기 때문입니다. 이런 작은 행동이, 앞에서 말씀드린 "각자의 슬픔과 고통을 고백하고, 그것을 함께 나누려는 작은 광장을 우리 속에, 우리 마을 가운데에 만드는 일"에 기여할지도 모른다고 생각하기 때문입니다.

(2013. 6)

왜 '학생인권'인가

경쟁과 폭력에 희생되는 청소년들

청소년들의 자살이 잇따르고 있다. 얼마 전 "입시제도가 싫다"는 유서를 남기고 대구시 동구의 고등학교 1학년 학생이 스스로 목숨을 끊은 데 이어, 바로 며칠 뒤에는 오랫동안 학생들 사이의 폭력에 시달려온 경산의 고등학생이 스스로 목숨을 끊었다는 안타까운 소식을 들었다. '경쟁'과 '폭력'이 지금의 학교를 지배하는 가장 큰 힘이라는 것이, 잇따른 두 청소년의 자살 사건을 통해 다시 한번 확인되었다.

그런데 이런 소식은 하도 자주 들어 모두들 무감각해져 버린 것이 아닐까 싶을 정도로, 이제는 뉴스거리도 못 되는 것 같은 느낌을 준다. 그러나 우리는 모두 알고 있다. "우리집 애만 아니면 된다"는 지독한 이기주의 덕분에 이러한 죽음의 릴레이 앞에서도 모두들 쉬쉬하면서 넘어가고 있는 것뿐이라는 것을. "청소년 사망 원인 1위가 자살"이고 "청소년 자살률이 가장 높은 사회"라고 하는 것은 이 사회가 이미 뿌리까지 완전히 망가졌다는 것을 말해 주는 것에 다름 아니라는 것을.

소위 전문가들과 관료들이 이 문제를 대하는 관점과 태도의 한심스러움에 대해서는 길게 말하고 싶지도 않다. 학교 창문이 조금만 열리도록 고치고 CCTV 교체에 예산을 투자하는 것밖에 할 줄 모르는 사람들하고 더 이상 무슨 진지한 이야기가 되겠나.

학교, 강제수용-노동 공간

이미 지금의 학교는 평화로운 '배움의 공간'의 의미를 완전히 잃어버린 곳이다. 국가와 사회, 기성세대가 일방적으로 만들어 놓은 경쟁 체제, 죽임의 문화, 폭력의 법칙만이 지배하는 '노예들의 공간'으로 전락해 버린 지 오래다. 지금의 학교와 교실을 '지켜야 한다'고 믿는 어른들에게는 미안한 말이지만, 나는 지금의 학교야말로 제대로 된 배움과 교육이 불가능해져 버린 곳이라고 말하지 않을 수 없다.

아니, 어쩌면 교육 관료들과 교사, 학부모들도 이미 그것을 알고 있으면서도, 자신들이 누리고 있는 기득권과 굳어버린 생각, 또는 허망한 욕심과 '본전 생각' 따위 때문에 그런 '교육 불가능의 상황'을 애써 외면하고 있는 것인지도 모른다. 지금 학생들은 경쟁과 죽임의 문화, 폭력의 법칙만이 지배하는, '학교'라는 이름의 강제수용소에서 '학습노동'을 끊임없이 강요당하는 '노예'에 불과하다. 그것은 '강제수용-노동'의 공간이라는 점에서 감옥, 군대와 본질적으로 다를 것이 하나도 없다.

'노예'들은 자신들을 억압하는 지배권력에 저항해서 그것을 깨뜨리든가, 그러지 않으면 자신들의 분노와 스트레스를 해소하기 위해 자신들 내부의 약자를 골라 희생양으로 삼음으로써 비참한 생존을 이어갈 수밖에 없는 존재이다. 군대와 감옥 안에서 끊임없이 일어나는 폭력을 생각해 보라. 그것은 그런 '강제수용-노동' 공간이 존재하는 한 결코 없어질 수 없는 '노예들의 비루한(비겁한) 생존 방식'에 다름 아니다.

어떻게 이 비참한 상황에서 우리가 벗어날 수 있을까? 가장 근본적인 '대책'은 지금까지 얼굴도, 목소리도 가지지 못한 '노예'들(청소년-학생들)에게 '시민권'을 주는 것이다. 폭력의 철저한 피해자이자 (노예로서 생존하기 위해 부득이) 상대적 약자들에게 폭력을 행사할 수밖에 없었던, 그래서 늘상 '폭력'에 엮임으로써만 살아왔던 청소년-학생들에게 자신들의 삶을 스스로 계획하고 자신들의 공동체를 스스로 꾸려갈 수 있는 힘을 돌려주는 것만이 이 문제 해결의 해법이다.

'노예'가 아닌 '시민'으로

자신의 삶, 자신이 속한 공동체를 스스로 계획하고 꾸려갈 수 있는 진정한 힘을 가진 존재들은 결코 다른 사람, 자신보다 약한 존재들을 괴롭히거나 못살게 굴지 않는다. 왜냐하면 그러한 힘은 평등과 서로간의 존중이 바탕이 되지 않으면 결코 유지될 수 없기 때문이다. 혹시라도 내부에서 일시적으로 힘의 불균형이 발생하고 불평등한 관계에서 '폭력'이 발생하더라도, 평등과 상호존중이 바탕이 된 권력이 철저하게 보장된다면, 공동체의 구성원들은 스스로 그것을 민주적으로 해결하게 된다. 그리고 더불어 살아가는 존재로서 다른 사람의 고통에 무감각해질 수가 없다.

따라서 집단따돌림과 학생간 폭력을 해결하기 위한 근본적인 처방의 첫걸음은 바로 학생들이 민주주의와 인권의 '주체'로 설 수 있도록 온 사회가 지원하고 연대하는 것이다. 어른들의 시각과 힘으로써 학생들을 보호하고 통제하고 관리하는 것이 아니라, 국가와 경찰권력이 나서서 더 높은 수준의 강제력으로 감시하고 처벌하는 것이 아니라, 청소년-학생들에게 스스로를 돌보고 더불어 살아갈 수 있는 정치적 기회(시민권)를 주는 것만이 근본적인 해결책이다. '학생인권조례'는 비록 만병통치약은 결코 아니지만, 그러한 민주주의와 인권, 상호존중의 힘을 학교 안에 싹 틔우기 위한 작은 씨앗이 될 것이다.

그리고 그렇게 싹튼 민주주의의 나무는 점점 자라나 학교라는 강제수용소의 콘크리트 구조물을 평화적인 힘으로, 즉 비폭력적인 힘으로 무너뜨려 버릴 것이다. '민주주의가 꽃피는 학교'는 마치 '민주주의가 꽃피는 감옥', '민주주의가 꽃피는 군대'처럼 형용모순이라고 나는 생각하는데, 이 말은 바꾸어 말하면, 참된 민주주의와 자치가 보장되는 학교라면, 우리가 생각하는 강제수용소로서의 학교는 더 이상 아니게 될 것이고, 그것은 완전히 새로운 삶-배움의 공동체가 될 것이라는 말이다.

민주주의와 인권을 위한 연대

이것은 학교뿐만 아니라 사회 전체를 보아도 마찬가지다. 지금 우리 사회 내부의 정치적·경제적 불평등과 약자에 대한 차별, 타인의 고통에 대한 철저한 무관심과 무감각, 서로에 대한 무형-유형의 폭력은 결국 우리 사회 구성원 모두가 제대로 된 '권력'의 주체가 되지 못하고 있기 때문에 일어나는 것이다. 즉 어른들도 청소년-학생들과 마찬가지로 '경제성장(발전)'이라는 오직 한 가지 목적에 강제로 '동원'되고 있는 '노예'들의 삶을 살고 있기 때문에 발생하는 것이다. '경제성장(발전)'이라는 굳어버린 생각(이데올로기)만이 지배하는 세상에는 민주주의도, 진정한 시민의 권력도 있을 수 없다. 오직 '입시'와 '성공'이라는 학교 안의 유일 지배 이데올로기와, '경제성장(발전)'과 '돈'이라는 사회 전체의 유일 지배 이데올로기는 본질적으로 완전히 같은 뿌리에서 나온 것이다.

그런 점에서 청소년-학생과 어른들은 모두 다 '구조적 폭력'의 희생자이자 서로간의 가해자일 뿐이다. 똑같이 '폭력'의 사슬에 묶여 있는 존재인 주제에, 어른이랍시고 청소년-학생들 앞에서 목에 힘을 잔뜩 주고, 처벌이니 감시니 보호니 관리니 하고 떠드는 것은 참으로 딱하고 위선적인 꼬락서니 아닌가?

다시 한번 말하지만, 학생간 폭력의 가해자들을 처벌하는 것만이, 그리고 통제와 감시를 강화하는 것만이 능사라고 생각하는 것은 전혀 현실성이 없는 해법이다. 그렇게 하면 할수록, 강화된 폭력에 노출된 '노예'들은 내부의 약자에 대한 공격(폭력)을 더욱 교묘하고 잔인하게 이어가게 될 것이다.

가장 현실적인 해법을 찾아야 한다. 그것은 바로 청소년-학생들을 민주주의와 인권, 평등과 상호존중, 우정과 너그러움의 주체로 세우는 것이다. 그리고 그것을 위해 함께 연대하는 것이다.

(2013. 3)

어떤 유학

학교

"선생님, 저 농사일 배우고 싶어요. 농사짓는 선생님 소개 좀 해 주세요."

지난 4월 말, 수업을 마치고 나서 J가 불쑥 말했다. 나하고 함께 공부하고 있는 '청소년 인문학 모임 강냉이' 학생인 J는 고등학교 2학년 나이의 '탈학교 청소년'이다. 2학년이 되자마자 "학교가 너무 답답하고 재미가 없어서" 그만둔 뒤로, 청소년 인권단체 회원으로, 그리고 녹색당 청소년 당원으로 활동하면서, 일주일에 한 번씩 나하고 만나 인문학 공부를 해오던 터였다.

J는 글 쓰는 것을 좋아하고, 그림도 잘 그리고, 무엇보다 자연과 교감하는 '생명 감수성'이 뛰어난 친구다. 어릴 적부터 곤충과 나무와 풀을 관찰하며 동네 뒷산을 하루종일 누비고 다니길 좋아했다. 한번은 J가 직접 채집해서 만든 곤충 표본을 들고 와서 나와 다른 친구들에게 보여준 적이 있는데, 곤충에 대한 해박한 지식과 꼼

꼼한 솜씨에 모두들 감탄하지 않을 수 없었다. 수업 시작 전, 일주일 동안의 생활을 서로 이야기하는 '생활나눔' 시간에도 J는 주로, 지난 주에는 무슨 나무 싹이 새로 나왔고, 무슨 꽃이 피었고, 무슨 곤충들이 활동을 시작했다는 이야기를 들려주곤 했다.

그런 그에게 학교가 얼마나 숨막히는 곳이었을지는 길게 말할 필요도 없을 것이다. 더구나 J는 학생들의 '인권'을 존중하지 않는 학교 현실에 눈을 뜨고, 그런 현실에 누구보다 마음 아파했다. 그렇다고 '왕따'는 아니었다. 오히려 친구들에게 학교 현실을 바꾸려면 학생들 스스로 자신의 권리에 눈을 떠야 하고, 적극 행동해야 한다는 것을 호소하고 설득하기 위해 나름대로 애쓰기도 했다.

하지만 J는 결국 학교를 그만두었다. 오직 '입시'와 '경쟁'을 위해서만 빽빽하게 짜여진 학교라는 틀 속에서 자신의 생명력을 고갈시키기에는 열여덟 살의 '자유'가 너무나도 소중하다고 판단했던 것이리라.

그런데 학교를 그만둔 것에 그치지 않고 J는 '독립'을 꿈꾸면서 '집'에서도 나올 생각을 한다. 자신과 같은 처지의 '탈학교 청소년'들과 방을 얻어 자취생활(일종의 공동체생활)을 시작한 것이다. 걱정스런 마음으로, 그런 생각까지 하게 된 까닭을 조심스레 물어보았더니 "사회 현실과 직접 부딪쳐 보고 싶기 때문"이라고 했다. 그래도 부모님과는 자주 만나 계속 의논을 하고 있다고 하길래 조금은 안심을 했지만, 여러모로 신경이 쓰이지 않을 수 없었다.

하지만 열여덟 살의 소년에게 현실이 어찌 녹록하기만 한 것이겠

나. 다음은 J가 친구들과 함께 지내는 동안, 수업시간에 쓴 글의 일부이다.

난 학교를 나와서도 충분히 자유롭지 못한 것 같다. 처음엔 학교를 나오면 아주 많은 자유가 주어질 거라 생각했다. 물론 어떤 구속과 억압 하나를 덜어냈고, 학교에 묶여 있을 때에 비해 더 자유롭다. 최근엔 두 명의 친구들과 함께 생활하고 있는데, 둘 다 나처럼 탈학교 청소년이고 그 둘은 알바를 해 돈을 벌어 생계를 유지하고 있다. 이런 상황에서 나 혼자 놀고 있을 수 없으니, 빨리 일자리를 얻어서 돈을 벌어야 한다. 하지만 알바를 가는 친구들을 보면 마치 내가 학교를 다녔을 때와 비슷한 느낌이 든다. 여유 시간은 언제나 부족하고, 시키는 대로 일해야 하고, 스스로를 '자본의 노예'라고 하면서 짜증내기도 한다. 또 학교같이 답답할 때가 많지만 우리들의 생계와 관련된 상황이라 무턱대고 안 갈 수도 없다고 한다. 그런 이야기를 들으면서 알바를 구하기가 겁이 났다.

그래서 J는 드디어 '농사일'을 배워 보기로 결심하고, 나에게 '농사짓는 선생님'을 소개해 달라고 한 것이다.

공부

상황이 이렇게까지 되니, J의 어머니와 의논을 하지 않을 수 없었다. 연락을 드리고 J의 생각을 전했다. J의 어머니는, 내가 J를 비롯한 학생들과 '청소년 인문학 모임'을 시작한 초기부터, 여기서 공부하는 다른 학생들의 어머니 몇 분과 함께 '독서모임'을 따로 만들어, 매주 한 번씩 인문학 공부를 해 오신 분이다. (놀랍게도 그 모임은 지난 일 년 동안 단 한 주도 쉬지 않고 이어져 왔다.)

전직 교사인 J 어머니의 반응은 오히려 아주 담담했다. "J의 뜻이 그렇다면 선생님께서 좀 도와달라"는 것이었다. 아들이 학교를 그만두겠다고 했을 때도, 친구들과 '독립생활'을 해보겠다고 했을 때도, '아들의 뜻'을 존중해 준 어머니였다. 어찌 걱정스럽지 않고 불안하지 않겠나. 무엇보다 아들이 "아직은 한창 공부할 나이인데, 너무 세상을 좁게만 보게 되지 않을까" 하는 염려가 없지는 않다고 털어놓았다. 그러면서도 "아들의 인생을 억지로 어른들 판단과 틀 속에 가둘 수는 없다"는 소신을 가지고 계셨다.

며칠 뒤 조금 더 자세한 이야기를 나누는 자리에서 J의 어머니는 "그동안 다른 어머니들과 함께 꾸준히 책을 읽고 이야기 나누면서, '공부'에 대한 생각을 다시 하게 되었다. 그리고 나 자신을 많이 내려놓게 되었다. 한참 뒤에나 J를 보살펴 주는 일에서 벗어날 줄 알았는데, 생각보다 그 시간이 빨리 다가온 것 같아 좀 당혹스럽기도 하지만, 한편으로 자유로운 마음도 든다. 이제 나도 내 자신의 인생을 좀더 깊이 생각하게 되었다"는 취지의 얘기를 들려주셨다.

지금 대부분의 부모들이 자식들 '교육문제'를 근심하면서, 사실은 자신들의 '불안'과 '욕망'을 자식들에게 그대로 '투사'하고 있는 데 견주어, 이런 J 어머니의 태도는 얼마나 자유롭고 의연한 것

인가. 우리가 지금 눈만 뜨면 입에 달고 사는 '교육문제'의 근본 해
법은 결국 자식들에 대한 '집착'에서 벗어나, 어른들 스스로 좀더
자유롭고 가치 있는 삶을 살기 위해 이웃(다른 부모들)과 함께 공부
하고 토론하는 데서 그 실마리를 찾아야 하지 않을까.

스승

아무튼 J와 어머니의 뜻을 확인한 다음에, 나는 영덕 산골에 귀농하
여 십 년 넘게 농사를 지으며 작은 규모로 벌을 치는 친구에게 J의
일을 상의했다. 고맙게도 온 가족이 환영해 주었다. 비록 작지만 방
을 한 칸 내주고 밥은 먹여줄 테니, 와서 농사일과 벌치는 일을 조
금씩 거들면서 시골생활을 마음껏 경험해 보라는 것이었다. 누구
보다 훌륭한 선생님이 되어줄 거라고 믿는 친구이기에 든든했다.
처음부터 너무 무리한 계획은 세우지 말고, 우선 한두 달 지내 본
다음 이후 계획을 다시 의논하자고 J에게 제안했더니 좋다고 했다.
며칠 뒤, 혼자 영덕에 가서 선생님을 만나 잘 부탁드린다는 인사도
하고 왔단다.

　지난 주 수업에 나온 J는 한동안 만나지 못할 친구들에게 작별인
사를 했다. 나는 J에게 '하이하버연구소'의 '연구원' 자격을 주고
(드디어 '연구원'까지 생겼다!), 학교를 그만둔 이야기부터 시작해서 앞
으로 영덕 산골 마을에서 일하면서 보고 듣고 겪을 일들을 꼼꼼히
기록하는 것을 '연구과제'로 내주었다. 모두들 농촌으로 '유학'을

떠나는 J를 부러워하며 배웅했다.

"여기, 아카시아꽃이 한창이라 벌들이 부지런히 일하고 있어요. 그 벌들 보살피고 관찰하는 게 아주 재밌어요. 모판에 모도 잘 자라고 있고요. 이 집 아이들하고 놀아주는 것도 제 일인데, 네 살짜리 둘째는 낯을 좀 가려서 아직은 좀 덜 친해졌어요."

한 주 동안 밥도 잘 먹고, 아침 일찍부터 일하고 움직이느라 잠도 달게 잘 잔다는 J의 목소리는 여느 때보다 훨씬 밝았다. 오늘 저녁에는 영덕(영덕은 삼척과 함께 작년 말 '신규원전부지'로 선정되었다)에서 열리는 '동해안 탈핵연대' 대책회의에, 선생님과 함께 가볼 거라고 했다. 전화기 너머에서 주왕산 자락 아카시아꽃 향기가 얼핏 코끝을 스치는 것 같기도 했다.

인도 출신의 생태철학자이자 교육자인 사티쉬 쿠마르는 「심성교육心性教育과 작은학교」에서 이렇게 쓴 적이 있다.

꿀벌은 얼마나 좋은 스승입니까? 꿀벌은 꽃에서 꽃으로, 한 꽃에서 꽃꿀을 조금씩만 따면서 날아다닙니다. 어떤 꽃도 "꿀벌이 와서 내 꿀을 가져가버렸어" 하고 불평한 일이 없습니다. 꿀벌은 꽃에 해를 끼친 일이 없고 꽃과 꿀벌 사이에는 완전한 비폭력적인 관계, 해를 끼치지 않는 관계가 이루어져 있습니다. (…) 인간사회가 땅에서 무엇을 캐어내거나 얻어내려고 할 때 우리는 계속해서 빼앗고 빼앗고 해서 결국 그것은 소진되고 고갈되고 그 자원이 끝장이 날 때까지 갑니다. 우리는 꿀벌에게서 조금만 얻어오는 것을 배워야 합니다. 우리에게 필요한 것만, 그 이상은 아니고요. (…) 공기가 오염되어 있고 물이 오염되었고 흙이 오염되었습니다. 우리는 무슨 짓을 하고 있는 것입니까? 자연은 우리의 스승입니다. 꿀벌은 우리의 스승입니다. 우리는 조금만 취하고 그것을 변화시키는 것을 배워야 합니다. 우리가 무엇을 취하든 간에 변화시키는 것이 필수적입니다. 그것을 (자연을 오염시키는 것들로 변화시키지 말고) 꿀처럼 신성하고 맛있고 달콤한 것으로 변화시키세요.

(2012. 5)

청소년 인문학 모임 '강냉이' 이야기

넝쿨손

해빈이가 마당 한 귀퉁이에 옮겨 심어 놓은 밤콩의 연초록 넝쿨손이, 용케도 옆에 세워 둔 버팀목을 감고 올라가기 시작했다. 여린 넝쿨 어디에 눈이 있어 제 갈 길을 스스로 헤아려 저렇게 잘도 올라가는 것일까. 참 신통하지.

해빈이는 지금 중학교 3학년 딸아이다. 어릴 적부터 식물에 관심이 많았다. 사과를 먹어도 그 씨앗을 따로 모아, 접시 같은 데 젖은 솜을 깔고 싹 트는 과정을 관찰하곤 할 정도로. 어쩌다 마당에 옮겨 심은 사과 모종이 한참이나 계속 자라, 식구들 모두 "이러다 정말 사과나무가 되는 게 아닐까?" 하고 신기해 한 적도 있었다. 물론 묘목으로 자랄 조건을 충분히 마련해 주지 않아서 그런 일은 일어나지 않았지만.

그런 아이가 올해에는 또 무슨 생각이 들었는지 밤콩을 키워 보겠다고, 접시에다 휴지를 깔고 그 위에 콩을 얹고 물을 주어가며 관찰했다. 싹이 트자 그것을 작은 화분 세 개에다 하나씩 옮겨 심었다. 그러더니 큰잎이 몇 장씩 달리고 넝쿨손이 나오자 그놈들을 마당 한 귀퉁이에 옮겨 심고, 넝쿨이 감고 올라가라고 막대기까지 하나씩 세워 준 것이다. 옮겨 심는 것은 누가 가르쳐 준 것도 아닌데 어디서 보고 들었는지 저 혼자 판단해서 척척 해내는 것이 대견하기도 하고 참 신기하기도 했다.

제법 올라간 넝쿨을 흐뭇한 마음으로 들여다보다가 문득 생각했다. 가만, 해빈이가 심은 이 콩 씨는 어디서 난 거지? 아, 몇 해 전 직가골에서 우리가 거두어들인 거구나! 그 콩이 아직도 남아 있었구나!

여백의 시간

지난 2009년 한 해를 우리 가족은 경북 의성의 직가골이라는 시골 마을에서 지냈다. 『녹색평론』이라는 잡지 만드는 일에 11년간 참여하다가, 그 잡지사가 이런저런 사정으로 서울로 옮겨가게 되었는데, 서울로 따라가는 것을 포기한 덕분에 졸지에 '실업자'가 된 것이 계기라면 계기였다.

"어떤 직장은 십 년쯤 일하면 안식년이라는 것도 준다더라. 그 안식년을 맞으면 온 식구가 외국에 나가서 공부도 하고 견문도 넓히고 그런다는데, 우리 가족은 돈이 없으니 외국은 못 갈 것 같고 딱 일 년만 시골생활을 해 보자." 나는 그렇게 아내와 두 아이에게 제안했고, 모두들 동의해서 결행하게 되었다. 나는 아이들에게 "훌륭한 애비를 둬서 이런 안식년까지 생기는 거"라고 생색을 내기도 했다.

내가 종종 "고추 몇 근, 콩 몇 말, 깨 몇 되, 배추 몇 포기에 시詩까지 몇 편 수확한 풍족한 한 해"였다고 친구들에게 말하곤 하지만, 어쨌거나 짧은 기간이었음에도 우리 가족 모두에게 그 한 해는 여러 가지로 의미 있는 '안식년'이었다. 특히 아이들에게는 앞으로 인생을 살아가는 데 더없이 소중한 경험이었다고 생각한다.

그때 중학교 2학년이었던 아들 다빈이는 동급생이 전교에 다섯 명밖에 안 되는 금성중학교에서 행복한 학교생활을 했다. 해빈이는, 중학교보다는 규모가 좀 크지만, 그래도 시골학교다운 분위기가 느껴지는 금성초등학교에서 5학년을 다녔는데, 마을에 단 한 명밖에 없는 1학년짜리 여자아이와 함께 교육청에서 운영하는 노란 통학버스를 타고 학교를 오갔다.

물론 희망이 보이지 않는 지금의 우리 농촌 현실 속에서, 그곳 아이들이라고 미래에 대한 불안으로부터 자유로울 수야 있겠는가마는, 그래도 대도시의 아이들에 비해 시골 작은 학교의 아이들은 분명히 건강하고 밝았다. 중학생인 아들놈과 친구들은 '학원이 없는' 마을에서 경쟁에 대한 스트레스나 공부에 대한 강박 없이 신나게 잘도 놀았고, 공부할 때도 늘 모여서 서로 기꺼이 도와주었다. 특히 체육이나 음악, 미술 같은 과목들은 도시의 큰 학교에서는 상상도 할 수 없을 만큼 수업 조건이 훌륭했다. 교사늘이 아이 하나하나에게 거의 개인 교습을 하듯이 수업을 할 수 있으니 그럴 수밖에 없었다.

그러나 무엇보다 인상 깊었던 것은, 워낙에 학생이 적은 지역이다 보니 선생이나 친구들이 전학 온 아이들을 참으로 '소중한 존재'로 대해 주었다는 점이다. 아들놈이 다닌 학교에서는 "이제 2학년도 여섯 명이 되었으니 편을 짜서 축구를 할 수도 있다"면서, 유난히 체구가 작은 아들놈을 '귀한 선수'로 기꺼이 대우해 준 것이다. 수업을 마친 아들놈이 친구들과 웃고 떠들면서 학교 정문을 나와 가을이 물든 오후의 언덕길을 내려오는 모습을 멀리서 본 적이 몇 번 있는데, 이 나라의 참혹하고 남루한 '교육 현실'로부터 벗어나 있는 듯한 '착각'마저 잠시 들었다.

그런 너그러운 분위기에서 일 년을 지내면서 다빈이와 해빈이는 전에 비해 자신의 삶에 대해 훨씬 낙천적인 태도를 갖게 되었고, 학습노동에 대한 부담이 없는 여유로운 환경이 오히려 '스스로 공부하는 즐거움'을 깨닫도록 해 준 것 같았다. 인간의 성장기에는 무엇보다 그런 '여백의 시간'이 참으로 중요하다는 것을 우리 가족 모두 절실히 깨달았다.

여러 가지 여건 때문에 어쩔 수 없이 다시 대구로 돌아올 때에도 아이들이 퍽 서운해 했는데, 무척 미안한 일이 아닐 수 없었다. 그것은 다빈이, 해빈이에게뿐만 아니라, 더없이 큰 사랑과 우정을 베풀어 준 교사들과 아이 친구들에게도 마찬가지였다.

어느덧 고3이 된 아들놈은 요즘 대입 수시전형에 제출할 자기소개서를 쓴다고 고생이 말이 아닌데, 거기에 중학교 2학년 때 경험한 시골생활을 '나만의 귀중한 경험'으로 적어 놓은 것을 보았다. 비록 짧은 시간이긴 했지만, 한창 자라는 아이들에게는 그런 '여백의 경험'이 몸과 마음에 깊이 새겨져 귀한 밑거름이 되는 것은 분명한 것 같다.

청소년 인문학 교실

대구로 돌아온 뒤 나는 아내와 함께 '도서출판 한티재'라는 작은 출판사를 열어 3년째 운영해 오고 있다. 돈과 권력이 서울과 수도권에 집중되어 버린 현실은 어제오늘의 일이 아니다. 그중에서도 특히 출판과 같은 문화 영역의 서울—수도권 집중은 그 정도가 너무나 지나쳐, '불균형'이라는 말로는 그 심각성을 다 담을 수조차 없게 되어버렸다. 이런 현실 속에서 변변한 자본도 없이 대구에서 출판사를 차린다는 것은 어쩌면 참 무모한 일일지도 모른다.

하지만 나와 아내는 "지역출판사 하나 뿌리내릴 수 있어야, 지역 문화가 꽃필 수 있다"는 생각으로 이 무모한 일을 시작해 보기로 했다. "전국 어디에 내놓아도 부끄럽지 않은 품위 있고 아름다운 책, 그러면서도 지역의 정신과 문화가 서려 있는 좋은 책"을 만들자는 취지에 공감해준 이웃과 독자들의 관심과 성원으로 그럭저럭 아직까지는 버티고 있다.

처음 출판사를 시작하면서 나는 딸아이 해빈이랑 '청소년 인문학 교실'을 열었다. (나중에 학생들이 '청소년 인문학 모임 강냉이'라는 이름을 스스로 붙였다.) 출판사 한켠 세미나실에서 일주일에 한 번씩, 토요일마다 모여서 책도 읽고 영화도 보면서 '인문학' 공부를 하는 모임이다. 처음에는 시험점수 따는 데 직접 도움이 되는 공부도 아니고 얼마나 모이랴 생각하면서, 해빈이랑 나랑 둘이서 해도 좋고, 혹 두세 명이라도 모이면 더 좋겠다는 가벼운 마음으로 시작했다.

그런데 몇 달 사이 알음알음 소문을 듣고 모인 중고등학교 아이들이 지금은 열 명이 조금 넘는다. 제법 큰 공부모임이 되어버린 셈이다. 신기한 것은 '도서출판 한티재'가 있는 대구 수성구가 서울 강남 다음으로 '사교육열'이 높은 학원 천지 동네인데, 수능에도 내신에도 바로 도움이 될 것 없는 '인문학' 공부모임에 아이들이나 부모님들이 꽤 관심을 보인다는 것이다.

더구나, 나는 혹시라도 이 공부모임이 또 하나의 학원이나 교습소 같은 것으로 잘못 비칠까 봐(물론 엄밀히 말하면 또 하나의 '사교육'인 것은 분명하지만), 참가신청을 하는 아이와 어머니를 먼저 만나 서로 생각을 나누면서, 나름대로 정리한 '공부 목표'를 밝히고 혹여 잘못 생각하는 일이 없도록 못을 박아둔다. '청소년 인문학 모임 강냉이'가 하려는 공부는 이런 것들이다.

― 자기 자신과 이웃, 자연을 존중하는 '생명 감수성'을 일깨우는 인문학
― 사회와 역사를 탐구하고 주체적으로 살아가기 위한 '비판적 상상력'을 기르는 인문학

― 삶의 의미를 찾고, 인생을 자유롭고 아름답게 가꾸어 가는 '지혜'를 키우는 인문학

조금 막연하고 두서도 없지만, 그래도 이것은 단순한 '광고 카피'가 아니고 내 나름대로는 진심으로, 절실하게 아이들과 함께 하고 싶은 공부의 목표라는 점을 설명한 다음, 그래도 함께 하겠다면 모임에 들어오라고 일러둔다.

그렇게 모인 아이들이라 그런지, 학교공부와 입시경쟁에 찌든 요즘 아이들 같지 않게 자유롭고 순수한 분위기 속에서 재미있게 공부하고 있다. (학교에서 그 아이들이 얼마나 공부를 잘하는지는 전혀 모른다. 처음부터 그런 것은 묻지도 않고 관심사도 아니었으니까.) 무엇보다 아이들이 약삭빠르거나 이해타산적이지 않아서 참 좋다.

곤충과 식물을 관찰하는 것이 취미이자 가장 중요한 공부라서 틈만 나면 동네 뒷산을 헤매다닌다는 아이(이 친구는 작년에 내 소개로 경북 영덕에 있는 유기농업 농가로 '농사유학'을 떠났다), 어느 날 문득 우리가 먹는 것들의 문제에 눈을 뜨고는 피터 싱어의 책 『죽음의 밥상』을 읽고 스스로 채식주의자가 되어 가족들과도 어쩔 수 없이 자주 부딪친다는 아이, 틀에 짜여진 학교생활이 재미없어서 중학교 1학년을 다니다가 그만두고 혼자서 보고 싶은 영화만 실컷 보며 장차 영화감독의 꿈을 꾸는 아이(이 친구는 검정고시로 중학교 졸업자격을 따고 충남 홍성에 있는 '풀무학교'라는 대안학교에 진학했다), 공 차는 것을 좋아해 토요일 아침마다 풋살 클럽에서 두어 시간 땀을 흘리고 쫓

아오는 아이……. 저마다 개성 넘치고 야무진 아이들과 한 주에 한 번씩 만나, 책을 읽고 영화를 보고 시를 낭독하고 이야기를 나누는 시간은 무엇보다 나에게 엄청나게 큰 지적 자극을 주고 삶의 활력이 되고 있다.

그리고 '강냉이' 학생들이 그동안 공부하면서 쓴 글들을 모아 작년 연말에는 『강냉이, 공부하다 빵 터지다』라는 책을 도서출판 한티재에서 펴냈는데, 한국출판문화산업진흥원에서 뽑는 '청소년 권장도서'에 선정되어 제법 세상에 알려지기도 했다.

되도록 무언가를 가르친다는 생각, '수업'을 잘 해야겠다는 생각을 버리고, 함께 질문하고, 나도 동등한 처지에서 배우겠다는 것이 내 나름의 유일한 '방법론'이다. 그도 그럴 수밖에 없는 것이 나는 이전까지 무슨 '교수법' 같은, '수업'에 대한 연구나 고민을 해 본적이 전혀 없기 때문이다. 그런데 오히려 이런 '무지'가 나나 아이들에게 더 많은 자유와 너그러움, '여백'을 주는 모양이다.

아이들의 어머니들끼리 몇 번 만나 인사도 나누고 차도 마시고 하더니, 어느 날 "우리 엄마들도 공부를 해 보겠다"며 스스로 모임을 만들어 인문학 공부를 시작하는 것을 보고는 깜짝 놀랐다. 언젠가 제안은 해 보아야겠다고 생각했던 일을 어머니들 스스로 시작해 버린 것이다. 그 어머니들이 처음 읽기 시작한 책은 내가 첫 시간 아이들에게 권하기도 했던, 박희병 교수가 엮고 풀이한 책 『선인들의 공부법』이다. 그 책을 읽어 가며, 어머니 자신들이 겪은 학창생활과 입시, 아이들 키우면서 겪는 고민과 갈등을 서로 털어놓고, 웃기도 하고 가슴 아파하기도 하고, 서로 다독거리며 위로하는 것을 곁에서 보는 것은 사뭇 감동적이다. 그것은 공부라기보다는 '치유'와 '소통'의 과정 같아 보이기도 하는데, 어떻게 보면 지금 아이들이나 어른들이나 정말 하지 않으면 안 되는 진짜 공부는 이 두 가지를 위한 것일지도 모르겠다는 생각도 든다.

"농사를 지어 해를 끼치지 않고 살겠다"

'강냉이' 학생들과 서정홍 시인의 『농부시인의 행복론』을 읽고, 어느 토요일에 '시인을 찾아가는 하루여행'을 떠났다. 서정홍 선생이 사는 경남 합천 황매산 자락의 나무실마을을 찾아간 것이다. 좀 길지만, 그 하루여행을 다녀와서 쓴 한 학생의 글을, 허락을 얻어 옮겨온다.

저는 열일곱 살, 대구 혜화여자고등학교를 다니고 있는 ○○○입니다. 이번에 서정홍 선생님 댁을 방문했는데요. 설레는 마음으로 기대를 하고 갔는데, 차를 타고 가는 길에 풍경이 너무 예뻐서 좋았어요! 또 다른 아이들과 말을 많이 해서 더 친해지는 계기가 된 것 같아서 좋았어요.

두 시간 정도 차를 타고 드디어 서정홍 선생님 댁에 도착했어요. 전형적인 시골 풍경이었어요. 보리도 보고 밀도 봤는데 평소에 잘 볼 수 없는 풍경이라서 새로웠어요. 서정홍 선생님을 만났는데 생각대로 자연과 함께 하고 있다는 분위기가 물씬 풍겼어요.

서로 인사를 하고 점심 무렵이 되어서 각자 싸 온 도시락을 나눠 먹었어요. 시원한 나무 그늘 아래 정자에 앉아서 한가롭게 점심을 먹으니, 마치 우리가 농부가 된 듯한 기분이 들기도 했어요. 바로 옆에는 물이 흐르고 있어서 다른 친구들이 물장난도 하고 풍경도 보고 했어요.

밥을 다 먹고 우리는 자연을 더 느끼기 위해 밭으로 갔어요. 가는 길에 여러 가지 얘기도 나누었는데 농부라는 직업에 대해서 말씀하신 서정홍 선생님의 생각과 "공부는 가난하게 살기 위해 하는 것"이라는 말씀이 와 닿았어요. 밭에는 무엇인가가 심겨 있었는데 서정홍 선생님께서 마늘이라고 하셨어요. 도시에서는 손질된 마늘만 봐서 뭔지도 잘 모르고 먹었는데 내가 너무 무심했다는 생각이 들었어요.

서정홍 선생님께서 이제 마늘쫑을 뽑을 거라고 하셨는데 마늘쫑을 먹어 보긴 했지만 실제로 어떻게 생기는지 몰라서 궁금했는데 마늘 제일 윗부분에 볼록 나온 부분이었어요. 과연 우리가 할 수 있을까? 하는 생각이 들긴 했지만 가르쳐 주신 대로 밑 부분을 잡고 당기니까 쏙! 하면서 빠져나오는 거예요! 너무 재미있어서 계속 뽑았는데 몇 개는 뿌리째 뽑혀서 미안한 마음도 들었어요. 하지만 우리 손으로 일을 했다는 게 뿌듯하고 서로 기특했어요.

그런 뒤 서정홍 선생님이 보여주신 것은 바로 생태 뒷간이었어요! 제가 생각했던 푸세식 화장실은 냄새가 나고 불편했는데, 이 화장실은 우리가 다 들어갈 수 있을 정도로 크고, 정말 깨끗했어요. 용변을 보면서 경치도 구경할 수 있고 자연에 도움을 주는 일이라서 뿌듯함을 느낄 수도 있을 것 같았어요. 제가 누는 똥이나 오줌이 거름이 되어 우리가 먹을 양식을 만든다고 생각하니 필요 없는 게 하나도 없는 농부라는 직업이 존경스러웠어요.

생태 뒷간 앞에서 사진을 찍고, 서정홍 선생님 댁으로 갔어요. 서정홍 선생님 댁에도 역시 생태 뒷간이 있었는데 저희 집 화장실보다 좋은 것 같아서 신기했어요. 선생님께서 직접 캐셨다는 칡을 끓여서 칡즙을 만들어서 마셔보라고 주셨는데 정말 소박한 맛이라는 생각이 들었어요.

서정홍 선생님께 질문을 하는 시간이 되었어요. 여러 가지 질문이 있었는데 인상 깊었던 말씀은 "사람들은 시인이 되기 위해서 태어났다"는 말이었어요. 또 사람들이 시를 좋아하지 않는 이유는 시험을 치기 때문이라고 하셨어요. 저도 그냥 마음으로 느끼면 되는 시를 학교에서는 시험을 치기 때문에 아이들이 거부감을 갖는 거라고 생각이 들었어요. 이번 계기로 한번 시를 써봐야겠어요.

이번 여행은 짧지만 정말 좋은 시간이었어요. 시간이 너무 빨리 가서 가야 된다고 했을 때 너무 아쉬웠어요. 이번 여행에서 자연과 인간과의 관계를 더 생각해 보게 되었고, 농부라는 직업에 대해서도 더 알게 되어서 좋았어요. 저도 나름대로 도시에 살면서 자연에 해를 끼치지 않도록 살고 있었다고 생각했는데 부족한 점이 너무 많았고, 몇 년 뒤에는 꼭 농사를 지어 해를 끼치지 않고 살겠다고 다짐하게 되었어요. 시간을 내어 주신 서정홍 선생님께 너무너무 감사드리고, 앞으로도 많이 찾아뵈었으면 좋겠습니다.

대도시에 사는 여고생이 "몇 년 뒤에는 꼭 농사를 지어 해를 끼치지 않고 살겠다"고 다짐하는 것이 의아스럽게 느껴질지도 모르지만, 이 친구의 평소 생각과 삶을 지켜보면, 이 말이 결코 빈말이 아니라는 것을 알 수 있다. 먹는 것부터 우리가 쓰고 버리는 문제들에 늘 예민한 문제의식을 품고 올바른 실천을 하려고 노력하는 친구이기 때문이다. "나름대로 도시에 살면서 자연에 해를 끼치지 않도록" 노력한다는 것은 바로 그런 자신의 생각과 태도를 말하는 것이다. 이 다짐을 꼭 이루었으면 좋겠다. 혹시라도 이루지 못한다고 하더라도 이런 마음을 가지고 살아가는 아이는 그대로 얼마나 아름다운 존재인가.

이 친구뿐만 아니라, 비록 도시에서 자연과의 충분한 접촉과 교감을 누리고 살지는 못하지만, 타고난 천품이든 자라면서 부모님으로부터 받은 영향이든 돋보이는 생태 감수성과 윤리 감각을 지니고 있는 아이들이 분명히 있다. (아니 실은 모든 아이들이 태어날 때 다 그런 자질들을 안고 태어나지만, 못난 어른들이 지어 놓은 이 어리석은 인공의 '섬' 속에 아이들을 가두어 놓음으로써 그러한 생명력과 상상력을 모조리 짓밟아 죽여버리는 것일 테지.) '학교'와 '교육'이라는 이름으로 구조화된 이 무지막지한 폭력의 체제 속에서, 이 아이들의 감수성과 윤리 감각을 꺾어버리지 않도록 보살피고 북돋아 주는 것이 어른들의 의무가 아니겠나 생각한다.

정말이지 나는 '교육'에 대해서는 잘 모르겠지만('교육'이라고 하고 시작하면 왠지 골치가 아프고 머릿속이 복잡해진다. 이걸 아이들은 울렁증이라고 하던가), 딸아이 해빈이가 심어 놓은 밤콩들이 그 여린 넝쿨손을 뻗어 무한한 공간을 향해 자신의 생을 스스로 밀어올리듯이, 내가 만나는 아이들 몇이라도 그렇게 자신의 촉수를 더듬어가며, 시행착오를 겪어가며 굽이굽이 걸어갈 길에, 볼품은 없지만 그래도 쉬 자빠지지는 않는 버팀목 노릇은 해 주고 싶다는 생각을 감히 해 본다.

(2013. 8)

성금의 정치학

풀뿌리의 선의와 상호부조

요즘 텔레비전을 볼 때마다 불우이웃돕기 성금을 낸 사람들의 명단과 금액을 소개하는 방송을 자주 접하게 된다. 그 명단들에는 고위 공직자나 기업의 임원, 지역의 유지 같은 소위 '사회지도층'들도 포함되어 있지만, 대부분은 자신도 결코 형편이 넉넉할 것 같지 않은 시민들이 더 많다. '경제'가 어렵고, 그래서 해가 갈수록 참여율과 액수가 떨어진다고들 하지만, 그래도 이런 보도를 볼 때마다 우리 사회에 선한 마음, 자비심을 가지고 사는 이웃들이 얼마나 많은가 하는 생각에 마음이 숙연해진다.

그러나 이런 '성금 모금'에 관련해 우리가 근본적으로 놓치지 말아야 할 문제는 있다고 생각한다. (미리 말해 두지만, 각종 성금 모금에 자발적으로 참여하는 이웃들의 선의를 폄훼할 생각은 추호도 없다.) 조금만 깊이 생각해 보면, 공적으로 벌이는 '성금 모금' 캠페인들 중에는 국가(정부)의 의무와 책임을 시민들에게 떠넘기는 것으로밖에 볼 수 없는 경우가 적지 않다. 시민들은 각종 세금을 통해 국가의 예산을 충당하고, 국가는 그것으로 일상적인 복지행정은 말할 것도 없고 자연재해나 비상한 재난에 처한 사회구성원들을 성실히 돌보아야 할 의무를 지고 있지 않은가.

그래도 수재의연금이나 불우이웃돕기 성금 등의 모금이 나름대로 의미를 가지는 까닭은 우리가 이웃, 즉 공동체의 구성원들에 대한 책임과 연대를 오직 '국가기구'를 통해서만 표현하고 실현하는 것이 결코 바람직하지는 않기 때문일 것이다. 그것은 예컨대 당장 눈앞에서 곤경에 처한 이웃을 돕기 위해, 위험을 감수하고 직접 나서는 대신 112나 119에 '신고'하는 것으로써 자신의 의무를 다했다고 생각하는 '합리적' 사고방식이 윤리적·정치적으로 올바르지 않은 것과 같은 이치라고 할 수 있을 것이다. 그런 사고방식과 태도가 만연한다면 결국 시민사회의 활기와 연대의식은 약해지고, 오직 국가만이 사회적 관계를 독점함으로써 풀뿌리 공동체 위에 군림하게 될 것이다. 요컨대 '성금 모금'과 같은 자발적인 선의의 표현과 참여는 우리가 의식하든 의식하지 않든, 풀뿌리 민중이 근대국가 이전부터 이미 생존과 자기조직화의 원리로 계승해온 상호부조의 전통과 문화를 재확인하면서, 국가로부터 독립적인 삶의 영역이 엄연히 실재實在하고 있음을 묵묵히 증명하는 것이기도 한 셈이다.

이 점을 깊이 생각한다면, 과거 국가에 의해 공공연히 주도되거나 적극적으로 부추겨진 '방위성금 모금'이나 '평화의 댐 건설을 위한 국민성금 모금', IMF 환란 당시의 '금 모으기 캠페인' 등이 얼마나 어처구니없는 짓들이었는지 알 수 있다. 국가가 세금이 아닌 별도의 성금 모금을 통해 특정한 목적의 재원을 확보하려고 하는 행위는 그것 자체로 국가의 의무와 책임을 방기하고 시민들로부터 '삥'을 뜯는 파렴치한 행위이자, 국가의 '도덕적 해이'(국가'에 '도덕'을 기대하는 것이 온당한가 하는 의문이 들긴 하지만)라고 할 수 있다. 더군다나 이미 우리가 잘 알다시피 이 같은 국가 주도의 대규모 성금 모금 캠페인은 사실상 재원(돈)의 확보보다는, 대부분이 그것을 통해 사회적 위기감(불안감)을 조성하거나 냉전 논리, 국가주의 같은 이데올로기를 확산하기 위한 불순한 프로파간다라는 데 더욱 심각한 문제점이 있다. 특히 이러한 동원 캠페인에 두 팔 걷어붙이고 나서서 시민들을 기만하고 오도했던 일부 언론들의 행태는 국가의 죄과에 비해 결코 가볍지 않다.

멀리 갈 것도 없이 바로 지금 이 순간, 이명박 정부와 한나라당에 의해 날치기 통과되어 집행되기 시작한 2011년도 국가예산은 가난한 아이들의 점심값과 경로당 난방에 쓰일 기름값, 장애인들의 활동보조인 예산 등 수많은 항목의 복지예산이 상당 부분 잘려 나간 채 4대강 토건사업 따위에 엄청난 규모로 집중되는 식으로 파행 운영되고 있다. 그리고 다른 한편에서는 힘없는 풀뿌리 시민들이 텅

빈 주머니를 또다시 털어 불우이웃돕기 성금을 내고 있다. 이 같은 상황은 우리가 '국가의 역할'과 '성금의 정치학'에 대해 다시 한번 심각하게 고민하지 않을 수 없도록 한다.

"그러니 더욱 적극적으로 사회적인 약자들을 위한 성금을 모아야 한다"고 호소해야 할까? 물론 우리는 인류가 오랫동안 그래 왔듯이, 사회적 위기와 곤경이 심화될수록 우선 가까이에 있는 동료나 이웃과 더불어 힘과 지혜를 모으고, 마을과 같은 작은 단위에서부터 상호부조의 긴밀한 안전망을 구축해 나가야 한다. '성금 모금'을 통한 사회적 약자에 대한 우선적인 지원도 바로 그러한 차원에서라야 그 의미가 충분히 빛을 발할 수 있을 것이다. 그러나 그러한 아래로부터의 노력과 동시에 우리는 "그러면 도대체 국가라는 것은 무엇 때문에 존재해야 하는가?"라고 냉정하게 묻는 것도 잊지 말아야 할 것이다. 물론 국가가 혹시라도 그럴듯한 명목을 내세워 '삥'을 뜯겠다고 나선다면, 절대로 묵과해서는 안 된다는 것은 말할 필요도 없다.

국군장병 격려성금?

지난 1월 14일 오전, 우연히 텔레비전으로 KBS 방송을 보다가 깜짝 놀랐다. '국군장병 격려성금 모금'을 위한 특별 생방송! (이 생방송은 1월 21일 한 차례 더 방송되었다.) 혹한의 계절을 나고 있는 최전방 군부대 여러 곳을 생중계해 가며 시청자들에게 '격려성금' 모금을 실시

간으로 독려하는 모습을 보면서, 착잡한 심정을 넘어 모욕감마저
느꼈다.

아무리 이명박 정부의 나팔수 역할로 전락해 버린 KBS라고 하더
라도, 불우이웃돕기 성금도 아니고 '국군장병들을 격려하기 위한
성금 모금' 생방송이라니! 이미 앞에서 이야기한 '성금의 정치학'
에 비추어 본다면 소위 공영방송 KBS의 이러한 기획(김인규 사장의
지시에 따라 급조된 것이라고 한다)은 과거 '방위성금 모금'이나 '평화
의 댐 건설 국민성금 모금' 같은 엉터리 짓의 재탕이라고 할 수 있
다. 군대는 국가기구의 일부이고, 그것을 유지하고 장병들을 '격
려'하는 것도 어디까지나 국가가 전담해야 할 의무라는 원칙론은
새삼 언급할 필요도 없다. (이번 모금의 목표액은 총 20억 원인데 1월 19일
현재까지 ARS모금으로 약 3억 원이 모였다고 한다. KBS는 이 돈으로 장병들에
게 '발열조끼'를 사 줄 거라고 한다.)

그것보다 오히려 우리에게 모욕감을 주는 것은 이런 KBS의 '눈
물겨운' 기획이 사실은 '성금' 자체보다도 천안함 사건과 연평도
피폭 등 일련의 남북 군사적 충돌(물론 천안함 사건과 북한의 관련성은
아직도 입증되지 않았다) 이후, 시민의 안전과 생명을 위험천만한 전쟁
의 도박판에 판돈으로 걸고 있는 현 정부의 북소리에 발맞춘 노골
적인 군사주의 선동에 불과하다는 것이다. (지난번 KBS의 '천안함 희
생자 성금 모금 방송' 역시 마찬가지다.)

자식을 군대에 보내 놓은 부모들의 심정이라고 다를까? 몇 해 있
지 않으면 결국 군 입대 영장을 받게 될 자식을 둔 아비의 입장에서

본다면, KBS의 이번 성금 모금 캠페인은 군 복무중인 우리 자식들을 싸구려 군사주의 선동에 '앵벌이'로 내몰고 있는 것으로밖에 비치지 않았다.

이번 성금 모금 생방송에 패널로 출연한 국방연구 기관의 한 인사는 프로그램 말미에 한마디 덧붙이면서 "대한민국의 여성들은 아들을 많이 낳아 달라. 그래야 (군대에 보낼 장정들이 많아져) 국방이 튼튼해진다"는 시대착오적인 망언까지 서슴지 않았다. 이것은 명백히 여성에 대한 비하 발언이자, 이 땅에 태어나는 고귀한 생명들을 '국방'을 위한 '자원'으로밖에 여기지 않는 반생명적, 전체주의적 발언이 아닌가. 대규모 성금 모금이 늘상 그렇듯 단순히 돈을 모으기 위한 행사만은 아니라는 사실을 다시 한번 확인하는 순간이었다.

(2011. 1)

헌법과 전체주의

헌법의 복수?

온 나라가 꽁꽁 얼어붙어 있다. 우리의 몸과 마음을 자꾸만 움츠러들게 하는 것이 날씨 탓만은 아니라는 것은 길게 말할 필요도 없다. 무엇보다 헌법재판소가 통합진보당 해산 판결을 내린 초유의 사건 앞에서, 이 나라 대한민국이 노골적인 극우 전체주의 국가로 퇴행하고 있다고 판단하는 것은 결코 근거 없는 우려가 아니다.

이것은 실로 가공할 사건이다. 대중정당이 '헌법'의 이름으로 강제해산 당할 수 있다는 것은 아무리 무감각한 사람이라도 보통 사건이 아니라는 것을 직감하게 된다. 그 정치적 배경에 대해 날카롭게 분석하고, 역사적 퇴행을 막기 위한 투쟁이 어느 때보다 절실하다는 것은 말할 필요도 없다.

그런데 우리가 이 투쟁에서 놓치지 말아야 할 것은, 도대체 우리에게 '헌법'이 무엇인가 하는 것을 기억하고, 그것이 무미건조한 법조문이 아닌, 우리 모두의 삶을 규정하는 살아있는 '합의'로서 생명력을 갖도록 함께 노력하는 일이다. 우리는 어떤 나라를 지향하고 있는가, 하나의 정치공동체로서 대한민국이라는 국가를 어떤 길로 가꾸어 가려고 하는가에 대한 최소한의 합의가 헌법이라고 한다면, 대한민국 국민들이 수시로 헌법을 함께 읽고, 토론하고, 그 이상과 가치를 구체적인 삶 속에서 실현하기 위해 적극적으로 노력하지 않으면 안 된다. 그것은 결코 입법자들이나 직업적 정치인들만의 몫이 아니다.

이번 통합진보당에 대한 헌법재판소의 해산 판결을 시민의 힘으로 막아내지 못한 것도, 또 이런 참담한 판결에 대한 여론조사에서 (이데올로기적 왜곡과 조작의 가능성을 배제할 수는 없지만) 그 결과를 찬성하는 국민들이 훨씬 더 많은 것으로 나타나는 것도, 결국은 우리가 오랫동안 헌법을 애호하지 않고, 그것을 골방에 방치해 둔 탓이 크다는 반성을 요구하고 있다. 그동안 어려운 여건 속에서도 우리 사회의 자유와 민주주의, 정의와 평등, 분단체제 극복과 평화, 생명과 안전을 위해 고투해 온 (진보정당들을 포함한) '진보 세력'들 역시 이러한 책임에서 결코 자유로울 수 없다.

어쩌면 지금의 사태는 그동안 활발한 연구와 토론, 대중적 논의의 대상이 되지 못한 채 그 주인으로부터 알뜰한 돌봄을 받지 못했던 헌법의 '복수'일지도 모른다는 성찰이 앞서야 한다.

이러한 성찰이 절실한 또 하나의 까닭은, 지금 이 나라를 노골적인 극우 전체주의 국가로 퇴행시키려는 세력들이 '개헌'이라는 이름으로 자신들의 기득권을 영구화하려는 프로젝트를 본격적인 정치 일정에 올릴 가능성이 매우 높기 때문이다. 정작 주인이 그것을 아끼고 돌보지 않는 사이에 도둑들이 그것을 꺼내어 주인을 위협할 흉기로 삼으려 한다면, 그것은 도저히 묵과할 수 없는 비상한 상황이 될 것이다. 누군가 내 부엌의 녹슨 식칼을 갈아 흉기로 쓰려 한다면, 아니 내 집문서를 마음대로 조작하여 재산권을 빼앗으려 한다면, 그것을 묵인할 주인이 어디 있는가.

헌법을 집문서에 비유하는 것이 가당치 않을지는 모르겠다. 허나, 대한민국의 성립이 가능하도록 했던 제헌헌법에 비추어 볼 때, 이 나라의 정치적 권리와 경제적 부의 '소유권' 문제는 지금 '개헌'까지 운위하며 자신들의 기득권을 영구화하려는 일부 세력의 주장과는 '하늘과 땅 차이만큼' 다르다는 것은 다시 한번 강조할 필요가 있다. 다시 말해, 제헌헌법에 근거해 세워진 대한민국은, 그 합의가 공화국 시민의 힘에 의해 충실하게 이행된다면, 지금과 같은 '겨울 공화국'은 아닐 것이라는 말이다.

뒤늦은 반성과 성찰 속에서, 헌법에 대해 공부해야 하겠다고 마음먹고 우선 손에 잡히는 대로 책 몇 권을 찾아 읽고 있다. 그 중 법학도로서 현실 정치의 일선에서 일한 경험이 있는 조유진이 쓴 책 『헌법 사용설명서 — 공화국 시민, 헌법으로 무장하라』(이학사, 2012)

의 제1장 '제헌헌법은 살아 있다'에서, 우리가 함께 기억해야 할 중요한 발언 몇 가지를 재인용하고자 한다.

먼저 제헌국회 당시, 헌법기초위원회 위원장이었던 서상일 의원(우파 정당인 한국민주당 소속)이 1948년 6월 23일 헌법기초위원회 보고 및 헌법안 제1독회에서 했던 발언이다.

헌법의 정신을 요약해서 말씀하자면 (…) 우리가 민주주의 민족국가를 구성해서 우리 삼천만은 물론이고 자손만대로 하여금 (…) 민족사회주의국가를 이루자는 그 정신의 골자가 이 헌법에 총집되어 있다.

다음은 임시정부 광복군 총사령관과 대동청년단 단장을 역임했던 지청천 제헌의원의 발언이다.

소위 전체주의라는 공산주의 체제와 모든 그 무제한 자본주의를 취하지 않고 우리는 (…) 말하자면 국가권력으로써 철두철미 민족주의로 나가야 하겠습니다. 그리고 경제 면에 들어가서는 사회주의로 나가야 되겠습니다. (…) 우리는 이 공산주의와 자유주의를 선택하는 역할을 아니하고 조선 처지에 맞는 민족사회주의로 건설해 나가는 것이 입국의 이념이 아니면 완전 독립을 보장하기 (…) 지극히 곤란한 것입니다.

한편 제헌헌법 초안을 작성한 유진오는 제헌헌법이 규정하는 경제질서에 대해서 "우리나라는 경제문제에 있어서 개인주의적 자본주의국가 체제에 편향함을 회피하고 사회주의적 균등 경제의 원리를 아울러 채택함으로써 개인주의적 자본주의의 장점인 각인의 자유와 평등 및 창의의 가치를 존중하는 한편 모든 국민에게 인간다운 생활을 확보하게 하고 그들의 균등 생활을 보장하려는 사회주의적 균등 경제의 원리를 또한 존중하여, 말하자면 정치적 민주주의와 경제적·사회적 민주주의라는 일견 대립되는 두 주의를 한층 높은 단계에서 조화하고 융합하려는 새로운 국가형태를 실현함을 목표로 삼고 있는 것이다" 하고 설명한다.

헌법재판소는 통합진보당의 '진보적 민주주의'라는 개념이 조선민주주의인민공화국이라는, '유엔에 가입해 있는 한 국가'의 이념과 동일하기 때문에 대한민국 헌법을 위반한 것이라고 하는데, 위에서 보듯이 대한민국 헌법을 만든 제헌의원들이 수시로 쓰고 있는 '민족사회주의' 또는 '사회주의적 균등 경제' 같은 개념에 대해서는 어떻게 생각하는지 참으로 궁금하다.

사실 이러한 발언들은 제헌헌법의 이념과 내용을 이해하는 데 극히 일부의 자료에 불과하다. 특히 '근로자의 이익 분배 균점권' 같은 제헌헌법의 조항은 지금처럼 노동자─민중의 생존이 얼음절벽 끝으로 내몰리고 있는 신자유주의의 현실에 비추어 볼 때 가히 혁명적인 조항이라고 할 수 있으며, 반대로 기업과 자본의 입장에서 볼 때 간담을 서늘하게 하는 것이라고 할 수 있다.

공화국에 대한 전체주의의 승리

길게 말할 필요도 없지만, '민주주의'와 '사회주의'의 이상이 함께 녹아 있는 제헌헌법이 누더기가 된 것은 박정희의 쿠데타와 장기집권과 깊이 관련이 있다. 한마디로 박정희는 제헌헌법에 의해 수립된 민주공화국 대한민국의 정체성을 뿌리로부터 부정하는 극우 전체주의 체제를 수립함으로써, 해방과 제헌의 역사를 욕되게 한 것에 불과하다. 이후 87년 개헌을 통해 반反공화국적이고 전체주의적인 유신헌법의 그늘은 상당히 제거되긴 했다. 그러나 현행 헌법이 대한민국의 근간인 제헌헌법의 '혁명적' 이상을 모두 복원한 것은 아니다.

무엇보다 '박정희 시대'를 거치면서 공화국 시민들은 헌법으로부터 너무 멀어져 버렸다. 좌/우, 진보/보수를 불문하고, 헌법은 오랫동안 시민들로부터 '골방 노인네' 취급을 당해 왔다. 헌법에 대한 외면은 결국 우리가 함께 세우고 지켜야 할 가치, 즉 공준公準에 대한 경멸로 치달아 왔고, 그러한 정치적 냉소와 무기력을 숙주로 삼아 '헌법 모독 세력'들이 암약하며, 공화국을 사실상 해체하고 있는 중이다. 지금 우리 앞에 놓인 이 얼어붙은 산하의 현실은 그러므로 '헌법의 복수'라기보다는 '공화국에 대한 전체주의의 승리'를 예고하는 서막이라고 해야 맞는 말이다. 바야흐로 '박정희 꿈'이 실현되려 하고 있다.

이번 헌법재판소의 정당 해산 판결을 계기로, 오히려 우리는 그러한 참담한 결정의 근거로 사용된 헌법의 현 주소를 눕는 사회적 토론을 시작해야 한다고 본다. 헌법재판소의 법관들이 입고 있는 그 '법복'의 권위가 도대체 어디에서 비롯된 것인지, 그리고 이 나라 대한민국을 세웠던 제헌의 정신과 그들의 거리는 도대체 얼마나 떨어져 있는 것인지, 다시 묻는 작업부터 해야 한다.

그리고 이후 '개헌 논의'를 그저 권력 다툼을 위한 정치꾼들의 이전투구로만 내버려 둘 것이 아니라, 오히려 "유신헌법에 의해 오염되었던 제헌헌법의 이상이 21세기 현실 속에서 다시 살아 숨 쉬도록 하려면 무엇을 어떻게 해야 할 것인가" 하는 정치적 토론에, 공화국 시민 모두가 적극 참여하는 계기로 만들어야 할 것이다.

근거 없는 낙관은 마땅히 경계해야 할 것이나, 그래도 겨울이 깊으면 봄도 가까워진다는 섭리는 변하지 않는다.

(2014. 12)

죽어가는 집 앞에 꽃 심겠다는 자들

"의병으로 나서는 기분"

나는 지난 한 주 동안, 경북 봉화와 영양의 구석구석을 찾아다녔다. 다가오는 4월 11일 제19대 국회의원 선거를 앞두고, "대한민국 최대 면적의 선거구"인 영양군/영덕군/봉화군/울진군 선거구에 출마한 녹색당 후보의 선거운동을 조금이라도 도와 보자고 나선 길이다. 봉화장, 춘양장, 영양장 같은 닷새장에 후보가 선거유세를 오면 그것을 지원하고, 다시 후보가 울진이나 영덕으로 넘어가고 나면, 지역의 녹색당 당원들과 함께 연락사무소를 중심으로 주민들에게 지지를 호소하는 활동을 한 것이다.

대개 10~15년 전, 도시의 번잡한 삶을 정리하고 봉화와 영양땅, 비교적 땅값이 싼 오지 마을로 귀농했던 이들이 녹색당에 많이 참여하고 있었다. 어렵사리 지역에 뿌리를 내리고, 오직 조용히 땅에 엎드려 농사만 짓던 이들이, 생애 처음으로 정당에 가입하고 이렇게 선거운동에까지 뛰어든다는 것은 사실 보통 결심이 아니고서야 어려운 일이다. 몇 분에게 녹색당에 가입한 계기를 물어보았다. 그 랬더니, 모두들 비슷한 대답을 했다.

"그저 양심적으로 농사짓고 가족들 건사하는 데 자족하며 조용 히 살아보려고 했다. 그런데 이런 평화로운 삶이 나 개인이나 가족 의 힘만으로 되는 것은 아니라는 걸 깨달았다. 핵발전소는 말할 것 도 없고, 댐이다 스키장이다 송전탑이다 골프장이다, 어렵게 터 잡 은 시골 마을이 좀처럼 조용한 날이 없다. 농민들 먹고살기 어려운 것은 길게 말할 것도 없다. 한미FTA로 농촌과 소농이 완전히 몰락 할 거란 건 이제 농민들이 더 잘 안다. 그런 데다가 온갖 난개발 사 업들이 농촌 마을 어느 곳 하나 남겨두지 않고 들쑤시고 결딴내려 한다. 한마디로 농촌 현실은 캄캄하다. 이런 일이라도 안 하면 이제 는 끝장이라는 절박한 생각에 평생 처음으로 정당이란 델 가입했 다. 내가 귀농하면서 꿈꾸었던 평화롭고 자족적인 삶도, 결국 제대 로 된 정치 없이는 안 된다는 걸 깨달았기 때문이다."

어떤 당원은 "마치 조선시대 말에 외세가 몰려오고 탐관오리들 학정이 극에 이르렀을 때 민초들 마음이 이러하지 않았을까. 나는 지금 의병으로 나서는 기분으로 선거운동에 참여하고 있다"라고 심정을 털어놓기도 했다. 워낙에 보수적인 지역이라 큰 변화를 당 장에 기대하기는 어려운 것이 현실이긴 하지만, 그러나 이명박 정 부 이후 농촌의 민심에도 분명 변화가 일어나고 있다고 귀띔해주는 분도 있다. "여기 사람들, 자기가 이명박 찍었다고 말하는 사람, 이 제 아무도 없어요."

"죽어가는 집 앞에 꽃 심겠다는 놈들은 찍어주마 안 된다!"

녹색당 후보 역시 농민이라 그런지, 비록 낯선 신생정당의 여성후
보이지만, 만나는 주민들마다 대개는 호의적이다. (이따금 연세 많은
할머니들 중에는 그를 '박근혜'로 잘못 알아보고, "우짜든동 이번에는 되야 될
긴데" 하며 손목을 붙드는 분들이 계셔서 주변 사람들이 함께 웃기도 하지만.)

춘양장. 전날은 하루종일 제법 많은 눈까지 내렸는데, 오늘은 바
람 끝이 어느새 부드럽게 느껴지는 화창한 봄날이다. 이제 선거 종
반으로 치닫는 상황, 약간 목이 쉰 후보가 선거유세용 방송차량 위
에 올라 연설을 시작한다.

"저, 그동안 참 많이도 울었습니다. 눈물 속에서 세상을 배우고,
이웃을 만났습니다. 대학시절, 판잣집이 강제철거당하고 길바닥에
주저앉아 우는 이웃들을 보며 울었습니다. 눈물을 닦고 맑은 눈으
로 세상을 다시 보게 되었습니다. 남편과 농촌으로 들어와 농사 지
으며 많이도 울었습니다. 세상에서 가장 어려운 일이 농사구나, 한
숨도 쉬었습니다. 하지만 눈물을 닦고 호미를 다시 쥐며 세상에 농
사만큼 귀한 일은 없다는 것을 묵묵히 배웠습니다. 부녀회장으로
마을 살림 챙기며 또 울었습니다. 억울한 일, 서러운 일 앞에도 할
말 못하고 당하기만 하는 이웃들. 눈물을 닦고 팔을 걷어붙였습니
다. 억센 딸, 당찬 며느리가 되어 따질 것은 따지고, 싸울 일은 싸웠
습니다. 그런데 어느 날, 저와 식구들이 어렵게 뿌리내린 영덕에 위
험천만한 핵발전소가 들어설 거라는 소식을 들었습니다. 더 이상
눈물만 흘리고 있을 수는 없었습니다. 이웃들과 의논하고 힘을 모

아 싸우기 시작했습니다. 아, 그리고 일본 후쿠시마 핵발전소 사고 소식을 들었습니다. 후쿠시마 어느 마을, 저처럼 딸아이를 키우는 엄마가 쓴 글을 읽고 저는 한없이 울 수밖에 없었습니다. 이번에도 눈물을 닦고, 어금니를 깨물고, 다시 팔을 걷어붙일 수밖에 없었습니다. 이 땅을 제2의 후쿠시마로 만들 수는 없지 않습니까! 아이들에게 오염된 땅과 바다를 물려줄 수는 없지 않습니까! 농촌과 어촌이 죽어버린 나라를 물려줄 수는 없지 않습니까!"

후보의 연설이 공약에 관한 대목으로 이어지고 있는데, 허리가 구부정한 노인 한 분이 방송차량 옆에 서 있는 내게 다가오시더니 다짜고짜 물으신다. "이 후보는 공약이 먼고?" 나는 지레, 여당 지지자인 어르신이 시비를 걸려고 하시나 보다 사뭇 긴장을 하고, 나름대로 또박또박 녹색당 후보의 주요공약을 설명했다. 내 설명을 다 듣고 난 노인이 고개를 끄덕이며, 뜻밖의 말씀을 하신다. 요지는 이렇다. "이번 선거에서는 댐 짓겠다, 길 내겠다, 다리 놓겠다 카는 놈들은 찍어주마 안 된다. 전부 국민들 낸 세금으로 그런 일 자꾸 벌이봤자, 농민들한테 덕 되는 거 하나도 없더라. 지금 농민들이 한미FTA로 다 죽게 됐는데, 죽어가는 집 앞에 꽃 심겠다는 놈들, 찍어주마 안 된다. 가마이 놔두마 우리는 대대손손 다 묵고 살 수 있다. 그냥 가마이 놔두마 된다."

"어질고 소박한 이웃들과 함께"

죽어가는 집 앞에 꽃 심겠다는 자들! 자신들의 기득권을 끊임없이 연장하기 위해 온갖 토건사업들로 풀뿌리의 생존과 민주주의를 짓밟는 자들의 본질을 이보다 더 날카롭게 갈파할 수 있을까.

후보의 연설이 계속되고 있다. "이제 저를 너그러이 받아들여 주신 어질고 소박한 이웃들과 함께, 활짝 웃는 지역을 만들겠습니다. 더 이상 핵발소는 안 됩니다. 영덕 등 신규 핵발전소 부지 선정을 철회시키겠습니다. 영양댐, 달산댐, 대규모 풍력단지, 초고압 송전탑 등 자연을 망가뜨리고 주민들 삶을 황폐하게 만드는 개발사업을 몰아내겠습니다. 2030년까지 핵발전에서 벗어나도록 '탈핵 및 에너지전환 기본법'을 반드시 제정하겠습니다. 그리고 농민과 어민은 그 누구보다도 존경받아야 합니다. 농민과 어민들을 못살게 하는 한미FTA를 폐기시키고, 농수축산물 개방을 막겠습니다. 농민들이 마음 놓고 농사지으며 농촌을 지킬 수 있도록 '농민기본소득'을 반드시 지급하겠습니다……."

죽어가는 집 앞에 꽃 심겠다는 놈들은 절대로 찍어주면 안 된다던 노인이 구부정한 허리를 애써 펴고, 후보의 연설에 귀를 기울이고 있다. 과연 녹색당 후보의 저 호소와 약속은 얼마나 많은 경북의 농민들의 호응을 받아낼 수 있을까? 녹색당의 도전은 과연 성공할 수 있을까? 쉽게 점치기도, 장담하기도 어려운 일이다. 다만 오는 4월 11일, 이 땅의 유권자들이 '풀뿌리의 생존'과 '민주주의'를 위한 현명한 선택을 하시기를 간절히 바라고 엎드려 청하는 도리밖에는 없다. 그리고 녹색당을 비롯한 정당들은 마지막까지 최선의 노력을 다한 다음, 겸손하게 결과를 받아들이면 될 것이다.

연설을 듣고 다시 장터의 인파 속으로 사라지는 노인의 뒷모습을 바라보는데, 이번에는 어디 멀리서 장터 구경이라도 왔는지 젊은 부부 둘이서 아기를 유모차에 태우고 화창한 햇볕을 받으며 지나간다. 시끌벅적한 춘양장 풍경 속에서 잠시 나는 망중한에 빠져 권정생 선생의 소설 『한티재 하늘』의 몇 대목을 떠올렸다.

폭풍이 치고 억수비가 쏟아져도 날씨가 개이면 만물은 다시 햇빛을 받아 고개를 들고 잎을 피우고 꽃봉오리를 맺듯이 사람들도 마찬가지다. 살아있는 것은 그렇게 또 살아갈 수밖에 없는 것이다. (…) 천지가 뒤흔들리고 난리가 나도 세상에는 아기가 끊임없이 태어났다. 조선의 골짝 골짝마다 이렇게 태어나는 아기 때문에 모질게 슬픈 일을 겪으면서도 조선은 망하지 않았다. 그 아기들은 자라서 어매가 되고 아배가 되고 할매, 할배가 되었다. 참꽃이랑 산앵두꽃이 피어나는 들길로 그 애들이 손잡고 노래 부르고 있었다.

(2012. 4)

2

삼평리 당산나무

할머니들의 기도

만장이 펄럭이고, 풍물소리에 작은 마을이 술렁이고 있다. 가는 비가 뿌리는 청도 각북면 삼평 1리 당산나무 주위로, 흥겨움을 넘어 이제 신령스런 분위기가 감돈다. "천왕당 큰할아버지, 당산 작은할아버지, 여기에 철탑이 안 들어오게 꼭 막아주이소. 이 동네를 지키주이소." 일흔이 넘은 삼평리 할머니들이 큰절을 올리고 간절하게 기도를 드린다. 이 할머니들이 태어나기 전, 할머니들의 어머니들이 태어나기 전부터 마을을 지키고 있던 당산나무 높은 가지를, 비구름인지 안개인지 휘감고 있다.

지난 3월 1일, 34만 5천 볼트 초고압 송전탑 공사를 막기 위해 한전과 정부에 맞서 싸우고 있는 삼평리에서는 '대동 장승굿'이 열렸다. '청도 345kV 송전탑 반대 공동대책위원회'(대책위)와 대구 민예총 등의 예술가들이 함께 주최한 행사에, 대구 경북뿐 아니라 전국에서 200여 명의 시민들이 모였다. 같은 고통을 겪고 있는 밀양에서도 주민 대표들이 연대하기 위해 달려왔다.

　대책위 조직 1주년을 맞아 열린 이번 장승굿은 '항의 집회'나 '결의 대회'와는 그 분위기가 사뭇 달랐다. 무엇보다 이번 장승굿을 통해 삼평리 할머니들의 마음 깊은 곳에 자리잡고 있는 '믿음의 뿌리'를 오롯이 만날 수 있었다. 어떻게 그토록 끈질기게 저항을 이어올 수 있었는지를 비로소 이해할 수 있는 시간이었다.

"노인봉을 건드려 재앙이 내렸다"

청도군 34만 5천 볼트 송전탑은, 신고리 핵발전소에서 시작해 기장-양산-정관-밀양-창녕변전소(10만 평 부지의 동양 최대 변전소)까지 이어지는 76만 5천 볼트 송전선로에서 분기해, 청도군 풍각면을 거쳐 각북면으로 연결된다. 송전탑 높이는 평균 70~80미터이며, 총 40여 기 중 각북면에만 19기가 세워진다. 이 가운데 삼평 1리에 3기(22~24호)가 세워지는데, 실제적으로 7기(22~28호)가 삼평 1리 가시권 안에 있을 뿐 아니라, 그 7기의 송전탑이 마을을 포위하는 형국이다.

　특히 22호와 23호의 송전선은 삼평 1리 마을과 농토를 가로지르게 되어 있다. 또 23호기의 철탑 높이는 송전선의 높이를 억지로 유지하기 위해, 76만 5천 볼트 송전탑과 비슷한 수준인 100~120미터 정도라고 한다. (현재 주민들의 저항에 부딪쳐 공사가 중단된 것이 바로 이 23호기이다.)

22호기 부지는 옛날부터 기우제를 올리거나 자식을 낳기 위해 기도하는 자리였다고 할머니들은 말한다. 그런데 지난 2012년 4월 말, 바로 이 22호기 부지에서 수차례 산을 뒤흔드는 발파작업이 있었다. 송전탑을 세우기 위한 공사가 강행된 것이다. 그리고 며칠 뒤인 5월 8일, 어버이날, 엄청난 우박이 삼평 1리에 쏟아졌다. 90세 할머니는 "내 구십 평생 이런 재앙은 처음이다. 노인봉(22호기 부지인 산을 마을에서 부르는 이름)을 건드려서 이런 재앙이 내렸다"고 한다. 우박 피해는 과수와 양파 농사를 주업으로 하는 마을의 일 년 농사를 망쳤다. 한 해 농가 수입이 거의 0에 가까웠다. 그것도 이상하게 22호기 송전탑 부근에 집중적으로 우박이 쏟아져 피해가 더 컸다.

그 후 주민들은 삼평 1리 당산나무(마을에서는 지금도 정월대보름에 당산제를 지내고 있다) 가까이에 세워지는 24호기 철탑의 위치 변경을 요구했다. 22호기와 같은 '재앙'을 두려워해서였다. 그러나 한전은 그 요구를 묵살해 버렸고, 결국 24호기 철탑은 당산나무에서 올려다보이는 바로 뒷산에, 마을을 억누르는 듯한 기세로 세워졌다.

뿌리 깊은 '법'

당산나무 앞, 삼평리 할머니들의 간절한 기도의 바탕에는 '두려움'이 깔려 있다. 그것은 송전탑 공사 강행으로 입게 될 재산상의 손해, 물리적 피해에 대한 두려움이 아니다. 그것은 정부와 한전이 감히, "사람이 손대서는 안 되는 것"을 범하고 있다는 데서 오는 근원적인 두려움이다.

이런 두려움을 근거 없는, 비과학적인 '미신'이라고 치부할 수 있을까? 할머니들에게 삼평리 노인봉과 당산나무는 마을 주민들의 삶과 따로 떨어져 있는 것이 아니다. 평생을 땅을 일구며, 자연과 이웃에 서로 의지해 살아온 이들에게, 사람과 사람, 사람과 자연은 결코 분리할 수 없는 것이다. 그것은 "사람이 함부로 손대서는 안되는 것이 있다"는 근원적인 통찰, 심오한 '공경'의 사상에 잇닿아 있는 것이다. 그리고 그것을 무시하는 것은 '오만'이고 '불경'이다.

삼평리 할머니들의 저항은 바로 이러한 '오만'과 '불경'에 대한 분노에서 비롯되는 것이다. "내 땅 내가 지키겠다는 게 우째 불법이냐"는 할머니들의 외침은, 결코 무지에서 나오는 것이 아니다. 억지나 떼쓰기가 아님은 말할 것도 없다. 이때 할머니들이 믿고 따르는 '법'은, 오직 돈 있고 힘 있는 자들만의 이익을 지켜주기 위해 수시로 악용되는 그 알량한 '실정법'을 뛰어넘는 근원적인 것이다. 이토록 뿌리 깊은 법, 신령한 법에 근거를 둔 싸움이 어떻게 쉽게 꺾일 수 있겠는가.

"천왕당 큰할아버지, 당산 작은할아버지, 여기에 철탑이 안 들어오게 꼭 막아주이소. 이 동네를 지키주이소" 하고 비는 할머니들은, 그 신령한 법을 스스로 수호하겠다고, 온몸을 다해 마을을 지키겠다고 다짐하고 있는 것이다. 그리고 그날 '삼평리 평화공원'에 두 장승을 세운 모든 사람들이 그러한 다짐을 함께 한 것이다.

이제 재앙을 두려워해야 할 사람들은 삼평리 할머니들이 아니다.

'합법적인 공사' 운운하며 신령한 법을 어기는 자들, 오만과 불경을 일삼는 자들에게 어찌 동티가 내리지 않겠는가.

(2014. 3)

삼평리에서 생각하는 '오월 광주'

시민군

1980년 5월 27일 광주, 마지막 방어선인 전남도청이 계엄군에 의해 진압되었던 피의 새벽, 그 자리를 끝까지 지켰던 시민군 전사들의 정신을, 지금 나는 초고압 송전탑 공사를 막기 위해 싸우고 있는 청도 각북면 삼평리 농성장에서 묵상한다. 우리의 '오월'은 어떻게 연결되고 있는 것일까.

밀양 주민들의 목숨을 건 투쟁 덕분에 우리 사회는 송전선로의 문제, 즉 반민주적이고 불공정한 전력 공급 시스템의 문제에 비로소 눈뜨기 시작했다. 박정희 독재정권 시절(1979년) 제정된 전원電源개발촉진법. 이 법에 따라 전원사업(발전소, 송전탑 등)으로 지정되면 사업자는 19개 법률에 규정된 규제를 피할 수 있으며, 심지어 토지를 강제수용할 수 있다. 주민들은 평생 살던 집과 논밭, 선산마저 한전의 소유가 되어도 이를 거부할 방법이 없다.

'경제성장', '산업입국'이라는 명목으로 사실상 자본과 기업의 돈벌이를 뒷받침하기 위해; 그리고 그에 필수불가결한 '값싼' 전기 생산과 공급로를 일사천리로 확보하기 위해, 헌법과 여러 법률에 보장된 국민의 권리를 간단히 '절약'하고 '제거'할 수 있는 무소불위의 악법이라는 것은 길게 말할 것도 없다. 한마디로 전원개발촉진법은 성장독재의 강력한 제도적 장치 중 하나에 다름 아니다.

성장독재의 절대 교의敎義는 "생명보다 이윤을"이다. 이러한 교의는 전원개발촉진법에 의해서도 일관되게, 성공적으로 실현되어 왔다. 발전소와 송전탑이 들어서는 해안과 논밭, 산과 마을은 마치 점령군과도 같은 공권력과 건설업체들의 군홧발과 중장비 아래 유린되었다. 주민들의 재산권과 건강권이 침해당하고, 무엇보다 수백 년 평화롭게 살아왔던 마을 공동체가 더러운 돈다발을 앞세운 회유와 이간질에 분열되었다. 하루아침에 이웃끼리 원수가 되어버린 무수한 마을들이 갈갈이 찢긴 채 '침몰'당해야 했다. 이토록 참담한 재난이 지난 30여 년 동안, 방방곡곡에서 이어져 왔다.

여기에 저항하는 것은 곧 '국가시책'에 대한 불복종으로 간주되어 철저히 탄압받았다. "가만히 있으라"는 국가의 명령에 복종하지 않는 주민들은 온갖 폭력과 불이익을 당해야 했다. 젊은 용역과 한전 직원들에게 "개 끌 듯이" 끌려다니고, 땅바닥에 패대기쳐지고, 조롱당하고, 모욕당해야 했다. 경찰의 감금과 고착, 체포와 미행이 일상이 되었고, 온갖 고소·고발에 시달리며 경찰서와 법원으로 불려다녀야 했다. 자신의 존엄을 지키기 위해 어떤 주민들은 스스로 목숨을 끊어가며 항거해야 했다.

따라서 지금 밀양과 청도 삼평리 주민들의 싸움은, 한전과 어용 언론들이 끊임없이 매도하는 것과 같은 '보상'을 위한 싸움이 아니다. "나만 살겠다"는 지역이기주의의 발로가 아님은 말할 것도 없다. "돈으로 해결할 거였으면 이미 손 털었다, 여기까지 오지도 않았다"는 삼평리 할매들의 외침에는 조금의 가식도 끼어들 여지가 없다.

이 싸움은 무엇인가? 주민들의 싸움은 "그렇다면 국가는 도대체 무엇인가? 국가의 권력은 어디에서 나오는 것인가?"를 엄중히 묻는 것이다. 그동안 "우리가 알아서 한다, 그러니 가만히 있으라"고 끊임없이 주민들의 손발을 묶고 재갈을 물려왔던 국가권력을 향해서.

그것은 저 80년 광주, 쿠데타로 집권한 신군부와 계엄군의 총칼 앞에서 시민들이 던졌던 질문과 같다. 당시 광주 시민들은 낡은 소총을 들고 스스로 군대(시민군)를 조직했다. 그러나 당시 시민들이 들었던 총은 누군가를 죽이기 위한, 무엇인가를 파괴하기 위한 무기가 아니었다. 그것은 자신들을 지키기에도 부족한, 너무나도 약한 것이었다. 그것은 오히려 질문이었다. 자신의 목숨을 걸고 던지는 존엄한 질문, "국가는 도대체 무엇인가? 국가의 권력은 어디에서 나오는 것인가?"

이미 삼평리의 싸움은 송전탑 한 기를 막고 못 막고, 이기고 지고를 넘어선 싸움이 되었다. "죽을 때까지 싸우겠다"는 할매들의 다짐은 그래서 허언虛言이 아니다. 삼평리 평화공원의 장승과 망루, 허름한 농성장, 거친 바람에 하루하루 낡아가는 붉은 깃발은, '오월 광주'의 새벽을 지키던 시민군이 움켜쥔 소총과 같은 것이다. 이것은 생과 사를 넘어선, 존엄한 질문이다.

주먹밥

'오월 광주'는 학살의 이미지로만 기억되어서는 안 된다. 국가폭력에 희생된, 꽃잎처럼 스러져간 무고한 시민들의 죽음, 피해자의 기억과 '살아남은 자의 죄의식'으로 '추모'되기만 해서도 안 된다. 그것은 무엇보다 "가만히 있지 않겠다"는 민주 시민들의 '항쟁'의 역사이다. 나아가 그것은 한국 현대사에서 보기 드문 '연대'와 '자치'의 경험이기도 했다. 계엄군을 몰아낸 도시에는 광주 시민들에 의해 평화로운 자치 공동체가 수립되었다. 시민들은 자발적으로 부상자들을 위해 헌혈에 나섰고, 거리를 청소했고, 서로가 서로를 보호했다. '주먹밥'의 공동체, 도시는 하나의 밥상 공동체로 거듭났다. 국가가 물러난 도시에서, 약탈과 폭력은 비로소 사라졌다. 공권력이 사라진 곳에서, 개인과 공동체가 비로소 조화를 이룬 해방구가 탄생했다.

삼평리에도 지금 새로운 공동체의 싹이 자라고 있다. 무엇보다 주민들과 '삼평리의 친구들'은 그동안 고된 저항을 이어오며, 밥상 공동체를 이루어 왔다. 대구의 시민단체들과 생협, 노동조합들이 번갈아가며 농성장을 지키기 위해 마을에 와서, 할매들과 힘께 밥을 먹는다. 밥을 나눠 먹으며, 마을의 역사를 듣고, 주민들의 고통을 이해하고, 함께 살아나갈 힘을 얻는다. 때로는 막걸리 잔을 주고 받기도 한다. 농성장에서 함께 먹는 밥은 한끼 한끼가 '성찬의 전례'다.

또 5월 중순 이후 농번기를 맞으면서, 대구의 여러 단체와 개인들이 바쁜 농사일을 거들기 위해 농활을 오고 있다. 특히 복숭아와 사과 같은 과수의 적과(열매솎기)처럼 품이 많이 드는 일에 이런 일손 지원은 참으로 고마운 연대활동이다. 작년 가을에는 이곳 삼평리의 특산품인 감 말랭이를 대구의 단체와 노조들을 중심으로 판매하여, 투쟁기금을 만들기도 했다. 지금은 6월 10일 전후, 양파 수확을 위한 일손을 조직하기 위해 노력하고 있다. 함께 땀 흘리는 노동이야말로 공동체의 기초가 아닌가.

송전탑 반대 싸움으로 마을과 인연을 맺은 몇몇 활동가들은, 앞으로 삼평리로 귀촌해 '주민'이 되어 함께 살아갈 계획을 세우기도 한다. 이들에게 삼평리의 싸움은 이미 '송전탑 공사 저지'의 문제를 넘어선 것이다. 이것은 침몰하는 국가 앞에서 생존을 위해 던지는 엄중한 질문이다. "우리의 공동체는 어디에 있는가? 그것은 어디에서 새로 시작해야 하는가?"

갑오년, 오월

역사로서의 '오월 광주'는, 그러나 결국 고립되고 말았다. "국가는 도대체 무엇인가? 국가의 권력은 어디에서 나오는 것인가?"라는 시민군의 낡은 소총이 던진 질문은 고립되었다. "우리의 공동체는 어디에 있는가? 그것은 어디에서 새로 시작해야 하는가?"라는 자치 공동체의 질문은 다른 지역으로 확산되지 못하고 묻혀버렸다.

그것이 아무리 존엄하고 절박한 질문이라고 하더라도, 우리의 외면과 방치, 굴종 앞에서 그것은 열매를 맺을 수도, 꽃을 피울 수도 없다. 그 질문의 싹이, 여린 뿌리가, 메마른 땅에서 말라죽지 않도록 하려면, 그리하여 그것이 덩굴 줄기를 뻗어나가 담장의 경계를 넘어서도록 하려면, 마침내 초록의 거대한 폭발로 부활하도록 하려면, 어떻게 해야 할까? 당연히 고립되지 않도록 연대해야 한다.

그렇게 하지 못할 때, 얼마나 참혹한 비극이 벌어지는지, 역사는 얼마나 참담하게 후퇴하는지를, 5월 27일을 맞으며, 1980년 '오월 광주'를 기리며, 우리는 다시 한번 뼈아프게 기억해야 한다. 그런 의미에서 지금 삼평리와 밀양의 주민들과 연대하는 것은 '오월 광주' 시민군들의 투쟁을 계승하는 것이라고 나는 감히 생각한다.

세월호 참사 이후, "가만히 있으라"는 국가의 '명령'에 불복종하려는 시민들의 저항이 연일 진화하고 있다. 지방선거 기간임에도, 시민들의 슬픔과 분노에서 촉발된 직접행동은 대의제 민주주의의 경계를 넘어서려는 투쟁으로 확산될 기미를 보이고 있는 것이다. 이러한 거리와 광장에서의 투쟁을 선거로 '수렴'하려는 제도 정치권의 요구조차 많은 시민들에게는 "가만히 있으라"는 이데올로기와 근본적으로 동일한 것으로 다가오는 것이 사실이다. 선거에서의 '선택'으로만 제한된 민주주의, 폴리스라인 안에서만 '허용'된 자유를 넘어서려는 시민들에게, 무엇보다 '오월 광주'는 끊임없는 영감의 원천이자, 계승해야 할 깃발이다.

갑오년 5월, 우리는 또 이 땅에 어떤 역사를 쓸 것인가.

(2014. 5)

식민지 보름달

공사 재개 50일째

34만 5천 볼트 송전탑 공사 강행으로 전쟁 같은 나날을 보내고 있는 경북 청도군 각북면 삼평리에도 추석 명절이 찾아왔다. 이미 조립을 마치고 마을을 압도하듯 서 있는 흉측한 23호 철탑 위로도 한가위 달이 떠오를 것이다.

지난 7월 21일 새벽 동이 트기도 전, 한전은 경찰병력 500여 명을 동원해 마치 군사작전하듯 작은 마을을 '점령'하고는 23호 철탑 공사를 재개했다. 2012년 9월 공사를 중단한 뒤로 22개월 만이다. 그로부터 50일. 삼평리 할매들과 연대자들은 35도를 오르내리는 뜨거운 날씨와 비바람을 동반한 태풍을 고스란히 맞으며, 공사장 입구에서 농성을 이어왔다. "공사 중단"과 "지중화"를 요구하는 주민들의 목소리는 한전 직원들과 경찰의 강경한 대응에 가로막히고 짓밟혔다.

특히 70~80대인 할머니들은 공사장 입구와 레미콘 트럭 앞에서 한전과 경찰에 수없이 끌려나오고 고착당했다. 어경들에게 폭행을 당해 부상당하고 실신해 병원으로 후송되기를 거듭했다. 그러면서 하루하루 할머니들은 시들고 말라갔다. 할머니들 표현으로는 "지옥 같은" 나날이었다. 그 사이, 여름이 가고 가을이 왔다. 농성장에서는 벌써 밤의 추위를 염려해야 하는 계절. 한때 귀를 울리던 개구리 소리는 어느덧 풀벌레 소리로 바뀌었다.

"그냥 살던 대로 살게 해달라"

삼평리 주민들의 요구는 밀양 송전탑 반대 주민들의 요구와 같다. "보상 필요 없다. 그냥 살던 대로 살게 해달라"는 것이다. 송전탑이 들어서면 할머니들이 평생을 바쳐 일구어온 논밭은 하루아침에 무용지물이 되어버린다. 그저 논 한 마지기, 밭 한 뙈기가 날아가는 게 아니다. 할머니들의 자존심이, 거기에 쏟은 인생이 송두리째 무너지는 일이다. 무엇보다 '국책사업'이라는 명목으로 주민들에게 일방적으로 희생을 강요하면서 이루어지는 송전탑 공사를 주민들로서는 용납할 수 없다.

더구나 이미 만천하에 드러났듯이 이 북경남 초고압 송전선로는 반드시 필요한 것도 아니다. "대구와 영남지역의 안정적인 전력 공급을 위해"서라는 공사 목적은 사실상 허울좋은 핑계에 불과하다. 이 공사는 결국 고리 1호기를 포함한 노후원전의 수명 재연장을 전제로, 그리고 신고리 5~6호기 등 신규 핵발전소의 확대를 전제로 강행되는 것이다. 그리고 아랍에미리트 핵발전소 수출의 옵션으로 되어있는 신고리 3호기 가동과 연관된 문제이다. 한마디로 전기가 더 필요해서 세우는 것이 아니라, 정부의 '증핵' 정책을 뒷받침하기 위해 밀어붙이고 있는 것이다.

밀양이 그러했듯, 청도 삼평리 송전탑 공사도 시작 단계부터 심각한 문제들을 안고 있었다. 2006년 1월 11일 한전이 환경영향평가 주민설명회를 개최했다고 하지만, 삼평리를 비롯한 청도 주민 대다수는 그 사실을 전혀 몰랐다. 2007년 산업자원부가 계획을 승인하고, 이듬해 경상북도와 청도군이 사업을 면 단위에 통보했다는 사실도 2009년이 되어서야 알게 되었다. 그때는 이미 한전과 정부가 자신들에게 필요한 법적 절차를 대부분 다 밟아버린 상태였다. 심지어 전 마을 이장은 주민의견서까지 조작해서 마치 삼평리 주민들 대부분이 이 사업을 지지하는 것처럼 꾸며 놓기까지 했다.

주민의 자기결정권

초고압 송전탑이 동네에 들어서는 것을 환영하는 주민이 몇 사람이나 되겠나. 누가 뭐라고 해도 이것은 혐오시설이고 기피시설이다. 전자파의 영향은 말할 것도 없고, 볼썽사나운 흉물이 아닌가. 무엇보다 이것이 들어서는 순간, 농민들이 평생 피땀 흘려 일궈 놓은 주변 논밭의 자산가치는 하루아침에 물거품처럼 사라진다. 금융기관에서 담보로 받아주지 않는다. 자산가치 제로가 된다는 말이다. 농민들에게 연금이 있나 적금이 있나, 그저 한 평 두 평 모아 놓은 땅이 곧 연금이고 통장인데, 이것이 하루아침에 무용지물이 되어버린다는 뜻이다.

그 어떤 명분을 내세우더라도 이만한 피해를 초래하는 혐오시설, 기피시설이라면, 반드시 그 땅에 사는 주민들에게 정보를 자세히 제공하고 의견을 먼저 물어야 한다. 대안을 모색하고, 피해를 최소화할 방안을 찾고, 끊임없이 토론하고 설득하고, 그러고 나서 최종적인 판단은 주민의 자기결정권에 맡겨야 한다. "우리 마을에서 오래 검토해본 결과, 이 사업은 사회 전체 공익을 위해 불가피하다는 것을 인정할 만하다. 각계 전문가들 의견도 들어보았지만 마땅한 대안이 없는 것 같다. 그렇다면 우리 마을이 사회 전체의 공익을 위해 양보할 수밖에 없다고 생각한다. 국가는 우리 마을 주민들이 입는 피해를 최소화하기 위해 이런 대책을 세우고, 이러이러한 보상을 해 달라" 하는 결정과 요구를 마을 주민들 측에서 할 수 있도록 보장해야 한다. 그러한 결정을 주민들 스스로 하지 않는다면, 그 사업은 마땅히 폐기되거나 보류되어야 한다. 그 정도는 되어야 '민주공화국'이라고 할 수 있고, 그런 국가라야 국민 모두가 '내 나라'라고 할 수 있지 않겠나.

그런데 밀양에서도 청도 삼평리에서도 이런 주민의 자기결정권은 철저하게 무시당했다. 아니 이러한 엄청난 사업이 추진되고 있다는 사실을 제때에 알 권리조차 박탈당했다. 그 까닭은 무엇인가. 1979년 박정희 독재정권 시절에 만들어진 '전원개발촉진법'이라는 악법이 이러한 불합리한 현실의 뿌리이다. 발전소나 송전선로 부지로 지정되면, 19개 법률에 규정된 각종 규제를 피할 수 있다. 토지를 강제수용할 수 있는 것은 말할 것도 없다. 평생 살던 집, 논밭, 선산까지도 하루아침에 한전 소유가 되어버리는데, 이것을 거부할 방법이 없다. 한전은 한마디로 땅짚고 헤엄치듯이 그동안 사업을 해온 것이다. 이것은 민주주의도 정의도 아니다. 이런 현실에 눈을 감은 채 '국책사업' 운운하는 것은 참으로 가증스러운 짓이다.

'전원개발촉진법'은 유신독재 시절, 박정희 정권이 고리1호기 가동에 즈음하여 재벌기업과 자본의 이익을 위한 전력공급 체제를 완비하기 위해 제정한 특별법이었다. 그것은 본질적으로 반민중적인 악법이며, 유신권력 자체가 그러했듯이 위헌적인 것이다. 그런데도 그러한 위헌적 악법이 청산되지 않고 살아남아, 지금도 우리의 삶을 옥죄고 있다는 사실은 참으로 수치스러운 일이 아닐 수 없다.

특히 최근 한전이 신경기변전소 후보지로 여주(2곳), 양평, 이천, 광주 등 다섯 지역을 선정하는 과정에서 입지선정위원회가 여섯 차례나 열렸지만 모든 과정이 비공개로 이뤄졌으며, 주민들은 이러한 과정이 진행되는 것을 전혀 모르고 있다가 후보지로 결정된 뒤에야 알게 되었다는 사실이 보도를 통해 알려졌다. 신경기변전소는 울진(신한울 원전)에서 수도권으로 이어지는 76만 5천 볼트 초고압 송전선로를 위한 시설이다. 이 사업을 추진하면서도 밀양-청도에서와 마찬가지로 주민의 알 권리와 자기결정권은 조금도 고려 대상이 아니었던 것이다. 앞으로 이 사업이 이대로 추진된다면 얼마나 많은 밀양, 얼마나 많은 청도 삼평리들이 또 같은 고통을 당해야 할까.

"싸움은 아직 끝나지 않았다"

자신들의 삶을 좌우할 만한 중요한 문제에 대해 알 권리를 보장받지 못하고 자기결정권도 행사하지 못한다면 그것은 민주공화국의 시민이라기보다는 '식민지 주민'에 가깝다. 유신독재 시절의 악법이 지금 이 땅에 사는 시민들을 식민지 주민으로 전락시키고 있다.

청도 삼평리, 지금 이 작은 마을에서 벌어지고 있는 싸움은 단지 송전탑 한 기를 둘러싼 갈등이 아니다. 알량한 보상을 위한 싸움이 아니라는 것은 더 말할 필요도 없다. 삼평리 할매들의 싸움은 더 이상 식민지 주민으로 살지 않겠다는 당당한 선언이다. 지난 8월 15일, 3대째 집안에서 내려오는 낡은 태극기를 들고 나와 농성장에 매달았던 이억조 할머니(75세)가 '삼평리 광복절 기념식'에서 했던 연설의 한 대목을 우리는 기억해야 한다.

"광복절이 어데 보통 날입니꺼. 빼앗깄던 나라를 도로 찾은 날 아입니꺼. 그런데 우리 삼평리는 지끔 마을을 뺏깄어예. 삼평리도 광복해야 합니더. 한전 너거도 오늘은 일하지 마라. 왜정 때도 이래 모질게는 안 했다."

한가위, 삼평리에 뜨는 달이 식민지의 서글픈 달이 되어서는 안 된다. 계절은 바뀌었지만, 싸움은 아직 끝나지 않았다.

(2014. 9)

詩와 공화국

직업이 뭐냐고?

'공식 문단'에는 명함도 못 내밀지만, 내 직업이 '시인'으로 기록되어 있는 공식 문서가 있으니, 우습게도 그것은 이제 도대체 몇 건인지 스스로 헤아리기에도 지쳐 버린 검찰의 '공소장'들이다.

　그 사연의 시작은 이렇다. 2013년 10월 3일, 밀양 금곡헬기장 앞에서 밀양과 청도 삼평리 주민들, 그리고 전국 각지에서 모인 연대 시민들과 함께 한전의 송전탑 공사에 항의하던 중, 우발적이긴 했지만 나는 잠시 공사 자재 야적장에 들어가게 되었다. 5분 정도 야적장에서 구호 몇 번 외치다 경찰에 끌려나왔는데 '건조물 침입 및 업무방해'라는 무시무시한 혐의로 며칠간 유치장 신세를 지며 조사를 받게 되었다. 그때 경찰과 검찰의 조사 과정에서 직업을 묻길래 불쑥 '시인'이라고 답했다. 그 후로 1심 재판을 받고 또 항소심을 거쳐, 지금은 대법원에까지 상고한 사건.

　처음 내 직업을 가당찮게도 '시인'이라고 답했을 때에는, 솔직히 좀 '개기는' 심정이었다. 이따금 시 비슷한 것을 긁적이기도 하고, 오래 묵혀둔 졸작 몇십 편을 주물러 우격다짐으로 시집이랍시고 묶어낸 적도 있지만, 그때까지만 하더라도 누군가 내 직업을 물었을 때 감히 '시인'이라고 답한 기억은 없다. 모든 '공식 시인'들이 그럴 만한 자격이 있는지는 모르겠으나, 어쨌든 나에게 시인은 언제나 '경외'의 대상이지, 내가 스스로 칭할 수 있는 이름은(더구나 직업의 이름은) 아니었으니까. 그렇다고 당시 애매모호하기 짝이 없는 내 정체성을 우물쭈물 설명하는 것은 몹시 자존심 상하기도 해서, 그렇게 '질러 버렸다'고 하는 것이 진실에 가깝다.

그런데 무슨 인연인지, 그 후로도 이런저런 사건들에 연루되고, 급기야 청도 삼평리 투쟁 과정에서는 과분하게도 공안검찰로부터 '주동자급'으로 대접받으면서, 경찰서와 검찰청, 법원을 안방 드나들듯이 출입하는 와중에, 직업을 물으면 한사코 '시인'이라고 답하다 보니, 적어도 '법조계'에서는 확실하게 그렇게 입지를 굳히게 되었다.

누군가 '꽃'이라고 불러주면 '꽃'이 될 수 있는 것인지는 아직 모르겠지만, 그러다 보니 어느새, "이제라도 정말 시인다운 시인이 되어야 하지 않을까" 하는 일말의 책임감 비슷한 것이 생기기도 했으니, 이것이 별로 달가울 것 없는 공권력이 나에게 준 선물이라면 선물이라고 할 수 있을는지.

아무튼 스스로 직업을 '시인'이라고 칭하는 '허세'와는 별개로, 나는 송전탑 공사에 맞서 싸우는 청도 삼평리 할매들 곁에서, 특히 작년 7월 21일, 마지막 하나 남은 송전탑을 세운답시고 무슨 군사 작전하듯이 수백 명의 경찰과 한전 직원들이 조그만 마을을 우악스럽게 짓밟고 들어온 그날 새벽 이후로 몇 달 동안, '시' 속에서 살아왔고, '시'를 경험했다고 자부한다.

숙영지 사건

가령 이런 것이다. 한전의 송전탑 공사를 '보호'하기 위해 현장에 파견된 수백 명 병력이 머물 '숙영지'宿營地를 만든답시고, 멀쩡한 논을 경찰이 '임대'했다. 작년 7월 말, 어느 일요일, 포클레인이 논바닥으로 밀고 들어가 첫 삽을 뜨기 시작했을 때, 할매들이 터뜨리던 그 통곡 소리가 아직도 내 귓가에 쟁쟁하다. 그 통곡은 도저히 말로는 표현할 수 없는 설움과 분노, 고통이 응축되었다 터져 나오는 것이었고, 그때까지 저 숙영지 공사를 허용해야 하느냐 마느냐하는 우리들끼리의 갑론을박을 일거에 무위로 만들어 버렸다.

경찰은 앞서, 만약 숙영지 공사를 방해하면, 그때까지 우리가 머물던 그 옆의 천막 농성장조차 더 이상 허용하지 않고 강제 철거하겠다는 협박에 가까운 '조건'을 제시하고 있었는데, 그나마 농성장을 유지하기 위해서는 숙영지 공사를 묵인해 줄 수밖에 없지 않겠나 하는 얄팍한 '계산'에 가로막혀, 꽤 여러 시간 긴박한 논쟁을 이어오던 참이었다. 그런데 포클레인이 움직이자마자 한켠에서 터져나온 할매들의 통곡 소리와 함께, 모두들 정신이 번쩍 들었다. 누가 먼저라고 할 것도 없이, 우리를 속박하고 있던 어떤 껍데기가 한방에 쪼개져 나가는 것을 느꼈다. 엄청난 물리력에 포위되어 한 걸음 앞을 내다보기 어려운 숨가쁜 싸움 속에 있었기 때문에, 그리고 어떻게든 쫓겨나지 않고 버틸 수 있는 공간을 확보해야 한다는 압박감 때문에, 부질없는 계산에 빠져 있었던 나 자신이 부끄러웠다.

할매들의 통곡 소리는 우리 모두에게 형언할 수 없는 용기를 불어넣어 주었다. 그리고 참으로 거짓말처럼, 현장의 '기운'은 일거에 역전되어 버렸다. "우리는 송전탑도, 숙영지도 허락하지 않겠다!" 당시 경찰서장까지 현장에 나타나 지휘하고 있는 중이었지만, '껍데기가 쪼개져 버리는' 경험을 공유한 주민과 연대자들(그래봤자 수십 명에 불과했지만)의 서슬에, 숙영지 공사는 그것으로 중단되어 버렸다.

그 뒤로도 수많은 '사건'들이 있었지만, 내가 이 기억을 먼저 떠올리는 것은, 그때 그 순간 터져나온 할매들의 통곡이 가진 의미를 되돌아보고 싶어서이다. 당시 경찰이 숙영지로 삼으려던 논은 정작 그 할매들 논이 아니었다. 다른 사람의 논을, 그것도 경찰들로서는 '합법적으로' 임대한 땅이었다. 또 숙영지가 없다고 하더라도 이미 수백 명 경찰병력이 마을에 며칠째 주둔하고 있었기 때문에 (그리고 그 뒤로도 경찰은 아무런 지장 없이 교대해가며 한전의 공사 경비 업무를 충실히 수행했기 때문에), 숙영지 공사 자체가 특별히 할매들에게 더 불리한 상황을 초래하는 것도 아니었다.

그러나 그것은 평생을 땅에 엎드려 일하고 살아온 할매들로서는,

소유관계나 이해득실을 떠나, 함부로 손대서는 안 되는 것을 짓밟는, 용납할 수 없는 불경不敬이었다. 아니, 그것은 땅과 이미 한 몸이 되어 살아온 할매들의 마른 살점을 찢는 폭력에 다름 아닌 것이었다. 그 일요일 저녁, 해거름의 삼평리에서, 할매들 통곡 소리를 함께 들었던 수십 명의 우리로서는, 도저히 그렇게밖에 이해할 수 없는 처절한 고통과 분노, 설움이 전율로 육박해 왔던 것이다. 그리고 그것이 우리 속의 무언가를 건드리고, 의연히 두려움을 극복할 수 있도록 만들었다.

고통을 같이하는 감수성

많은 사람들이 묻는다. 어떻게 그 작은 마을에서, 불과 십여 명의, 그것도 주로 70~80대의 할매들이 그토록 끈질기게 싸워올 수 있었느냐고. 무엇이 그토록 많은 사람들을 삼평리로 불러들이고, 또 끊임없는 연대를 가능하게 만들었느냐고. 나는 할매들과 주민들의 삶과 투쟁을 애써 미화하고 싶은 생각은 없다. 게다가 그 처절한 저항에도 불구하고, 결국 송전탑은 완공되었고, 전선이 걸렸고, 주민들과 연대자들 앞에는 지금 한 가마니의 공소장이 쌓여 있다. (물론 주민들과 연대자들은 그럼에도 의연하게 '시즌2'를 이어가고 있지만.)

다만 나는, 논과 밭이, 은사시나무 숲이, 노인봉이라 불리는 작은 산봉우리와 우람한 당산나무, 그리고 그 아래 작은 마을이, 이미 자신의 몸의 일부가 되어버린 사람들이 보여준 힘과 통찰력에 대해 말하고 싶다.

그 힘은 때로는 통곡과 절규로 터져 나오기도 했지만, 또 때로는 무릎을 치게 만드는 해학과 웃음과 노래로 터져 나오기도 했다. 그 힘은 수시로 할매들을 레미콘 트럭 앞에 드러눕게 만들기도 했지만, 또 한편 손주뻘의 낯선 청년들과 밤늦게까지 손잡고 함께 춤추고 노래 부르도록 이끌기도 했다. 그런 통곡과 절규, 웃음과 노래가 일으키는 파문波文, 그리고 불가사의한 감염에 대해 이야기하고 싶다.

"나무 한 그루가 상처를 입으면 자기자신의 아픔으로 느끼고, 고통을 같이하는 감수성이 중요합니다. 얼마 전 서울의 방학동에서 오래묵은 은행나무를 지키기 위하여 단식투쟁도 한 사람이 있지만, 그런 사람의 마음을 우리가 한번 생각해볼 필요가 있지 않을까요? 저는 위대한 시인들의 마음이 대개 그러한 것이 아니었을까 싶습니다. '위대한'이라는 말이 거슬린다면, 일반적으로 좋은 시에서 우리가 느끼는 마음이 그런 것이라고 생각합니다."

— 김종철, 「시의 마음과 생명공동체」 중에서

이런 의미에서 나는 '삼평리 투쟁'의 비밀은 바로 그 동네 할매들이 보여준 '위대한 시인들의 마음'에 있다고 믿는다. 아니, '좋은 시' 앞에서 감동을 느끼듯, 사심 없이 그 할매들의 마음에 감응한 우리 모두의 힘에 있다고 믿는다. 그리고 지금, 삼평리 법률기금 마련을 위한 후원 프로젝트에 전국에서 십시일반 보태어지는 우정과 연대의 힘을 지켜보면서, 다시 한번 그것을 실감하고 있다.

'고통을 같이하는 감수성'이 '시인의 마음'이라면, 적어도 삼평리를 기억하고 함께하고자 하는 우리 모두는 다들 조금씩은 이미 시인임에 틀림없다. 두말할 것도 없이, 그것은 모든 위대한 투쟁 속에서 공통으로 발견할 수밖에 없는 진실이기도 하다.

이 사회 전체의 부와 권력을 '사유화'하려는 세력의 준동이 아무리 거세다 한들, 우리가 희망을 결코 포기하지 않고 있는 것은 어쩌면 그래서일지도 모른다. 모두가 조금씩 시인인 나라, 그것의 다른 이름이 바로 '공화국' 共和國 아닐까? 아직 우리가 이르지 못한, 그러나 우리 속에서 계속 자라나 언젠가 껍데기를 깨고 일어설.

저 이슬방울,

정씨 아저씨 과수원

사과열매에 매달린 작은 물방울에도

건너편 산 위, 송전탑이 비친다.

이것을 눈여겨보지 않고서

그 서글픈 반영反影을 읽지 않고서

더불어 살 수는 없다.

송전선로 가선작업, 와이어 추락!

삼평리 은사시나무 희디흰 뼈마디

부러지는 소리 들린다.

성곡댁 아지매는 오늘도

소리소리지르다 쇠붙이의 침묵에 떠밀려

도랑에 처박히고 병원에 실려갔다.

나락은 익어 가는데

추수를 기다리는 저 논의 메타포를

이해하지 않은 채로는

불가능하다.

공화국은 시다.

― 졸시 「詩와 공화국」 부분

(2015. 1)

탈핵과 총파업

'증핵' 공식화한 에너지기본계획

박근혜 정부가 2035년까지 핵발전소를 현재 23기에서 최소한 39기 이상으로 늘리는 것을 뼈대로 한 「제2차 에너지기본계획」을 확정 발표했다. 시민단체와 상당수 시민들의 반대에도 불구하고 결국 '핵발전소 증설'(증핵)을 공식화한 것이다. 강고한 핵 카르텔의 위력을 다시 한번 실감한다.

삼척·영덕 등 신규 핵발전소 부지로 선정된 지역의 주민들이 가장 먼저 반발하고 나섰다. 1월 15일 영덕의 주민들이 규탄 기자회견을 연 데 이어, 16일에는 삼척의 주민들이 반대 입장을 천명했다. 핵발전소 문제와 하나로 연결되어 있는 송전선로를 둘러싼 사회적 갈등도 앞으로 더욱 격렬해질 것이 불을 보듯 뻔하다. "정부 계획대로라면 태백산맥을 관통하는 대규모 송전시설이 2개 이상 새로 건설돼야 하는데 현실적으로 가능한 계획인지 의문"(이헌석 에너지정의행동 대표, 『한겨레』 1월 15일자 기사 인용)이 들 정도다. 밀양과 청도 삼평리에서 지금 벌어지고 있는 '재앙'이 박근혜 정부의 계획에 의해 얼마나 더 많은 지역에서 재연될지, 가늠하기조차 끔찍하다.

핵발전소 개수와 설비용량에서 한국은 현재 세계 5위이다. 스리마일(미국), 체르노빌(구 소련), 후쿠시마(일본)와 같은 대규모 핵참사의 공통점은 핵발전소 개수가 많은 나라들(핵 선진국)에서 일어났다는 것이다. 한국은 국토면적 대비 핵발전소 설비용량(밀집도)에서 세계 1위 국가이다. 좁은 국토에서 만에 하나 핵사고가 일어난다면 그 결과는 곧 나라의 멸망이다.

후쿠시마 사고 이후 전 시민적으로 확산된 핵발전소의 안전성에 대한 우려를 외면한 '증핵' 계획은 '에너지안보'와 '산업경쟁력'이라는 상투적인 논리에 의해 뒷받침되고 있다. 전력수요는 계속 늘어날 것이고, 기업은 경쟁력을 위해 값싼 전기를 계속 공급받아야 하고, 경제성장을 위해서는 바닷가 외딴 마을들과 농촌의 노인들은 계속 희생을 감수해야 한다는 논리다. 성장하지 않으면 혼란뿐이다, 혼란이 두렵다면 '국익'을 위해 핵발전소를 받아들여라, 괴담과 유언비어에 속지 마라! 한국의 핵발전소는 수명을 아무리 늘려도 사고 안 난다, 짝퉁 부품을 써도 안전하다, 하면 된다!

성장주의 이데올로기와 민주주의의 말살

사고 위험성의 문제를 차치하고, '증핵'의 배경이 되는 획일적 성장주의 이데올로기는 무엇보다 민주주의를 짓밟는다. 박정희의 성장신화가 인권과 자유, 민주주의의 말살과 결코 분리할 수 없는 동전의 양면이듯이. '국가'의 살림살이를 좌우하는 에너지기본계획인데도 주권자인 '국민'의 우려가 조금도 반영되지 않은 채 공식화된 이번 발표는 본질적으로 성장주의 독재의 고착화, 영구화를 의미한다. 온갖 복잡한 계산과 그럴듯한 표현으로 포장하더라도 그것은 결국 '헌법'의 무력화에 다름 아니다. 민주공화국 대한민국의 헌법은 전문前文에서 "우리들과 우리들의 자손의 안전과 자유와 행복을 영원히 확보할 것을 다짐"하고 있지 않은가.

"한국은 원전 보유 규모와 높은 가동률, 각종 원전 비리 및 낮은 안전의식 등으로 대형 사고의 가능성이 작지 않은데, 이런 우려에서 앞으로 최소 70년간 자유로울 수 없게 됐다. 추가로 건설하는 원전은 2020년 이후에 지어져 최소 2080년이 넘어야 수명을 다할 것으로 예상되기 때문"이라는 그린피스의 성명(『한겨레』1월 15일자 기사 인용)은, 다른 말로 하면 앞으로 100년 가까이 우리가 '다른 삶'을 상상할 자유가 박탈당한다는 얘기다.

잠재적 사고 위험성에 대한 공포는, 그러한 '중핵' 시스템이 일단 가동되기 시작하고 이어서 시민들이 자의반 타의반으로 그것을 묵인하기 시작하는 순간, 성장주의 독재권력에게는 결코 해로울 것이 없다. 그 공포로 인해 더 많은 사회적 통제수단을 갖게 되므로. '전쟁공포'가 박정희에게 '반공'과 국가주의 이데올로기라는 무소불위의 통제수단을 제공했다면, 핵사고의 위험성에 대한 대중의 공포는 결국 핵 체제의 중요한 본질 중 하나인 '비밀주의'와 강력한 정보통제 등 비민주적 수단을 갈수록 많이 지배권력에게 허용하지 않을 수 없게 된다.

'다른 삶'을 상상할 자유

백번 양보해 '확률의 신'이 보우하사, 대참사가 일어나지 않는다고 하더라도 마찬가지이다. 저들이 애호하는 '성장'이라는 말이 민중의 풍요를 뜻하는 것이 아니며, 저들이 사랑하는 '안보'가 풀뿌리의 평화가 아니므로, 비록 요행히 대참사의 불운을 피할 수 있다 하더라도, 지금 우리가 겪고 있는 불평등과 부정의, 무력감과 생존의 공포를 벗어난 '다른 삶'의 실현은 끊임없이 유예될 것이다.

'다른 삶'을 상상할 자유는 획일적인 성장주의와 결코 양립할 수 없다. 그것은 창조적 혼란 없이는 불가능하다. 혼란 속에서라야 개인이든 사회든 성찰할 수 있다. 이미 길이 뻔하게 정해져 있다면, 개인도 사회도 더 나은 삶의 가능성을 위해 고뇌하지 않는다. 좀더 인간다운 삶을 위한 투쟁도 사회적 토론도, 그 동력을 잃어버리게 된다.

'중핵'을 공식화한 박근혜 정부의 「제2차 에너지기본계획」은 따라서 단순히 에너지에 관계된 문제가 아니다. 이 가공할 프로젝트는 우리가 그릴 수 있는 100년 뒤의 국가의 청사진을 단 하나만(그것도 현실가능성이 지극히 의심스러울 뿐만 아니라, 설령 그러한 계획이 실현될 수 있다 하더라도 그 과정에서 이 나라 국토와 민중의 삶은 황폐해질 대로 황폐해질 것이 뻔한 청사진 하나만) 남겨 두겠다는 빈곤하기 짝이 없는 상상력의 소산이다. 냉정하게 말해 지금 박근혜 정부나 핵 카르텔의 기득권자들은 100년 뒤 이 땅 민중의 삶에는 관심조차 없을지도 모른다.

영원히 처치 곤란한 핵쓰레기, 지역간·계층간·세대간 불평등과 비윤리성, 터무니없이 낮은 효율성과 고비용, 일상적인 방사능 오염, 우라늄의 고갈로 인한 지속 가능성의 문제 따위에 대해서는 여기서 이야기를 시작하지도 않았지만, 이런 문제들을 모두 뒤로 돌리더라도, 이것은 무엇보다 자유의 질식을 의미한다.

"'혼란'이 없는 시멘트회사나 발전소의 건설은, 시멘트회사나 발전소가 없는 혼란보다 조금도 나을 게 없는 것 같은 생각이 든다"고 시인 김수영은 산문 「詩여, 침을 뱉어라」(1968)에서 일찍이 말한 적이 있다. 혼란은 개인에게나 한 사회에게나 중요하다. 혼란 속에서, 바닥에서부터 창조해 가는 질서야말로 개인과 사회의 성숙을 보장하기 때문이다. 그런 창조적 혼란을 두려워해서는 안 된다. 사실 그것을 '혼란'이라고 부르는 자들은, 바닥에서부터 밀고 올라가는 생명의 질서, 풀뿌리의 질서를 두려워하는 기득권자와 독재자들이다.

박근혜 정부와 한국의 핵 카르텔

'증핵'을 골자로 한 「제2차 에너지기본계획」 발표에 뒤이어, 이 글을 쓰고 있는 동안에도 박근혜 정부의 '핵산업 확대'는 노골적으로 드러나고 있다. (그는 후보 시절 핵산업에 대해, 마치 '안전성'을 고려해 '유보'적인 듯한 태도를 취해 왔다.) 1월 15일, 인도 방문 중 국영방송 두르다르샨과의 인터뷰를 통해 "한국은 원전의 건설, 운영 그리고 안전까지도 인도에 아주 좋은 파트너가 될 수 있다"고 핵발전소 수출에 강한 의지를 밝혔다. 작년 9월 베트남을 방문했을 때에도 베트남에 핵발전소를 수출하기 위해 세일즈 외교를 펼쳤던 바 있다. (그러나 베트남은 국민들의 우려를 반영하여 핵발전소 건설 계획을 6년간 전면 유보했다는 소식이 1월 16일 국내 보도를 통해 전해졌다.)

이것은 후쿠시마 사고 이후 핵발전의 안전성에 대한 우려가 국제사회에 확산되고 독일, 벨기에, 스위스, 이탈리아 등 여러 나라가 잇따라 '탈핵'을 선언하고 있는 추세에 역행하는 시대착오적인 발언이며, '죽음을 파는 장사꾼'이라는 국제 시민사회의 지탄을 받아 마땅한 처사다.

특히 시민단체인 에너지정의행동의 논평처럼 "인도는 NPT(핵비확산조약) 미가입 상태에서 핵개발을 하는 등 핵확산을 막고자 하는 국제사회의 노력에 역행하고 있는 국가이다. 더 이상 핵무기 확산이 이뤄지지 않도록 하기 위한 최소한의 장치인 NPT는 강대국의 핵보유를 인정하는 불평등조약이라는 한계에도 불구하고 더 이상의 핵무기 확산을 막는다는 점에서 최소한의 장치로서 역할을 하고 있다. 이러한 국가에 핵발전소를 수출하는 것은 인도가 갖고 있는 핵무기 정책을 인정하는 모양새를 띠는 것으로, 이런 점을 고려하지 않은 채 단지 '수출'만을 생각하는 것은 국제사회의 핵비확산

노력을 무시한 처사"(1월 15일자 논평)에 다름 아니다. 이는 "밖으로는 항구적인 세계평화와 인류공영에 이바지" 하겠다고 한 대한민국 헌법의 정신에도 정면으로 위배되는 것이다.

이처럼 위험천만한 핵산업 확대 정책의 노골화와 함께, 박근혜 정부는 여당 국회의원들을 통해 핵산업 진흥부서이자 비리의 당사자인 산업통상자원부에 아예 '사업자 규제권'까지 쥐여주려 하고 있다. 작년 7월 박근혜가 "산업통상자원부 중심으로 정부의 원전 안전관리 체계를 재정비하라"고 한 지시에 따라, 새누리당 비례 1번으로 국회의원이 된 핵물리학자 출신 민병주 의원이 최근 '원전 사업자 등의 관리 감독에 대한 법률'을 대표발의한 것이다. 한마디로 생선가게를 통째로 고양이에게 넘겨주겠다는 얘기다. 이명박 정부에 이어 박근혜 정부를 통해 한국의 핵 카르텔이 자신들의 기득권을 확실하게 굳히고 이를 영구화하기 위한 수순이 착착 진행되고 있다고 볼 수 있다.

탈핵을 바란다면 국민총파업에 함께하자

먼저 환경단체와 탈핵운동가들에게 호소한다. 이제 한국의 '탈핵 운동 진영'이 결단할 때다. 한국 사회 핵 카르텔의 '약한 고리'는 바로 박근혜 정권이다. 비록 이번 에너지기본계획을 '증핵' 기조로 밀어붙임으로써 핵 카르텔의 요구를 대변하긴 했지만, 태생적으로 불법적인 '유사 정권'에 지나지 않는 박근혜 정권은 이미 여러모로 심각한 도전을 받고 있다. 이 약한 고리를 치는 것이야말로 강고한 핵 카르텔에 균열을 내는 가장 효과적인 계기가 될 것이다. 나아가 에너지 전환과 에너지 민주화를 위한 중요한 기회가 될 것이다.

이미 '정권퇴진'과 '국민총파업'이 시민권을 얻은 정치적 슬로건이 되었다. 민주노총이 후퇴할 수 없는 깃발을 들었다. 가톨릭을 비롯한 여러 종교의 양심적 성직자들도 이미 '정권퇴진'을 정의와 평화를 위한 불가피한 요구로 내걸고 있다. 이제 와서 승산 있고 없고를 따질 때가 아니다. 특히 팔짱을 끼고 노동운동의 한계를 논할 때는 더더욱 아니다. '탈핵을 위한 정권퇴진 운동'으로 한국의 탈핵운동 진영이 화답할 기회이다. '탈핵동맹'을 머리로만 고민하지 말고, '적녹연대'의 꿈을 미루지 말고, 2월 25일 국민총파업을 탈핵운동 진영도 함께 결의하고 조직하자.

핵사고와 방사능 위험을 우려하는 시민들에게도 부탁드리고 싶다. 이제 무기력과 두려움을 떨치고 국민총파업의 대열에 함께하자. 조직된 노동자가 아니라고 해서 총파업General Strike에 참여할 수 없는 게 아니다. 각자 자신의 위치에서, 일손을 놓고 사회 전체의 공익적 문제에 대해 함께 토론하고 요구하는 열린 광장으로 나오는 것이 바로 총파업이다. 자영업자는 가게 문을 닫고, 학생들은 학교에 가지 않고, 주부들은 가사노동을 멈추고 총파업에 함께할 수 있다. 이를 통해, 이 사회가 그동안 누구의 힘으로 굴러왔는지를 스스로 확인하고, 지역과 업종을 넘어 연대하는 가장 아름다운 시민교육의 장이자 신명나는 축제가 바로 총파업이다. 물론 자본과 국가,

기득권 세력에게 이것이 가장 두려운 민중의 직접행동이라는 것은 말할 것도 없겠지만.

특히 아이들의 건강과 밥상의 안전을 염려하는 주부들은 '탈핵을 위한 주부파업'을 마을과 생협 등을 중심으로 조직할 수 있다. 미국 최초의 거대한 반핵운동으로, 1963년 '제한적 핵실험 금지조약'이라는 중요한 승리를 이끌어내는 데 기여한 것은 평범한 주부들이 조직한 '평화를 위한 여성파업'Women's Strike for Peace이었다. 우리 사회에도 지난 2008년 유모차를 밀며 촛불광장으로 나왔던 젊은 엄마들의 멋진 투쟁 경험이 있지 않은가. 우리 모두의 미래를 짓밟고 처치 곤란한 핵쓰레기를 다음 세대에게 떠넘기려는 어른들에게 분노한 청소년-학생들도 '청소년파업'을 얼마든지 조직할 수 있다.

민주노총 같은 노동조합과 시민들이 함께, 각 도시의 거리와 광장에 모여 한판 난장을 벌이고, 눈앞의 가장 중요한 공공적 의제에 대해 의견을 나누고, 함께 결의하고 자본과 국가를 향해 요구하자는 것이 국민총파업의 취지이다. 그것은 어렵거나 두려운 것이 결코 아니다. 그것은 민주공화국 시민으로서 누구에게도 빼앗길 수 없고 양도할 수 없는 우리의 신성한 주권을 스스로 확인하고 선언하는 '헌법적 권리' 실현의 장이다.

무엇보다 중요한 것은 기왕에 빗장이 열린 '정권퇴진'과 '국민총파업'의 광장에서 우리가 '다른 삶'을 상상할 수 있는 힘과 자유를 만끽하는 것이나. 설망을 강요받는 대신 희망을 선택할 수 있다는 가능성을 확인하는 것이다. 더 이상 '탈핵'을 대변해 줄 '정치세력'을 기다리지 말고, 우리 스스로 '정치적 대안'이 될 수 있다는 연대의 기쁨과 자신감을 확인하는 것이다. 우리가 지켜야 하고 또 새롭게 건설해나가야 할 나라는 바로 이 아름답고 신명나는 '혼란'의 광장에 있다.

그리고 후쿠시마 사고 3주년이 되는 3월 11일을 거쳐 체르노빌 사고 28주년을 맞는 4월 26일까지, 더 많은 동료시민들에게 '탈핵'의 중요성과 긴급성을 최대한 알리고, 이를 '정권퇴진' 투쟁의 장 속에서 계속 확산시켜 나가자. '탈핵'이야말로 갑오년, '보국안민' 輔國安民을 위한 대한민국 모든 시민들의 중요한 깃발 중 하나가 되어야 한다.

그럼 핵발전의 대안이 뭐냐고? 핵무기가 그렇듯, 핵발전의 대안은 풀뿌리의 평화와 민주주의이다.

(2014. 1)

방사능 오염과 헌법

짓밟힌 헌법

국정원 선거개입을 규탄하는 시민들의 목소리가 갈수록 높아지고 있다. 국가 정보기관의 정치개입은 어떠한 이유로도 용납될 수 없는 폭거이다. 그것은 민주주의를 파괴할 뿐만 아니라, 무엇보다 헌정(헌법에 따라 행하는 정치) 질서를 짓밟는 것이기 때문이다. 이에 대한 국민들의 규탄의 소리는 주권자로서 너무나도 정당한 목소리이다. 어떠한 이유로도 헌법과 그에 바탕을 둔 정치질서가 유린되어서는 안 된다.

그런데 헌법과 헌정질서에 대한 유린은 비단 국정원 선거개입 문제에서만 일어난 것이 아니다. 대한민국 헌법에 비추어 볼 때, 지금 온 나라 구석구석에서 국가권력과 자본이 저지르는 헌법 유린은 그 도를 지나치고 있다.

우리 헌법의 전문에는 "정치·경제·사회·문화의 모든 영역에 있어서 각인의 기회를 균등히" 할 것을 밝히고 있다. 또 "국민생활의 균등한 향상을" 기하도록 하고 있다. 단 한 문장으로 된 헌법 전문에 '균등'이라는 말이 두 번씩이나 등장할 만큼, 이 가치는 우리 헌법이 처음 제정될 때부터 강조해온 가치이다.

또 우리 헌법은 전문에서 "우리들과 우리들의 자손의 안전과 자유와 행복을 영원히 확보할 것을 다짐"하고, 제10조에서는 "국가는 개인이 가지는 불가침의 기본적 인권을 확인하고 이를 보장할 의무를 진다"고 밝히고 있다. 그런데 현실은 어떠한가.

핵발전소와 송전탑, 댐 공사에 맞서 싸우는 농민들, 불안정한 노동의 현장에서 하루하루 생존의 낭떠러지를 경험해야만 하는 노동자들, 경쟁과 폭력이 지배하는 학교에서 '1등'의 들러리 서기에 지쳐버린 청소년들, 세계 최장시간 노동, 자살률 1위, 저출산율 1위의 사회에서 희망의 근거를 상실해 버린 모든 사람들이 지금 외치고 있다. "이 나라는 도대체 누구를 위한 나라인가!" 헌법이 잘 지켜지고, 그에 따른 헌정질서가 바로 서 있다면 어떻게 이런 분노에 찬 질문이 나올 수 있겠나.

방사능 오염, 남의 일 아니다

앞에서도 인용했지만 대한민국 헌법은 "우리들과 우리들의 자손의 안전과 자유와 행복을 영원히 확보할 것을 다짐"하고 있다. 이 '다짐'의 주체는 당연히 온 국민(즉 '공화적 시민공동체')이다. 그리고 온 국민은 이러한 '다짐'의 실현을 국가권력(정부)에 위임해 놓았다.

그런데 최근, 일본 후쿠시마 원전 사고 이후 갈수록 확산되고 있는 방사능 오염에 대한 국민들의 불안, 즉 "우리들과 우리들의 자손의 안전과 자유와 행복"과 관련된 국민들의 심각한 우려에 대해 정부는 참으로 안이하고 무책임한 태도를 보이고 있다. 특히 정홍원 국무총리는 지난 2일 "악의적으로 괴담을 조작, 유포하는 행위를 추적해 처벌함으로써 (괴담이) 근절되도록 해달라"고 요구했다. 이것은 국정을 책임지고 있는 국무총리로서 자신의 무지를 드러낸 것일 뿐만 아니라, 헌법의 '다짐'을 철저히 짓밟고 있는 것에 다름 아니다.

정 총리의 말과는 달리, 일본의 방사능 오염 사태와 그것이 우리 국민들에게 미치고 있는 영향은 결코 '괴담'이 아니다. 후쿠시마 원전 사태가 발생한 지 2년 4개월이 지났지만, 사태는 조금도 수습되지 않고 있다. 특히 며칠 전, 후쿠시마 원전 3호기에서 일반인 연간 피폭 허용량의 2천 배가 되는 초고농도 방사능 수증기가 분출되고 방사능 오염 폐수가 지하수를 통해 바다로 흘러들어간 것이 확인되었다.

지난 7월 23일과 24일, 도쿄전력은 지하수를 통해 방사능 오염수가 바다로 유출되었으며 3호기 원전에서 시간당 2,170밀리시버트의 방사능 수증기가 분출되었다고 인정했다. 다나카 슌이치 원자력 규제위원회 위원장까지도 방사능 오염수 배출을 인정함으로써, 후쿠시마 해역의 방사능 오염 사태는 갈수록 심각해질 수밖에 없는 상황임이 확인되고 있다.

일본 정부가 이렇게 방사능 오염시대를 빙지하는 가운데 그동안 후쿠시마 앞바다는 물론 일본 근해에서 방사능 덩어리 물고기들이 잡혔다. 플루토늄에 오염된 생선이 잡히기도 했다. 우리나라에 수입된 수산물에서도 2011년에 비해 2012년도에 방사성 물질의 검출 빈도와 농도가 급격하게 높아졌다. 특히 우리 국민이 즐겨먹는 대구, 명태, 고등어 등에서 지속적으로 방사능 물질이 검출되고 있다. 그럼에도 불구하고 한국 정부는 정보공개조차 제대로 하지 않는 일본 정부의 판단에 의존하여 후쿠시마 사고 이전과 똑같이 수산물을 수입하고 있다.

7월 31일 식품의약품안전처는 「'일본 방사능 오염 수산물' 관련 루머에 대한 설명」이란 제목의 보도자료를 발표했다. 식약처는 발표를 통해 후쿠시마 현 등 8개 현의 49개 품목에 대해 수입금지 조치를 취하고 있다고 밝혔지만, 이는 일본 정부가 자체적으로 출하금지한 것이지 우리 정부가 먼저 수입금지한 것이 아니다. 일본 13개 현에서 들어오는 식품에 대해 검사성적서 제출을 의무화하고 있다고 하지만, 이것 역시 일본 검사기관의 판단을 따르는 것이다.

도쿄전력이 그동안 방출한 방사능 오염수에는 스트론튬이 대량으로 포함되었고, 후쿠시마 인근 바다에서 잡힌 생선에서 플루토늄이 검출되기도 했지만, 우리나라는 세슘과 요오드만 검사하고 있다. 그런데, 식약처는 플루토늄과 스트론튬을 검사 항목에 넣어서 검역할 조치는 취하지 않고, 오히려 일본에 '비오염 증명서'를 요구해서 원천적인 방사능 오염을 막겠다는 어처구니없는 대책을 내놓았다. 방사능 오염상황과 관련하여 일본 정부와 산하기관들이 밝히는 정보는 일본 국민들도 불신하고 있는 마당에, 수입국인 한국 정부가 일본기관이 첨부한 증명서를 전적으로 신뢰하겠다는 것이다.

식약처는 기준치 이하의 미량이라도 방사능이 검출된 수산물에 대해서는 홈페이지를 통해서 공개하고 있다고 밝혔다. 그러나 주간 단위로 공개하는 일본산 수산물과 수입식품에 대한 방사능 검사 현황에서는 '적합' 여부만 공개하고 있으며 구체적인 수치는 밝히고 있지 않다. 그러면서 식약처는 일본산 식품이 기준치 이내로 안전하다고 강조하고 있다. 정부 발표에 따르더라도 2011년 6월과 7월 사이에 냉장대구에서 40~98베크렐에 이르는 세슘이 검출되었지만 '기준치 이하'라고 하여 그대로 시판되었다. 지난해에도 대구에서 20베크렐이 넘는 세슘이 검출되었지만 '적합' 판정을 받아 그대로 우리 밥상에 올라왔다.

정부는 일본산 수산물 수입을 중단해야 한다

쏟아지는 일본산 수산물 속에서 우리는 거의 매일 생선을 섭취하고 있다. 수산물에 농축된 방사능 물질은 미량이라 할지라도 지속적으로 섭취하게 되면 인체에 악영향을 미칠 수밖에 없다. 똑같은 양의 방사능 물질을 섭취할 때, 단 한 번에 먹는 것보다 매일 미량으로 나눠서 지속적으로 섭취하는 것이 더 위험하다는 연구결과도 나와 있다. 특히 성장기의 아이들에게 음식을 통한 방사능 피폭은 더 치명적이다.

방사능 기준치는 상업적 관리 기준이지 의학적으로 안전한 기준이 아니다. 적은 양이면 적은 확률로, 많은 양이면 많은 확률로 암 발생을 일으키는 것이 방사능 물질이다. 방사능의 위험성을 알고 있는 시민들이 일본 방사능 오염수 누출 사태를 보면서 불안감을 갖는 것은 당연한 일이다. 그런데 정부는 국민들의 걱정을 '괴담'으로 치부하며 '안전하니 안심하라'고 주장하고 있다. 방사능으로부터 건강을 지키기 위한 국민들의 걱정을 '괴담'과 '루머'로 취급하는 정부의 자세야말로 불신과 혼란을 부추기는 원인이다.

정부가 할 일은 일본산 수산물이 안전하다며 일본을 대신해 홍보할 일이 아니라, 국민건강을 최우선에 두는 정책을 실행하는 일이다. 후쿠시마 원전 방사능 오염수 유출 사태가 통제 불능 상태인 것이 확인된 이상, 정부는 지금이라도 일본산 수산물의 수입을 중단해야 한다.

이러한 책임과 의무를 성실히 이행하지 않는 것은 국민의 생명과 안전을 보호해야 할 국가(정부)의 역할을 포기하는 것이나 마찬가지이다. 정보기관이 대통령 선거에 개입하는 것만큼이나, 아니 근본적으로는 그러한 범죄행위보다도 더욱 심각하게 헌법을 무시하고 국민의 권리를 짓밟는 것이다. 스스로 헌법을 유린하고 국민을 무시하는 정부를 국민들이 용납해서는 안 된다. 대한민국의 주권은 우리 국민에게 있고, 모든 권력은 우리 국민으로부터 나오는 것이기 때문이다.

(2013. 8)

우리의 안전을 국가에 맡겨도 될까?

구미 참사

지난 9월 27일 경북 구미에서 발생한 불산(불화수소산) 가스 누출사고로 인한 피해가 갈수록 확대되고 있다. 공장에서 일하던 노동자 5명이 목숨을 잃었고, 인근 주민과 사고 현장에 투입되었던 소방관과 공무원 등 이미 병원 치료를 받은 사람의 숫자가 1천 명 가까이 된다. 나무와 농작물이 누렇게 말라 죽어가고, 가축들이 이상증세를 보이고 있다.

불산은 호흡기 점막을 해치는 것은 물론이고 뼈를 손상시키며 신경계를 교란할 수도 있는 맹독성 물질이다. 나무나 농작물에 나타나는 피해를 보면 누구나 알 수 있는 것이지만, 이러한 맹독성 불소화합물은 바로 제초제나 고엽제의 원료로 쓰이기도 한다. 시간이 지나면 몸에서 배출되는 다른 물질과 달리, 불화물에 포함된 불소는 체내에 축적되는 특징이 있어, 앞으로 장기적으로 나타날 주민들의 건강문제도 매우 염려스럽다. 토양과 수질오염, 야생 동식물

먹이사슬에 따른 연쇄적인 생태계 오염은 말할 것도 없다.

주민들은 열흘 가까운 시간 동안 제대로 된 설명도 듣지 못한 채, 그저 "유해기준치 이하이니 안전하다"는 시 당국의 앵무새 같은 소리만을 들어야 했다. 심지어 피난 하루 만에 집으로 돌아가도 좋다는 시 당국의 조치만 믿고 일상으로 돌아갔다가, 더욱 심한 피해가 발생한 것으로 확인되었다.

정부는 사태가 걷잡을 수 없이 확대되고 반발 여론이 거세지자, 뒤늦게 10월 5일에야 합동조사단을 꾸려 사태파악에 나서고 있다. 사태의 심각성으로 인한 충격도 충격이지만, 정부의 안이한 늑장대응에 대한 주민들의 분노는 쉽게 수그러들지 않고 있다. 금요일 저녁, 검진을 받기 위해 학교에서 조퇴한 어린 자녀들을 데리고 마스크를 쓴 채 보건소 앞에 몇 시간이나 줄을 서서 기다리다가, "퇴근시간이 되었으니 돌아갔다가 주말 지나고 다음 주에 다시 오라"는 통보를 받은 어머니들은 얼마나 불안하고 분통이 터지겠나.

잇따른 핵발전소 고장

그런 와중에 지난 10월 2일에는 신고리 1호기와 영광 5호기 핵발전소 두 기가 두 시간 간격으로 고장이 나서 정지하는 사태가 발생했다. 올해 들어서만 벌써 열두 번째 핵발전소 고장이다. 인근 주민들이 느끼는 불안감이 오죽하겠나. 그러한 불안은 결코 근거 없는 게 아니다. 고장을 되풀이하는 핵발전소는 언제 터질지 모르는 시한

폭탄이나 마찬가지다. (지금 한국땅에는 그런 위험천만한 핵발전소가 23개나 돌아가고 있다. 그 가운데 부산의 고리 1호기는 이미 다 낡은 것을 억지로 수명연장까지 해 운전하고 있는 중이고, 경주의 월성 1호기는 그 수명이 다하는 날이 40여 일 남았는데 이것도 수명을 늘이려고 막무가내로 밀어붙이고 있다.)

그런데도 한수원(한국수력원자력)과 정부는 "별일 아니다", "안전에는 아무 이상이 없다"는 뻔한 소리를 또다시 되풀이하고 있다. 거기다 한수원 관계자들은 참으로 뻔뻔스럽게도 "수백만 개의 부품을 납품받으면서 일일이 성능을 확인하기란 사실상 불가능"하다면서, "사용하면서 문제가 생기면 고칠 수밖에 없다"는 식으로 나오고 있다.

똑같은 말을 되풀이하는 한수원과 정부의 말은 갈수록 신뢰를 잃어가고 있다. 특히 지난 2월에 발생한 고리 1호기 정전 은폐 사고와 핵발전소 납품비리, 고리 핵발전소 직원 마약투여 사건 등이 잇따르면서, 핵발전소 안전성에 대한 의문과 시민들의 불안은 갈수록 커지고 있다.

국가권력의 무책임한 속성

최근에 발생한 이러한 사태들을 접하다 보면, 우리의 안전을 국가의 손에만 맡겨 두는 것이 옳은가 하는 근본적인 의문이 들지 않을 수 없다. 이런 가공할 사태 앞에서 정부 당국은 언제나 예외 없이 "기준치"니 "설계기준"이니 따위를 운운하며 "안전하다"는 말만

되풀이한다. 구미 사태만 하더라도, 시민들에게 불산의 위험성을 알리기 위해 설명회를 열고, 정부를 향해 사태파악과 긴급재난지역 선포 등 조치를 요구한 것은 시민단체와 녹색당의 지역 당원모임이었다.

국가권력의 무책임한 속성을 명백히 보여주는 사례는 최근 며칠 사이 보도된 것들만 해도 여러 건이다. 지난해 3월 후쿠시마 핵발전소 사고로 유출된 방사성물질의 확산 경로를 예측하던 환경부 산하 국립환경과학원에 국가정보원이 외압을 행사하여 시뮬레이션 연구가 갑자기 중단되었다는 사실이 바로 며칠 전 국정감사 과정에서 확인되었다.

이러한 어처구니없는 행태는 국적을 초월한다. 일본 후쿠시마 현 당국이 후쿠시마 핵발전소 사고 이후 주민들의 방사능 피폭검사 결과와 관련한 전문가 공개검토회를 개최하기 전에 '말 맞추기' 비밀 모임을 열어온 것으로 드러났다. 어린이들에 대한 갑상샘 검사결과 갑상샘암 환자가 확인되었으나, 현 당국과 전문가 위원들은 "핵발전소 사고와 암 발생에 인과관계가 없다"고 입을 맞추기로 했고, 이를 토대로 질의응답 시나리오까지 작성했다는 것이다.

이러한 일련의 사태는 무엇을 말하는가. 국가권력은 시민의 생명과 안전보다는 언제나 특정집단의 '경제적 이익', 기득권 세력과 기업들의 '안전'에만 관심이 있다는 것이다. 심지어 그러한 소수의 '이익'과 '안전'을 '국익'이라는 말로 포장하여 전체 시민들을 속이는 것 역시 상투적인 수법이다.

대통령 선거가 의미 있으려면

대통령 선거가 다가온다. 우리는 또다시 한 명의 대통령을 뽑아 앞으로 5년간의 '국정'을 그에게 맡기게 될 것이다. 그러나 대통령이 누가 되든, 앞서 말한 국가권력의 근본 속성은 쉽게 변하지 않는다는 것을 우리는 기억해야 한다.

만약 그럼에도 대통령 선거라는 것이 의미를 가지려면 어떤 조건이 마련되어야 할까. 국가권력이 가진 이러한 속성과 한계를 인정하는 위에서, 집중화된 거대권력을 지역으로 분산시키고, 지역 토호들을 포함한 기득권 세력과 자본으로부터 시민사회를 보호해 풀뿌리의 정치적 힘을 강화할 수 있는 길을 진지하게 고민하는 이가 후보 중 적어도 한 사람은 있어야 하지 않을까. 그런 정당이나 정치 세력이 선택지 속에 하나쯤은 들어있어야 하지 않을까.

권력분산과 풀뿌리 민주주의 강화라는 비전이 포함되어 있지 않다면, '경제민주화'나 '복지'도 결국은 기득권 세력과 자본의 체제 재생산에 복무하고 풀뿌리를 바보로 만드는 주술에 불과하다.

구미 사태로 돌아가 생각해 보자. 사실 이번 참사에서 우리가 가장 주목해야 할 점은 사고 직후 지역공동체 차원에서 신속하게 대응할 수 있는 매뉴얼이나 자치적 리더십이 없었을 뿐만 아니라, 그처럼 위험천만한 공장이 동네에 있었다는 사실조차 인근 주민들이 까맣게 모르고 있었다는 것이다. 이것은 지역공동체와 풀뿌리가 자신의 삶, 안전에 대한 통제력, 즉 권력을 전혀 가지고 있지 못하다는 것을 의미한다. 이것은 그 지역 주민들의 탓이 아니다. 사람도, 돈도, 정치적 의사결정의 힘과 활력, 자치력도 모조리 서울과 수도권으로 빼앗겨 버린 대한민국 모든 지역의 왜소한 모습이 이와 별반 다르지 않다.

대통령 선거라는 것이 의미가 있으려면, 바로 이러한 권력의 심각한 불균형을 직시하고, 권력을 원래 그 주인에게로 돌려주기 위해 그 권력을 제한적으로 사용하려는 사람, 그리고 그러한 과정에 틈입해 들어올 기득권 세력과 자본의 집요한 공격으로부터 민주주의를 방어할 각오가 되어있는 정치세력을 선택할 기회가 열려있어야 한다. 물론 그런 후보라면, 덩치만 크고 무책임한 국가권력의 손에 맡겨져 있는 제1의 위험요소, 시한폭탄이나 마찬가지인 핵발전소를 2030년경까지는 모두 폐쇄하겠다는 정도의 '안전 감각'은 기본일 것이다.

그런 가능성과 희망을 보여주는 후보가 끝내 단 한 사람도 나타나지 않는다면, 아니 그런 후보를 만들어 내는 데 우리가 결국 실패한다면, 그렇다면 대통령 선거가 도대체 무슨 의미가 있겠는가. 풀뿌리의 안전을 결코 책임질 수 없는 무책임한 국가권력을, 간판만 바꿔 달아 그대로 유지하는 일에 들러리나 서게 될 텐데……

(2012. 10)

'원자력 클러스터'는 경북만의 문제가 아니다

먹고살기 힘드니 '핵단지'를 만들자고?

김관용 경북 도지사는 국제과학비즈니스벨트 유치에 실패한 후 '원자력 클러스터' 추진을 '대안'으로 내세우고 있다. 2028년까지 포항·경주·영덕·울진 등 경북 동해안에 12조 7천억 원 규모의 원자력 관련기관을 유치한다는 계획이다. 지난 6월 21일 열린 '경상북도 원자력 클러스터 포럼'에서는 이 사업에 대해, 생산유발 23조 7,936억 원, 고용창출 20만 명의 경제효과를 낼 수 있다는 장밋빛 청사진을 내놓았다. 그런데 이 '원자력 클러스터'는 이름은 거창하지만, 사실은 핵발전소, 핵폐기장, 사용후 핵연료 재처리시설 따위를 한데 모은 '핵단지', '핵벨트'를 경북 동해안에 건설하겠다는 이야기에 다름 아니다.

그리고 이와는 별도로 영덕군과 울진군은 강원도 삼척시와 함께 2024년 이후 원전신규부지 유치신청을 이미 내놓은 상태이다. 지난 6월 30일은 정부와 한수원에서 신규 핵발전소 부지 선정을 확정 발표하기로 한 날이었다. 그런데 후쿠시마 대재앙으로 핵발전소에 대한 위험성이 확인되고 전 세계적으로 부정적인 여론이 확산되자, 부지 선정 발표를 연기하는 '꼼수'를 부려왔다. (그러나 부지 선정 발표가 임박했다는 여러 정황이 최근 포착되고 있어, 이 지역 주민들의 우려가 높다.)

한국 사회 언론들의 '업무태만'과 '기본책무 망각' 때문에 일본 후쿠시마 핵발전소 재앙이 불과 몇 달 사이에 우리의 시야와 관심에서 희미해져 가고 있지만, 문제의 심각성은 조금도 사라지지 않고 있다. 그렇기는커녕 재앙은 지금부터 시작이라고 보는 것이 옳을 것이다.

이것은 결코 남의 일이 아니다. 한국 사회는 핵발전소 수로는 세계 5위, 밀집도로는 세계 1위의 '핵발전 대국'임을 잊어서는 안 된다. 특히 경상북도는 이미 전국에서 가장 많은 핵발전소(전체 21기 중 10기)가 밀집해 있고, 4기의 신규 핵발전소와 중저준위 핵폐기장까지 건설되고 있는 '세계 최대 핵단지' 지역이다. '원자력 클러스터'를 추진하지 않더라도 이미 경북은 핵시설로 인해 방사능 오염과 해양생태계 파괴, 주민간 갈등으로 피폐해져 가고 있다. 나아가 물이 새는 핵폐기장 건설 강행 등으로 동해안 일대의 핵사고 위험은 갈수록 커지고 있다. "이미 버린 몸, 한탕 크게 하고 끝장을 보겠다"는 막가파식 발상인가. 이미 이런 지경인데, 일본과 프랑스 등 여러 나라가 이미 엄청난 시간과 돈을 들이고도 실패한 '사용후 핵연료 재처리시설'과 '고속증식로'까지 떠안는 '원자력 클러스터'

라니. 제정신 가진 사람이라면 이런 참담한 발상에다가 어떻게 '경제효과' 운운하는 포장을 덧씌울 수 있다는 말인가.

주민들의 외침

이에 분노한 울진, 영덕, 경주, 포항 등의 지역 주민들은 지난 6월 30일과 9월 7일, 두 차례에 걸쳐 경북도청에서 "원자력 클러스터 유치 철회"를 요구하는 기자회견을 열고, 도지사 면담을 요청하였다. "차라리 풀뿌리를 캐먹을지언정 핵발전소는 안 된다!" 지난 6월 30일 영덕에서 올라온 한 농민은 이렇게 외쳤다. 경북이 먹고살기 위해 '원자력 클러스터'를 추진해야 한다는 허황한 논리에 대한 민초의 엄중한 비판이다. 도대체 먹고산다는 것이 무엇인가. 먹을거리의 유일한 토대인 땅과 바다가 단 한 번의 핵발전소 사고로 결딴나고 있는 저 일본 동북지역의 생생한 사례를 눈앞에 두고도, "먹고 살기 위해서"라는 허울좋은 명분을 내세우는 것은 경북도민들을 우롱하는 것이나 다름없다. 설령 그들이 내세우는 경제효과의 십분의 일, 백분의 일이라도 기대할 수 있다손 치더라도, 그것은 이 땅의 민초들을 오직 '돈'밖에 모르는 천박한 존재들로 취급하는 모멸적인 발상이 아닌가.

　주민들은 "김관용 지사가 경북의 경제를 살리는 데 원자력 클러스터 말고 대안이 없다고 한다면, 지사직을 당장 내놓아야 한다"고도 외쳤다. 이것은 단순한 으름장도, 속이 빈 정치적 수사修辭도 아니다. 그 말 속에는 사실 '경제'와 풀뿌리 민주주의, 주민자치에 관한 심각한 문제의식이 녹아 있다고 보아야 한다. 선거로 뽑힌 임기 불과 몇 년의 자치단체장이, 대대손손 민초들이 의지해 살아가야 할 땅과 바다를 더럽히고 생존의 토대를 짓밟으려 하는 것을 두고 본다면 그것이 어떻게 민주주의라고 할 수 있겠나.

두 차례의 도지사 면담 요구에도 경북도는 묵묵부답으로 대응했다. 주민들과의 대화 자체를 거부한 것이다. 생업을 잠시 접고 어렵게 모였던 울진, 영덕, 경주, 포항 등지의 주민들과 환경운동연합 등 시민단체들은 9월 7일 기자회견 후 긴급회의를 거쳐 '동해안 탈핵연대'를 결성하고, 경북도와 공동으로 토론회를 개최할 것을 결의했다. 그 후 한 달이 넘는 지루한 '설득'을 통해 겨우 지난 10월 14일 오후, 대구 흥사단 강당에서 "원자력 클러스터, 경북을 살리는 길인가?"라는 제목의 토론회를 성사시킬 수 있었다. 한 달여의 설득 과정에서 경북도 측은 온갖 이유를 들어 토론회 참석 요구에 대해 소극적으로 대응했다. 오죽했으면 경북 도정에 관련된 이토록 중차대한 사안의 토론회를 도청이나 도의회가 아닌 시민단체 강당에서 어렵사리 열게 되었겠나.

이날 토론회에서 다루어진 쟁점들에 대해서는 추후 다른 필자의 연속 기고를 통해 좀더 자세히 다루는 것이 마땅하다고 보고, 이 글에서는 토론회에 임하는 경북도의 권위적 태도와 철저한 주민 무시 행태에 대해 우선 지적하겠다.

주민들에게 호통치는 경북도 공무원

토론회에는 경북도를 대표하여 성기용 에너지정책과장이 '발표자'로 참석했다. 그런데 그는 자신에게 20~25분의 시간이 할애되었는데도, 원론적인 취지만 간략하게 말한 다음 "자세한 내용은 자료로 대체하겠다"고 5분 만에 발언을 끝냈다. 프리젠테이션용 파일을 그대로 출력한 무성의하기 짝이 없는 자료로 '원자력 클러스터'의 자세한 내용을 파악한다는 것은 애당초 불가능하다는 것을 그가 모를 리는 없었을 것이다.

주민들의 질문에 대해서도 그는 총체적인 내용을 조리있게 설명하기보다는, 핵심을 교묘히 피해가며 참석자들의 맥을 빠지게 하였다. (만약 그가 자기 딴에는 최선을 다한 것이라고 주장한다면 공무원으로서의 능력과 자질이 참으로 의심스럽다고 할 수밖에 없다.) 이에 화가 난 주민들이 목소리를 높여 따지자, 아예 그도 목소리를 높여가며 주민들에게 호통에 가까운 발언을 해댔다. "그동안 왜 지역 주민들에게 제대로 된 설명도 하지 않고 일방적으로 추진해왔느냐"는 항의(영덕군 현직 이장의 항의였다)에 대해 "반상회보도 제대로 보지 않는 주민들"의 괜한 트집이라는 식으로, "추후 지속적인 주민과의 대화가 필요하지 않느냐"는 제안에 대해서는 "고민해 보겠다. 그러나 주민들이 이런 식으로 나오면 어렵다"며 소통 부재 상황의 책임을 주민들 탓으로 돌리기까지 했다. (그동안 쌓인 울분을 터뜨리는 주민들 앞에서 일부 언론이 "성숙하지 못한 토론문화" 운운하는 것도 문제의 본말을 전혀 헤아리지 못하는 것이다.)

그런데 토론 참석자들을 더욱 분노케 한 것은 토론회 직후 접한 소식이었다. 뒤늦게 알고 봤더니, 토론회가 한창 진행중이던 바로 그 시각(10월 14일 오후 4시경) 〈연합뉴스〉를 시작으로 "김관용 경북도지사가 참석하는 '원자력 클러스터 포럼' 제2차 총회가 10월 17일(월) 오후 3시부터 서울 삼정호텔에서 열린다"는 보도를 내보낸 것이다. 경북도가 출연하고(결국 도민들의 혈세로 비용을 대서) 에너지경제연구원이 공동으로 여는 이 행사는 원자력 전문가와 기업인, 언론인 등 150여 명이 참석할 예정이라고 한다. 물론 지역 주민들은 이 포럼에 초대받지도 못했을뿐더러, 토론회가 끝날 때까지 그 누구도(시민단체 관계자를 포함하여) 이 사실을 모르고 있었다. 토론회에 참석해 무성의하고 권위적인 태도로 일관했던 성기용 과장이 바로 이번 포럼의 실무자라는 사실을 생각한다면, 경북도가 지역 주민들을 얼마나 우습게 여기고 있는지 길게 말할 필요가 없을 것이다.

토론회가 열렸던 대구까지 울진, 영덕, 경주, 포항에서 수십 킬로미터를 달려왔던 주민들(주로 농민들) 가운데 이 바쁜 추수철에 며칠 사이로 또다시 '원자력 클러스터 포럼'이 개최되는 서울까지 올라가 주민들의 목소리를 전달할 수 있는 여력 있는 이가 도대체 몇이나 되겠나. 서울이라는 지역도, 10월 17일이라는 날짜도, 참으로 절묘하다. 지나친 해석일지는 모르지만, 관료집단과 핵산업계, 소위 전문가들과 언론이 한통속이 된 '핵마피아' 집단의 노회한 수법을 이번 일로 다시 한번 확인하게 되는 것 같아 씁쓸하기만 하다.

경북만의 문제가 아니다

대부분의 주민들은 여러 정황상 '원자력 클러스터' 추진이 경북도의 주도로 이루어진 계획이라기보다는 중앙정부와 한수원 등 '핵 추진 세력'이 입안하여 추진해오던 것을 경북도가 떠안은 것(즉 위에서 내려온 것)이 아니겠느냐는 의혹을 저버리지 못하고 있다. 사실이 어떠하든, '원자력 클러스터'는 결코 경북만의 문제가 아니다. ('원자력 클러스터 포럼'을 지난 6월에 이어 이번에도 굳이 서울에서 개최하는 것이 이것을 분명히 말해 주고 있다.) 국비 80퍼센트, 지방비 20퍼센트로 추진될 이 사업의 목적은 경북도 스스로 밝히고 있듯이 "아랍에미리트 원전 수주를 계기로 정부가 원전을 수출산업으로 육성하기로 함에 따라, 경북도가 원전과 방폐장 등 원자력 기반이 밀집된 동해안을 세계 원자력 시장을 공략할 전진기지로 구축하기" 위한 것이다. (그런데 지난 14일 토론회에 참석했던 한국방송통신대 이필렬 교수와 그린피스 반핵캠페인 얀 베라네크 대표의 발표 내용을 참고한다면, "공략"해야 할 "세계 원자력 시장"은 20년 이내에 문을 거의 닫을 판이고, 그렇게 되면 엄청난 혈세만 낭비하는 '뻘짓'이 될 공산이 매우 크다. 더구나 그 실현가능성이 검증되지도 않은 '고속증식로 연구'가 앞으로 '황금알'을 낳을 것이므로 천문학적인 예산을 투자하겠다는 논리는, 다시 떠올리기도 싫은 '황우석 사기극'의 재판再版에 불과하다.)

따라서 '원자력 클러스터'는 우리 사회가(우리 사회만) '원전 수출'과 '원전 확대 및 영구화'의 길로 갈 것인가, 아니면 후쿠시마 사태 이후 세계적 추세에 발맞추어 '탈핵'의 길로 살 것인가를 가르는 중대한 기로에 다름 아니다. 특히 '원자력 클러스터' 계획에 포함되어 있는 '사용후 핵연료 재처리'와 '고속증식로' 계획은 우리나라 핵산업의 새로운 국면을 예고하는 것이라는 점을 분명히 기억해야 한다. 만에 하나 '원자력 클러스터' 추진을 막아내지 못한다면, 우리는 결국 이 나라가 시대착오적인 '원자력 제국'으로 나아가는 것을 저지하기 어렵게 될 것이다.

핵발전의 위험성과 '탈핵'의 정당성 및 실현 가능성은 이 지면에서 굳이 다시 길게 말할 필요가 없을 것이다. 다시 한번 강조하고 싶은 것은 '원자력 클러스터'의 문제를 더 이상 경북 동해안 주민들의 지칠 대로 지친 어깨에만 내맡겨서는 안 된다는 것이다. '방폐장 부지 선정' 과정에서 영덕과 경주 지역 주민들이 입은 씻을 수 없는 상처와 황폐해질 대로 황폐해진 지역 민심, 메우기 어려운 주민들 간의 감정의 골을 서울 시민들이 더 이상 나 몰라라 해서는 안 된다. 이미 6기의 핵발전소를 짊어지고 일상적인 방사능 오염과 거대사고 위험의 공포에 떨고 있는 울진(한 지역으로 따지면 세계에서 가장 많은 핵발전소가 있는 군이다) 주민들의 고통 역시 수도권과 대도시의 주민들이 더 이상 모르는 체해서는 안 된다. (바로 며칠 전에도 울진 핵발전소에서는 노동자들의 피폭사고가 발생했다.) 우리가 지금도 아무 생각 없이 쓰고 있는 전기의 상당 부분이 바로 이 '상처받은 땅'의 핵발전소들에서 생산되고 있지 않는가.

진정으로 우리 사회가 '탈핵'과 재생가능 에너지로의 '전환'에 나서야 한다고 믿는 국민이라면, 그리고 민주주의를 염원하는 국민이라면, 손쉽게 경북지역의 '보수성'을 비난하고만 있을 것이 아니라, 그러한 '보수성'을 낳은 중요한 원인 중 하나인 경북의 핵발전소들을 하루속히 멈추게 하는 데 연대해야 한다. 핵발전소와 민주주의는 결코 양립할 수 없는 것이다. 경북도청으로든, 조만간 신규 부지로 확정될 지역으로든, 전국의 시민들이 '탈핵 희망버스'를 조직하고, '핵발전소를 점령하라'는 깃발을 치켜들어야 할 시간이 다가오고 있다. '85호 크레인'이 부산 영도만의 것이 아니고, '강정마을'이 제주도만의 것이 아니듯이.

(2011. 10)

미군기지와 민중의 평화

미군기지는 무엇을 위해 존재하는가

아직도 주한미군이 이 땅의 '평화'와 '안전보장'을 위해 주둔하고 있다고 믿는 시민들이 적지 않다. 아프가니스탄과 이라크에서 그랬듯이 전쟁이 없는 곳에서 오히려 전쟁을 일으키는 것이 미군이 하는 일이라는 분명한 사실을 직시하지 않는 이들을 우리는 주변에서 흔히 만난다. 그런 이들은 대부분 정치권력과 언론을 장악하고 있는 기득권 세력이 끊임없이 재생산하는 공허한 논리, 즉 북한의 군사적 위협으로부터 한반도의 평화와 안전을 지키는 데 주한미군의 존재는 불가피한 것이라는 논리를 들먹인다.

'북한의 군사적 위협'이라는 것이 사실은 지배체제를 유지하기 위해 기득권 세력이 그동안 가공하고 유포시켜온 하나의 '판타지'에 불과하다는 사실을 이들은 좀처럼 인정하려 들지 않는다. 또 주한미군의 존재가 오히려 한반도뿐 아니라 동아시아 전체의 '군사적 긴장'을 높일 뿐만 아니라, 한반도와 동아시아 평화 실현의 가장 큰 장애물이 되고 있다는 사실을 '반미反美 세력'의 불온한 선동쯤으로 치부해 버리곤 한다.

물론 풀뿌리의 삶에 '평화'와 '안보'만큼 중요한 가치는 없다. 오늘의 삶이 내일도 모레도 안정적으로 지속될 것이라는 믿음 없이 한 사회는 정상적으로 유지될 수 없기 때문이다. 문제는 그것이 누구의 '평화'이고 어떤 '안전'인가 하는 것이다. 이번에 전역 미군들에 의해 폭로된 왜관의 캠프 캐럴 기지 고엽제 매립 사건은 바로 이러한 근본적인 질문을 우리 사회에 던지는 중대한 계기가 되고 있다.

일본의 환경학자이자 평화운동가인 토다 키요시戶田 淸는 『환경학과 평화학』에서 '군사적 안전보장'이 '민중의 안전보장', '환경의 안전보장'에 적대적이라고 역설한 바 있다. 백번을 양보해서 미군이 이 땅의 '군사적 안전보장'에 조금이라도 기여한다고 하더라도, 우리가 그 진상을 파악할 수조차 없는 규모로 고엽제라는 끔찍하기 짝이 없는 독성화합물질(전쟁용 살상무기)을 이 땅의 어딘가에 함부로 뿌리고, 파묻고, 은폐해온 것이 사실이라면, 그 사실 하나만으로도 주한미군이 이 땅 풀뿌리 민중의 '안전보장'을 뿌리로부터 파괴하는 '적대적 존재'라는 것은 길게 말할 필요조차 없는 것이 된다. 더구나 고엽제에 의한 지하수와 토양의 오염은 일차적이고 단기적인 위해危害뿐만이 아니라, 몇 세대에 걸쳐 우리의 후손들에게까지 피해를 끼치는 중대한 '적대 행위'이다. 이러한 적대 행위를 용인해 가면서까지 우리가 미군으로부터 보장받아야 할 '안전'과 '평화'란 도대체 무엇인가.

'팍스 이코노미카'가 감추고 있는 폭력

우리 사회 소수 기득권 세력과 지배 엘리트들이 그토록 바라마지 않는 '평화'와 '안전'은 실은 자신들이 누리고 있는 생활조건, 즉 권력과 경제적 영향력의 유지에 다름 아니다. 그리고 그들은 자신들이 보장받기를 염원하는 '평화'와 '안전'이 마치 국민 전체의 이해와 관련된 것인 양 국민들을 속이고 부추긴다. 이때 그들이 오랫동안 상투적으로 사용해온 이데올로기적 수사修辭가 바로 '경제성장'이다. 문제는 이러한 기득권 세력과 지배 엘리트들의 '평화'와 '안전' 이데올로기가 상당수 사회 구성원들에게 여전히 막강한 지배력을 행사하고 있다는 것이다. 미군의 주둔이 평화와 안보를 위해 불가피하다는 우리 사회 상당수 구성원들의 맹목적인 믿음은 사실상 이러한 지배 이데올로기(를 수용한 결과)의 반영에 지나지 않는다.

평화 연구에서 중요한 과제는 (…) 경제성장에 대한 이의異議 제기여야 한다고 제안하고 싶습니다. (…) "더 성장해야 한다"는 생각에는 반드시 생활조건을 유지하겠다는 '폭력'이 내포되어 있다는 사실, '팍스 이코노미카'Pax Economica가 감추고 있는 이 폭력을 만천하에 공개하는 것입니다.

— 이반 일리치(더글러스 러미스 외, 『에콜로지와 평화의 교차점』에서 재인용)

미군에 의한 고엽제 매립뿐만이 아니다. 지금 연일 터져 나오고 있는, 일일이 열거하기에도 참담한 여러 환경문제들이 결국은 이러한 구조적 폭력('팍스 이코노미카'가 감추고 있는 폭력)에서 비롯된 것이라는 점을 우리는 상기할 필요가 있다. 구제역 발생에 따른 가축의 대량 매장과 그로 인한 토양 및 지하수의 오염, 4대강 토건사업으로 인한 강과 주변 생태계의 광범위한 파괴 및 살인적 노동에 의한 노동자들의 잇따른 죽음, 핵발전소로 인한 거대사고의 위험과 방사능 오염 등 최근 일련의 사태들만을 놓고 보더라도, 지금 우리 사회의 환경문제들은 이미 그 '폭력'의 수위가 걷잡을 수 없는 지경에 이르고 있다고 할 수 있다.

그런데 환경에 대한 폭력은 단순히 '인간 외부'의 '자연'에 대한 악영향만을 의미하는 것이 아니다. 토양과 대기, 하천과 지하수 등에 대한 폭력은 그것에 의존해 살아갈 수밖에 없는 풀뿌리 민중의 삶에 대한 공격에 다름 아니다. 농업과 어업 등에 의존해 생계를 이어가는 민초들은 말할 것도 없지만, 당장 우리 눈앞에 식수난과 먹을거리 안전성에 대한 불안, 곡물을 비롯한 식품가격 폭등 등이 전면으로 나타나듯이 환경재앙은 곧 대다수 민중의 삶의 위기로 이어질 수밖에 없다. 특히 이러한 불안과 삶의 위기는 사회적·경제적 약자들에게 더욱 큰 부담으로 전가되는 심각한 '환경 불평등'을 초래한다.

"미국한테 빌면서까지 미국 군대를 우리 땅에 붙잡아 둬서야 되겠나"

환경문제만이 아니다. 지금 '노동의 소모품화'라 할 수 있는 비정 규직의 양산으로 대다수 민중의 생존과 인간존엄이 뿌리째 흔들리 고, 가난한 대학생들이 연일 촛불을 들고 '반값 등록금'을 요구하 며 거리로 나서야 하는 사회적·경제적 위기는 '팍스 이코노미카' 가 감추고 있는 폭력이 우리 사회 어느 한구석도 평화로운 '공유 지'共有地로 남겨 두지 않고, 모조리 기업과 자본의 이익만을 위한 엔 클로저(울타리치기)의 가시철조망으로 사유화·독점화하고 있음을 생생하게 보여 주고 있다. 물론 사유화와 독점화의 대상은 '평화' 와 '안보' 같은 가치에까지 확장된다. 즉 자신들만의 '평화', 자신 들만의 '안보'를 마치 사회 전체의 것인 양 포장하고, 그러한 독점 적 이미지를 확대·재생산한다.

이러한 우리 사회의 최근 사태들이 가리키고 있는 '본질'을 우리 가 직시한다면, 기득권 세력과 지배 엘리트들이 주한미군을 주둔시 켜가며(그것도 불평등하기 짝이 없는 SOFA로써 '식민지에 준하는 치외법권 적 특권'을 보장해 주면서까지) 유지해야 한다고 주장하는 우리 사회의 '평화'와 '안전' 상태라는 것이, 사실은 풀뿌리 민중과 환경에 대한 끊임없는 폭력 상태에 다름 아니라는 것을 알 수 있게 된다. (물론 여 기에서, 제국으로서 미국의 세계지배 전략이라는 측면까지 다룰 여유는 없겠 지만.) 다시 한번 이반 일리치의 말을 빌린다면, "팍스 이코노미카는 민중의 평화를 근원적으로 위협하는 것"이다. 그리고 미군(미국)에 의해 유지되는 평화, 즉 '팍스 아메리카나'는 결국 '팍스 이코노미카'의 다른 표현에 불과하다.

캠프 캐럴의 고엽제 매립 의혹 진상은 명백히 밝혀져야 한다. 아울러 불평등한 SOFA 개정 및 주한미군의 단계적 철수 등, 오랫동안 한반도 평화를 위해 진보운동 진영이 요구해 왔던 의제들이 다시 한번 진지하게 다루어지고, 당장의 정치적 의제로서 채택되어야 마땅하다. 그러나 무엇보다 이번 일이 우리 사회에서 기득권 세력과 지배 엘리트들에게 독점된 '평화'와 '안보'에 대해 근원적으로 문제를 제기하고, 그것에 도전하는 '민중의 평화'가 무엇인지를 깊이 성찰하는 계기가 될 수 있어야 할 것이다.

몇 년 전 돌아가신 권정생 선생의 다음과 같은 이야기들은 '팍스 이코노미카'가 감추고 있는 폭력을 가장 날카롭게 드러내면서, '민중의 평화'를 위해 풀뿌리 스스로가 먼저 무엇을 준비해야 하는지를 말해 주는, 이 땅의 가장 양심적인 목소리가 아닐 수 없다.

나는 고속도로로 씽씽 달리는 자동차들이 바그다드를 향해 폭격을 하는 전투기와 하나도 다르지 않다고 생각한다. 내가 지나치게 민감하다고 할지 모르지만, 수많은 생명이 죽었고 또 죽어가는 게 현실이기 때문이다.

— 권정생, 「골프장 건설 반대 깃발이 내려지던 날」 중에서

승용차를 버려야 한다. 그리고 아파트에서 달아나야 한다. 30평짜리 아파트에서 달아나 이전에 우리가 버려두고 떠나왔던 시골로 다시 돌아가

서 15평짜리 작은 집을 짓고 살아야 한다. (…) 텃밭을 가꾸고 묵혀 둔 논에 쌀농사 지어 자기 먹을 것은 자기 손으로 농사 짓고 (…) 한국사람 절반만이라도 이렇게 살면 자연환경은 더 이상 파괴되지 않고 쓰레기도 사라진다. (…) 패권주의 미국한테 발목 잡혀 계속 끌려가다 보면 통일 도 점점 멀어지고 우리들 자유민주주의도 위태로워진다. 전쟁의 불안은 계속될 것이고, 미국한테 엎드려 빌면서까지 미국 군대를 우리 땅에 붙 잡아 둬야 할 것이다.

— 권정생, 「승용차를 버려야 파병도 안 할 수 있다」 중에서

(2011. 6)

3

땅의 사람들, 풀뿌리의 혁명

폴 킹스노스, 『세계화와 싸운다』, 김정아 옮김, 창비, 2004년

나는 『에콜로지스트』에서 일하고 있었는데, 매일 전 세계에서 반체제 저항, 반란, 봉기의 기사를 보내왔다. 수십 개 나라의 수백만 명이 연루된 일인데, 주류언론은 이런 얘기에 거의 관심이 없었다. 뭔가 엄청난 일이 벌어지는데, 귀를 기울이는 사람이 아무도 없었다. 나는 그야말로 새로운 정치운동, 뭔가 획기적이고 엄청난 잠재력을 가진 국제적 규모의 정치운동이 탄생하는 산고의 장면을 목격하고 있다는 확신을 떨칠 수 없었다. 그러나 이 운동의 정체가 정확히 뭘까? 어디서 시작된 걸까? (…) (나는) 이 운동에 관해서 알고 싶었다.

『녹색평론』 독자들에게는 이미 익숙한 저널인 『에콜로지스트』의 부편집장이던 폴 킹스노스의 이런 '의문'은, 스스로를 "이 운동의 일부라고" 느끼고 있는, 그러나 "이 운동이 뭔지는 정확히 몰랐던" 우리 모두의 '의문'과 일치한다.

이 책 『세계화와 싸운다』*One No, Many Yeses*는 바로 이러한 의문에서

시작한 여행의 기록이자, 개발과 세계화에 맞서는 전 세계 풀뿌리 민중들의 투쟁의 기록이다. 저자는 '잘사는 나라의 호기심 많은 백인 청년'의 옷을 벗어버리고, "최초의 탈근대혁명"의 봉화를 올린 사파티스타 민족해방군EZLN의 근거지인 멕시코 치아파스 주에서 여행을 시작하여, 제노바 G8 정상회담을 반대하는 격렬한 시위에 참여해 최루탄을 뒤집어쓰기도 하고, 자신들의 "피"를 "세계시장을 돌리는 윤활유"로 빼앗기고 있는 서파푸아의 주민들을 만나기 위해 밀림을 누비기도 한다. 다섯 개 대륙, 8개월에 걸친 그의 여정은 독립 저널리스트의 헌신적인 취재인 동시에, '지도자' 없이 '아래로부터' 건설되고 있는 이 운동의 그물을 짜나가는 데 참여하는 조직組織의 과정이기도 하다.

이 책이 번역·출간된 후, 이미 한국의 몇몇 신문들(『문화일보』, 『세계일보』, 『한겨레』, 『한국일보』 등)이 그 요지를 비교적 소상하게 전하며 적지 않은 찬사를 보낸 바 있다. 그러나 대부분의 서평들이 언급하고 있는 바, "현장에서 느끼고 배운 이야기"이며 "현장감이 묻어나는 르포"로서 "때로는 유쾌하고 발랄하다"는 미덕을 넘어, 이 책이 우리에게 던지는 '저항의 정치'에 관한 몇 가지 날카로운 논제들은 좀더 진지한 토론이 뒤따라야 마땅하다.

권력과 민주주의

저자가 이 여행을 사파티스타 운동의 진원지이자 근거지인 멕시코 치아파스에서 시작한 것은 의미심장하다. 『녹색평론』 통권 제71호 (2003년 7-8월호)에 「사파티스타 농민운동」이라는 제목으로 그 내용의 일부가 발췌·소개된 바 있는 이 책의 제1장 '역사에 구멍 내기' 는 사파티스타 운동의 정수를 이해하는 데 도움이 된다. 많은 사람들이 흔히 "시를 쓰는 게릴라"에 대한 낭만적인 상상을 가지고 있지만, 사실 사파티스타는 "생존과 전통을 위해 싸우기로 결심한 농민이자 원주민" 들이다. 그런데 어째서, 이 '낡아 보이는' 농민게릴라가 전 세계 저항운동의 주목을 받고 있는 것인가.

사파티스모가 살아남을 수 있었던 것은 '지역사회'라는 난공불락의 거점이 존재하기 때문이다. (…) 날마다 저항하는 이 지역 전체가 사파티스모다. 바로 이 강력한 지원본부에서 사파티스타의 영구적인 유산이 될 중요한 두 가지 원칙이 만들어졌다.

첫째, 권력은 정부 차원에 집중되는 것도 아니고, 정치엘리트 사이를 몇 년마다 왔다갔다 하는 것도 아니다. 권력은 지역사회 차원으로 내려와야 하는 것이며, 국민에 의해 국민을 위해(여기에서 '국민'이라고 옮긴 것은 오역으로 보인다. 『녹색평론』에 실린 이승렬 교수의 번역에서 이 대목은 "권력에 의해 영향을 받는 사람들 자신이 사용하고, 그 사람들을 위해서"라고 되어있으니 참조—인용자) 사용되어야 하는 것이다. 둘째, 그렇게 되기를 바란다면 정부가 권리를 넘겨줄 때까지 가만히 기다리고 있어서는 안 된다. 지역사회의 이름으로 권력을 쟁취해야 한다.

이른바 "최초의 탈근대혁명"을 일으킨 사파티스타의 정수는 바로 '자치'다. 즉 이들은 국가권력을 쟁취하는 것을 목표로 하는 것이 아니라, 또한 '전위'(정당) 혹은 '직업혁명가'(운동가)들에게 중앙권력을 위임하고 그들로부터 통치를 받는 것을 원하는 것이 아니라, 자신들의 땅에서 자신들의 오랜 전통대로 농사를 지으면서 자신들의 가치와 문화를 교육하고 누리며 살기를 원한다. 따라서 이들에게 자치는 행정 편의를 위한 정치적 조처가 아니라 싸워서 얻어야 할 원칙이며, 생존의 조건이다. 그것이야말로 "진정한 권력", "모두가 공유하는 권력"이 발현되는 방식이다.

세계화란 무엇인가. 그것은 저자의 말대로 "세계를 획일화하는 비민주적 시장권력"이다. 조금 더 자세히 말하면 "시장과 기업, 그리고 그 제휴세력 및 종속세력이 국가행정"을 장악하고, "좌파 정치엘리트와 우파 정치엘리트의 구분이 점점 모호"해지며, "시장가치가 사회를 지배"하는 "독재" 체제이다. 따라서 세계화에 저항하는 투쟁은 이러한 시장권력의 "독재"에 맞서, 민중의 자립·자치민주주의(이 책에서 쓰이고 있는 다른 말로는 "급진적 민주주의" 혹은 "풀뿌리 민주주의")를 세우는 것이다.

또 하나, 국가권력의 '장악'을 그들의 목표로 하지 않는다는 측면에서뿐만 아니라, 사파티스타가 "보편적으로 적용될 수 있는 하나의 이념을 갖고 있지 않"으며, 또 "가질 생각도 없"다는 점에서 여러 논자들은 그들의 "탈근대성"에 착목※ 하곤 한다. 사파티스타의 제의로 1996년 8월 전 세계 40개가 넘는 나라에서 3천 명이 넘는

'반란자'들이 치아파스에 모임으로써 역사적인 반세계화 국제연대 운동의 시발점인 된 제1회 '엔쿠엔트로'(만남)에서 사파티스타는 "변화의 청사진이나 세계낙원 건설계획"을 가르치는 대신에, 자신들을 찾아온 방문단의 이야기에 귀를 기울이고, "스스로 해답을 찾아야 한다"고 답한다. "하나의 '노우', 그 대안으로서 많은 '예스'"(즉 문제는 하나이지만, 답은 많다)라는, 이 책의 원제이자 반세계화 운동의 슬로건은 바로 여기에서 싹튼 것이다.

풀뿌리 포스트모더니즘, 급진적 민주주의

그런데 우리는 여기서, 이른바 "탈근대혁명"으로서의 사파티스타 운동이 원주민들의 '땅'에서, "성장과 진보가 밀려와도 그 흙빛 얼굴을 지워버릴 수" 없는 '농민'들 속에서 뿌리를 내리고 성장해 왔다는 사실에 신중한 주의를 기울이지 않으면 안 된다. 연구실의 학자들이 현학적인 언어와 논리로 '발명'해낸 창백한 '포스트모더니즘'(탈근대주의)의 얼굴과는 전혀 다른 차원에서, 땅에 뿌리박은 농민들의 공동체는 자신들의 생존 조건과 문화로 인해 이미 '근대'의 숨막히는 질곡과 획일성을 넘어서는 '풀뿌리 포스트모더니즘'과 '급진적 민주주의'의 씨앗을 그 비옥한 토양 속에 품고 있었던 것이다. 요컨대 '성장과 진보'라는 근대주의적 패러다임에 근원적으로 저항하고 그것을 실제로 넘어설 수 있는 사상적·물적 토대는 '땅'과 '농민공동체'에 있었다는 것이다.

물론 이것은 비단 치아파스 인디오 농민공동체에만 해당하는 이야기가 아니다. 가령 천규석 선생이 『쌀과 민주주의』(녹색평론사, 2004)에서, 진정한 의미의 민중의 민주주의는 땅과 소농에 기반한 지역공동체를 토대로 하지 않고서는 불가능하다고 역설하면서, 그 논리의 근거를 이 땅의 '쌀농사'와 그에 바탕을 둔 역사와 문화에서 찾아 제시하고 있는 점이나, 일본의 농학자이자 농민인 쓰노 유킨도 선생이 『소농—누가 지구를 지켜왔는가』(녹색평론사, 2003)에서 국가권력과 엘리트들의 지배 이데올로기에 저항하는 자주적인 정신의 모델을 소농의 '땅에 뿌리박은 지혜'에서 찾고 있는 것은, 이러한 생각을 뒷받침하는 극히 일부의 사례일 뿐이다. 전 세계 모든 지역 토착공동체의 자급적인 삶의 방식과 문화 속에는 이러한 지혜와 진정한 민주주의의 씨앗이 간직되어 있었다. 세계화의 가장 근본적인 문제는 바로 이토록 풍부한 '옥수수'와 '밀', 그리고 '쌀'의 종자種子를 짓밟고 파괴한 데 있다.

땅과 농민공동체

사파티스타에 주목하여 그 "혁명"의 "탈근대성"에 천착해온 사람들은 이미 적지 않다. 가령 "사파티스타 봉기 10주년" 및 "레닌의 『무엇을 할 것인가?』 출간 100주년을 맞아" 올해 초 번역·출간된 책 『무엇을 할 것인가?』*What is to be Done?*(갈무리, 2004) 같은 저작도, "새로운 유형의 혁명"으로서 사파티스타 운동에 지대한 관심을 기울이고 있다. 이른바 '자율주의적 맑스주의' 및 '평의회 공산주의' 이론가들인 워너 본펠드·세르지오 티쉴러 등이 공동저술하고 웹 저널 『자율평론』을 발행하는 조정환 씨가 번역한 이 책은 여러 측면에서 의미 있는 저작임에 틀림없다. 특히 사파티스타 운동을 '좌파' 혹은 현대 맑스주의(의 한 경향)의 입장에서 접근하고 있다는 점에서 매우 흥미롭다.

『무엇을 할 것인가?』의 저자들은, 맑스주의자들이 마땅히 극복해야 할 대상이라고 자신들이 보는 '레닌주의'와 '새로운 유형의 혁명'으로서의 사파티스타를 결정적으로 구분 짓는 요소로 두 가지를 제시한다. 그것은 첫째, "(사파티스타가) '국가권력의 장악'을 의식적으로 거부"하면서 "기존 국가권력의 공동화共洞化와 아래로부터의 변혁을 추구한다"는 점, 둘째, "혁명의 주체성에 대한 이해방식"에서 "신자유주의적 세계질서에서 배제당하는 모든 부류의 사람들이 스스로 조직하는 투쟁들에 주목하고 이 투쟁들의 연결을 추구한다"는 점을 꼽는다. 물론 이것은 정당한 평가임에 틀림없다.

그러나 이들의 논의 속에서 사파티스타 운동의 뿌리인 땅과 농민, 지역공동체에 대한 성실하고 의미 있는 관심이 보이지 않는다는 점은 매우 의아스럽다. 이들의 논의 속에서 사파티스타는 시종일관, '반레닌주의적(반볼셰비즘적)인 혁명운동'의 역사를 회복하고자 하는 맑스주의 또는 '좌파적'인 관심에 '동원'되고 있다는 느낌을 지울 수 없다. 고의든 아니든 이러한 태도는 '땅의 사람들'인 사파티스타의 생명력을 결국은 '근대'의 진보주의적 시각으로 형해

화시키는 오류로 이어질 수 있다는 우려를 떨쳐버리기 어렵다.

이것은 비단 『무엇을 할 것인가?』 저자들만의 문제는 아니다.

조금 다른 차원에서, 사파티스타가 싹을 틔우고 자라난 '토양'의 문제를 도외시하고 그들의 '스키마스크'만이 문화적 아이콘으로 유통될 때, 마치 체 게바라가 정치적 의미는 사상된 채 때아닌 유행 상품의 심볼처럼 떠돌아다니는 것과 마찬가지의 우스꽝스런 일이 벌어지지 말라는 법이 없다. 무엇보다도 그런 무기력한 우상숭배로는 결코 현실을 바꿀 수가 없다.

"문제는 하나, 답은 여러 가지"라는 명제는 '다양성'과 '연대'의 옹호라는 측면에서 분명한 진실이다. 그러므로 모든 운동이 치아파스 농민공동체의 방식을 그대로 따를 수는 없다는 것 또한 길게 말할 필요가 없다. 그러나, "엄청난 잠재력을 가진 국제적 규모의 정치운동"의 신호탄이라고 우리가 기꺼이 찬사를 보내는 만큼, 사파티스타는 인디오의 땅과 농민공동체 속에 그 뿌리를 굳건히 박고 있다는 사실에도 우리는 마땅히 주의를 기울여야 할 것이다.

"투표로는 아무것도 바뀌지 않는다"

"최근 반세기에 일어난 사회변화 중에서 가장 급격하고 광범위한 것은 농민의 죽음이다. 농민의 죽음으로 인해 우리는 영원히 과거와 유리된다"라고 한 에릭 홉스봄의 침통한 언명으로 시작하는 제7장 '땅과 자유'는 브라질의 '토지 없는 농민운동'MST에 관한 이야기이다. 미국보다도 크고 남아메리카 면적의 거의 절반을 차지하는 이 나라에서, "불과 1퍼센트도 안 되는 인구가 토지의 거의 절반을 소유"하고 있다. 대부분의 땅은 부재지주 소유이며, 지주가 직접 농사를 짓는 일은 거의 없다. MST에 따르면, 브라질 농토의 60퍼센트가 버려져 있는 동안, 2천 5백만 농민은 한시적인 일감을 찾으면서 근근이 살아가고, 수백만이 넘는 사람들이 빽빽한 도시의 슬럼에서 굶주림에 시달린다. "세계화가 이런 상황을 부채질하"고 있다.

"세계화에는 대안이 없다", "시장의 법칙은 냉혹하다"고 외치는 이른바 '현실주의적인' 정치가와 지배자들은 그동안 브라질의 농촌을, 외화를 벌어들일 만한 '경쟁력 있는' 작물의 생산공장으로 '개발'해왔다. 이 정책이 완전히 자리를 잡은 1999년까지 브라질은 콩 수출로 510억 달러를 벌어들였지만, 식량수입에 지출한 돈은 750억 달러였다. 수입품목인 쌀, 강낭콩, 옥수수 등은 불과 얼마 전까지 브라질이 자급자족하던 농산물들이었다.

땅 크기와 돈의 액수 따위를 제외하면, 지구 반대편 한국의 현실은 브라질의 상황과 갈수록 일치해 간다. 더욱이, 농지법 개정으로 초래된 '경자유전 원칙'의 완전한 포기와 머지않아 닥쳐올 쌀 수입 개방으로 한국 사회는 어쩌면 브라질보다도 더욱 참혹한 상황에 직면할 수밖에 없을지도 모른다. 그것은 단순히 식량수급의 안정성과 식품 안전성의 위협만을 의미하는 것이 아니라, 사파티스타의 '옥수수'에 해당하는 우리의 '쌀'을 포기함으로써 자율과 자치, 진정한 민주주의의 마지막 보루를 스스로 내던지는 것에 다름아니다.

브라질에서 '땅 없는 농민들'은 이 모든 것을 바꾸기 위해 행동에 나섰다. "정부의 허락을 받겠다는 생각은 버린 지 오래다." 그들은 부재지주의 버려진 농장을 '불법점거'하고 땅을 개간하고 정착촌을 건설함으로써 "땅에서 살고 땅에서 일하는 이들이 땅을 갖는 사회"를 위한 행보를 시작했다. 결국 정부는 이러한 농민들의 직접행동에 굴복할 뿐만 아니라, 마치 이러한 '토지개혁'이 정부의 공로인 것처럼 선전하기까지 한다. 농민 세바스티안은 이렇게 말한다. "투표로는 아무것도 바뀌지 않아요. 예수가 대통령이 된다 해도 정치가가 하는 짓은 똑같이 다 할 겁니다. 자기 손으로 시작하지 않으면 아무것도 바뀌지 않습니다." 또 다른 농민 일다는 이렇게 말한다. "투쟁을 두려워해서는 안 됩니다. 투쟁이란 남과 싸우는 것도 아니고 폭력적인 것도 아닙니다. 투쟁이란 자신의 문제를 깨닫고 자기 손으로 해결하는 것을 말합니다. 그러나 혼자 힘으로는 투쟁할 수 없습니다. 연대하는 법을 배우고 함께 싸우는 법을 배워야 합니다."

이렇게 땅을 점거함으로써 스스로 일어선 농민들은 대부분 "땅에 독약(화학비료와 농약)을 뿌리지 않"는다. 유기농민이 된 오스마르는 이렇게 말한다. "온갖 것에 농약을 뿌리던 때와 비교해 보면, 지금 나는 땅을 더 소중하게 여깁니다. 땅속의 미생물도 중요합니다." 대부분의 정착농민들은 풍족하지는 않지만 자신들의 삶에 만족한다. 땅을 얻은 것보다도 더욱 중요한 것은 '자긍심'을 갖게 된 것이라고 그들은 말한다.

한국에서는 두말할 필요도 없지만, 세계화 체제에 맞서 땅에 뿌리박은 삶을 옹호하는 것은 흔히 '현실주의자'들(소위 '진보주의자'를 자처하는 지식인들을 포함하여)의 해묵은 '현실론'에 부닥친다. "그것은 감상주의다" 혹은 "과거로 돌아가자는 말이냐?" 여기에 대해 폴킹스노스는 이렇게 말한다.

'세계시장의 십자군'은 농촌을 대안적인 생활방식으로 거론하는 사람들을 오랫동안 싸잡아 비난해왔다. 농촌이 도시생활의 대안이라고 말하는 사람은 모두 전원 판타지에 빠진 중산층 몽상가라는 것이었다. 중산층 몽상가는 '가난한 사람들'이 뼈빠지게 농사를 지으며 입에 겨우 풀칠이나 하게 내버려두면서 (…) 그들의 선택권('우리'처럼 되기를 선택할 권리)을 박탈했다는 주장이다. (그러나) 이런 '낭만주의'를 간직하고 있는 사람은 바로 땅에서 농사짓는 사람들이었다. 나는 그것을 브라질에서 확인했고, 치아파스와 파푸아에서도 확인했고, 그밖의 여러 곳에서 확인했다. (…) 선택권을 박탈하는 것은 세계화이다. 수백만 명의 농민이 농사를 지어서 가족을 부양하고 안정된 삶을 살겠다는 선택권을 박탈당했다. 내 말을 못 믿겠다면, MST 사람들에게 물어보라.

'인디오의 감자'처럼

"예수가 대통령이 된다 해도 정치가가 하는 짓은 똑같이 다 할 겁니다"라는 브라질 농민 세바스티안의 말은 조금 지나친 것일까. 제3장

'아파르트헤이트 2탄'에 묘사된 남아프리카공화국의 현실은, 낫을 움켜쥐고 지평선을 바라보는 흙투성이 농사꾼의 이러한 일갈이 결코 과장이나 냉소가 아니라는 것을 분명히 보여준다. 아파르트헤이트 정부가 무너지고 넬슨 만델라가 이끄는 아프리카민족회의ANC가 권력을 잡은 이후 지금까지 남아공 민중들의 삶은 더욱 피폐해졌다. 왜냐하면 『9월이여, 오라』(녹색평론사, 2004)에서도 아룬다티 로이가 날카롭게 묘파한 바 있지만, "1994년 대통령직을 수행하기 시작한 이후 2년 내에 만델라 정부는 '시장의 신神'에게 거의 경고 한번 보내지 못하고 무릎을 꿇었"기 때문이다. 만델라 정부는 광범위한 민영화와 구조조정을 단행하였고, 그로 인해 수백만 명이 집도, 일자리도, 전기도, 수도도 없이 지내게 되었다. 왜 이런 일이 일어나는가.

우리가 가슴을 치고 배신감을 느껴봤자 소용없는 일입니다. (…) 그들이 (만델라나 브라질의 룰라 같은 '영웅'들이) 야당에서 정부 쪽으로 넘어가는 순간, 갖가지 위협, 특히 그중에서도 어떤 정부건 하룻밤 사이에 무너뜨릴 수 있는 가장 악질적인 위협, 즉 '자본이탈'이라는 위협의 볼모가 됩니다. (…) (따라서) 급진적인 변화는 정부에 의해 수행될 수 없습니다.
— 아룬다티 로이, 『9월이여, 오라』 중에서

물론 국가와 정부로 하여금 '세계화'에 맞서는 정책과 제도를 입안하고 그것을 실행에 옮기도록 압력을 가할 수 있을지는 모른다.

그러나 아룬다티 로이는 단호한 어조로 말한다. "(급진적인 변화는) 오로지 민중의 힘에 의해서 실현될 수 있을 뿐입니다." 그리고 폴 킹스노스가 만난 볼리비아 코차밤바의 주민들은 물(상수도)을 민영화한 정부의 신자유주의 정책과 벡텔컨소시엄, 그리고 무엇보다 "거역할 수 없다"는 자신들의 편견을 연대와 투쟁으로 뒤집어엎은 다음 이렇게 증언한다. "우리는 할 수 있어요. 해보니까 알겠어요." 마찬가지로 남아공 소웨토의 주민들이 경험했고, 서파푸아 밀림의 게릴라들과 브라질 MST의 농민들이 이미 간파했듯이, 진정한 변화는 민중 스스로의 힘에 의한 자치와 자율의 '풀뿌리 혁명'으로써만 실현될 수 있다는 것이다. 그 풀뿌리 혁명의 과정과 형태는, 전 세계 각 지역의 '토양'과 주민들의 자주적인 판단에 따라 수없이 다양한 스펙트럼을 형성할 것이다. 치아파스 농민들의 소박하고 아름다운 벽화에 등장하는 무지개처럼, 인디오의 자루에 담긴 씨감자가 형형색색 십여 종인 것처럼.

왜 그렇게 뒤섞여 있느냐고 물으니

이놈은 가뭄에 강하고

이놈은 추위에 강하고

이놈은 벌레에 강하고

그래서 아무리 큰 가뭄이 오고

때아니게 추위가 몰아닥쳐도

망치는 법은 없어

먹을 것은 그래도 건질 수 있나니

전제적인 이 문명의 질주가
스스로도 전멸을 입에 올리는 시대
우리가 다시 가야 할 집은 거기 인디오의
잘디잘은 것이 형형색색 제각각인
씨감자 속에 있었다

— 윤재철, 「인디오의 감자」 부분

(2004. 11)

'작은 자'가 진실을 본다

오스기 사카에, 『오스기 사카에 자서전』, 김응교 외 옮김, 실천문학사, 2005년
P. A. 크로포트킨, 『크로포트킨 자서전』, 김유곤 옮김, 우물이있는집, 2003년

'우등생'과 '불량소년'

현대의 '우등생'의 대부분은 미리 정해진 규격에 따라 생산되고 있는 제품에 불과하므로, 운명을 선택하는 결단이 있느냐 없느냐라는 의미에서는 극히 '무의지'적이고 수동적인 반#제품에 지나지 않습니다. (…) 친구를 끌어내리기에 열심이거나 선생님 마음에 들기 위해 친구의 사소한 규칙위반을 밀고하는 '우등생'들 쪽에, 인간의 기본적 덕성을 유린하고도 아무렇지도 않은 자가 압도적으로 많은 것입니다. (…) '불량' 학생이 정확하게 학교 교사의 사회적 성격을 파악하고 있는 데 반해 자신의 사회적 성격에 대해 무자각적인 교사는 (…) 구제불능의 '청년장교'이며 '통제관료'인 것입니다.

일본 전후戰後의 대표적인 반체제 정치사상가인 후지타 쇼조 (1927 2003)가 『전제주의의 시대경험』(1995)에 실린 에세이 「불량정

신의 찬란함」에서 묘사하고 있는 오늘날 일본의 '학교 현실'은 우리 사회의 그것과 완전히 일치한다. 그것은 경쟁과 약육강식의 논리가 철저하게 관철되고 있는 '군대적 명령질서'의 세계이다. 이러한 명령질서의 세계는 '안락을 위한 전체주의' 체제에 충실히 복무하고 있다.

이 탁월한 에세이에서 그는 "지금은 사라져가고 있는 (일본) 전후정신의 감성적 기초는 획일적 규격으로부터 일탈하는 불량정신의 스타일 바로 거기에 있었던 것"이라고 말한다. 그리고 "전쟁중의 소년의 '불량' 행위가 지니고 있었던 찬란한 의미"를 몇 개의 흥미로운 일화를 통해 소개하고 있다.

'군국소년'들에게 끊임없이 "이 중대시국에 그런 매국적 행위를 하다니……" 따위의 '도덕적' 설교를 지루하게 퍼붓고 '절도'를 그토록 강조하던 권위적인 교사들이 ('중대시국'임에도 불구하고) 기생을 끼고 한바탕 술판을 벌이는 장면을 목격하고 Y군이 만취한 교사 한 명을 시궁창에 메어꽂아버리는 이야기, '진영'眞影이 걸려 있기 때문에 가무음곡을 해서는 안 된다는 이유로 음악부원들의 유일한 연습장소인 강당을 폐쇄시킨 데 대해 "이 학교 선생들은 다 머리가 어떻게 됐어. 미치광이들 아냐" 하고 생각한 끝에 학교의 현판과 이웃한 정신병원의 현판을 바꿔 달아 버리는 Y군의 기지 넘치는 '거사' 이야기…….

특히 이런 Y가, 교장의 위선과 권위주의를 조롱하기 위해, '칙어'를 낭독하는 의식인 '대조봉대일'大詔奉戴日 전날 교장이 오르는 조회대를 K가 부수어버렸을 때, "권위주의자의 권력적 협박으로부터" 친구 K를 지키기 위해(K는 이미 여러 차례 정학처분을 받은 적이 있으므로) 그 '범죄'를 자신이 스스로 뒤집어쓰려고 하는 일은 "사회의 횡적 결합의 근본정신"이자 "프랑스혁명의 슬로건 중의 하나"인 '우애'를 분명히 보여주는 사례다. 아울러 이러한 행위들 속에는 "책임능력의 근본"인 "자기부담", "약소한 위치에 있는 자에 대한 공감의 능력"인 "의협심" 같은 덕목이 살아 숨 쉬고 있는 것이다. 게다가 거기에는 전체주의·권위주의의 질식할 것 같은 공기를 뒤흔들어 숨통을 터주는 '기지와 유머', '폭소'의 에너지가 내장되어 있기까지 하다.

　이러한 '불량소년'들의 '일탈행위'를 한낱 '활극 야담'으로 치부하지 않고, 후지타 쇼조는 그 속에서 "찬란한 정신"을 발견하고 그것을 적극 옹호한다. "불량정신이란 단순히 불량의 미학일 뿐만 아니라 불량의 윤리학을 그 핵심에 가지고 있"으며, "진정한 최고의 윤리학이란 항상 불량의 윤리학을 그 근저에 가지고 있"는 것이다.

오스기 사카에와 크로포트킨의 '불량소년기'

구한말과 일제 식민지 시기 조선의 대부분의 지식인들이 약육강식의 논리를 골자로 하는 '사회진화론'으로 경도되고, 그 중 적지 않은 인사들이 급기야 '친일'이라는 기회주의적 선택을 하게 되었던 것은 "그들이 현상을 넘어 볼 수 있는 비전이나 상상력을 결여하고 있었기 때문"이었을 것이며, "그러한 상상력의 결핍은 그들이 엘리트로서의 자각 이전에 당대의 밑바닥 풀뿌리 민중과 운명을 함께하겠다는 자세가 결여되어 있었던 점에 연유했을 가능성이 크다"고 김종철 선생은 『녹색평론』 통권 제83호(2005년 7-8월호)의 서문에서 지적한 바 있다.

그런데 '상상력의 결핍'은 곧 '경험의 결핍'이다. 후지타 쇼조는 "경험이란 대량생산품과 같이 미리 정해진 틀에 따라 일방적으로 만들어지는 것이 아니라 사물과의 조우를 통해서 사물의 저항을 받으면서 그것과 상호교섭을 하는 것이라는 점에서, 규칙으로 정해진 고정질서의 궤도로부터 벗어난 '예기치 못한 일'에 직면하여 '숨겨진 경이'를 발견하는 것이 바로 경험의 정신적 내용"이라는 탁월한 성찰을 제시하고 있다. 따라서 그에 의하면 "모든 경험은 어떤 의미에서는 불량경험에 다름아니"다.

일본 역사상 대표적인 아나키스트인 오스기 사카에(1885-1923)의 『자서전』(1923, 우리말 번역본 『오스기 사카에 자서전』)과 러시아의 아나키스트이자 지리학자인 P. A. 크로포트킨(1842-1921)의 『한 혁명가의 회상』(1899, 우리말 번역본 『크로포트킨 자서전』)은, 19세기 말 전제적인 천황제와 짜르체제의 일본과 러시아 사회에서, 당대 지배 엘리트 가계 출신의 소년들이, 심지어 공히 엄격하고 억압적인 군사교육까지 거치면서도, 어떻게 근원적 자유와 평등의 사상에 이끌려 반체제적인 청년으로 성장해 아나키스트가 되었는지, 그리고 전생애를 민중의 자유와 해방을 위한 혁명운동에 바치게 되는지를 그리고 있는, 탁월한 문학적 기록들이다.

이 자전적 기록 가운데 두 사람의 성장기를 기술한 부분 중 적지 않은 대목이 '불량소년'으로서의 경험을 말하고 있는 것은, 두 사람의 소년기에 그들이 접했던 폭넓은 독서(그것은 명백히 '학교교육'의 범위를 훨씬 뛰어넘는 것이며, 대부분 당대의 '금서'禁書들을 포함하고 있다는 공통점이 있다)와 교우관계, 훌륭한 스승들과의 만남에 대한 회상 못지않게, 매우 흥미로울 뿐만 아니라 의미심장하다. 특히 오스기 사카에의 자서전 중 한 장은 아예 그 제목이 '불량소년'이라고 붙어 있다!

12~13세 무렵인 중학교 시절, 오스기 사카에는 친구들과 함께, 학교의 이사회에 해당하는 조합회의가 "직권과 경영의 범위를 넘어 교육방침에까지 참견"하고, 이를 거부하는 교장을 불신임하기로 결정하자, '동맹퇴교'를 결의한다. "이제 이런 학교는 쓸모없다"고 생각하고, "유리문을 다 깨뜨려 산산조각 냈다. 그리고 학생 대기실에 있던 책상이나 의자는 거의 전부 땔감으로 화로에 던져" 버린다. 후지타 쇼조의 글에서 만났던 Y나 K의 대선배 격인 메이지 시대의 '불량소년'인 셈이다.

15~19세의 청소년들을 '천황의 군인'으로 양성하기 위한 엘리트 교육기관이자 현재 일본사관학교 예과의 전신인 '육군유년학교' 시절, '불량학생'으로 찍힌 오스기 사카에는(그는 유도와 검술 등에 뛰어나고 활달한 소년이었지만), 장교와 하사관들의 끊임없는 간섭

과 감시에 시달리면서 "처음으로 시바타(그의 고향)의 자유로운 하늘을 생각했다."

　　또한 아주 어렸을 때, 학교 선생님에게서도 벗어나고 아버지나 어머니 눈에서도 벗어나 종일 연병장에서 놀며 지내던 것을 생각했다.
　　나는 자유를 원하기 시작했던 것이다.

　　오스기 사카에는 "이러한 기분은 독서('학교에서 주는 교과서나 참고서 이외의' 금서들)에 의해서 상당 부분 형성된 것"이라고 회상하지만, 그 이전에 그에게는 바로 "시바타의 자유로운 하늘"에 대한 기억과 '불량소년'의 경험이 있었던 것이다. 그는 결국 17세가 되던 해에 유년학교에서 '폭력사건'으로 퇴교 처분을 받고, 그 후 외국어학교 불어과에서의 짧은 학창시절 등을 거치면서 한 사람의 혁명가로 성장해간다.

　　1923년, 관동대진재 직후 혼란 속에서 헌병대에 의해 자행된 조선인과 반체제 인사들에 대한 조직적 학살의 와중에 잔인하게 살해됨으로써 39세의 짧은 생애를 마칠 때까지, 오스기 사카에는 고토쿠 슈스이(1871-1911)의 뒤를 잇는 대표적인 아나키스트 사상가로서 일본뿐만 아니라 중국과 조선의 혁명적 지식인(자서전에는, 짧은 기록이지만, 조선의 여운형과 이동휘 등을 접촉한 이야기가 나온다) 및 노동자들과도 접촉하면서 적지 않은 영향을 미쳤다.

크로포트킨 역시 "귀족의 자제로서 허약체질이 아닌 다음에는 군인 이외의 직업에 종사하는 자가 있어서는 안 된다"고 생각했던 러시아의 황제 니콜라이 1세의 뜻에 따라 역시 '근위학교'에서 수학한다. 근위학교는 오스기 사카에의 '유년학교'와 마찬가지로, 러시아에서 "지적 발달에 가장 부적절"하고 그 분위기와 문화의 추잡함은 "차라리 말을 하지 않는 편이" 나을 정도의 억압적이고 권위주의적인 교육기관이었다.

비록 근위학교에서 성적은 늘 '우등생'에 속했던 그였지만, 권위적인 교사와 장교들에 대한 반항과 불합리한 명령에 대한 거부 같은 '불량행동' 때문에, 수시로 감금과 영창생활을 경험한다. 심지어 그는, 학교 근처에 있던 페트르-파블로프스키 요새감옥을 지나칠 때마다, 언젠가는 그 요새감옥이 자신과 필연적인 인연을 맺게 될 것 같은 예감을 느끼고 있었다.

혁명가이자 광범위한 지식을 갖춘 '학자', '현인'으로서 살았던 크로포트킨은 자신의 성장기와 생애 전체에 영향을 미친 '배움'에 관해 매우 풍부한 기록을 남기고 있다. 특히 오늘날 우리가 교육의 문제를 생각할 때에도 마땅히 귀 기울일 만한 탁견들을 자서전의 곳곳에서 발견하는 즐거움은 결코 작은 것이 아니다.

가령 아이들에게 '예술'을 접하게 할 때에 '아동용'으로 각색된 작품을 권하는 것보다는 '원작'을 읽히고 보이는 것이 더 낫다거나, 시詩와 예술의 향수享受가 성장기의 영혼에 얼마나 중요한 영향을 미치는지 등을 말하는 대목들, 문학뿐 아니라 수학과 과학에서도 교사의 가장 중요한 역할은 마음속에 '고상한 그 무엇'이 솟아나도록 일깨우는 것이어야 한다는 생각, "현대적 관점과 일치하게끔 일반화된 책들(해설서)보다는 역사적 자료가 훨씬 가치 있"으며 "인간이 지적 발전을 이루는 데 있어서 '자율적인 공부'만큼 좋은 것은 없다"는 견해 등은 오늘의 '학교'와 '교육'을 고민하는 우리가 『한 혁명가의 회상』을 '교육학의 고전'으로서도 음미할 만한 가치가 충분하다는 생각을 하게끔 한다.

물론 『한 혁명가의 회상』은 한 개인의 성장과 '배움'이라는 주제를 넘어, '명령질서'로서의 학교(제도)가 아닌 민중과 지식인의 '자유로운 연합'과 자주적 교육, 그를 통한 민중의 지적 성장에 관한 심오한 이론서라고도 할 만하다.

그러나 무엇보다 이 자서전에서 주목할 만한 대목은 소년기의 크로포트킨이 농민들과 직접 만나고 어울리면서, 러시아 농촌공동체 속에 뿌리깊이 이어져오는 우정과 상호부조, 불굴의 생명력을 발견하게 되는 대목들이다. 귀족이자 영주인 아버지의 뜻을 거슬러가면서도, 한 호기심 많은 소년이 가난하고 거칠고 순박한 농민들의 삶을 깊이 관찰하고 그들과 사귀는 과정에서, 사치스럽고 위선적인 귀족사회에서는 결코 느낄 수 없는 풀뿌리 민중의 활력과 창조력, "권력에 굴복하면서도 결코 권력을 숭배하지는 않는" 그들의 자존심과 고상함을 경험하는 대목들은 어떤 문학작품 못지않게 감동적이다. 후지타 쇼조의 말대로 그것은 바로 "규칙으로 정해진 고정질서의 궤도로부터 벗어난 '예기치 못한 일'에 직면하여 '숨겨진 경이'를 발견하는" 경험이었던 것이다.

훗날(1872년) 30세의 크로포트킨이 상호부조의 원리와 아나키즘을 추상적인 사상이 아닌 살아있는 민중의 삶의 원리로서 명확히 이해하고, 그것을 자신의 사상으로 세우는 결정적 계기가 되는 스위스 쥐라연합 노동자 공동체와의 만남과 함께, 소년기에 농민들과의 접촉에서 갖게 된 민중에 대한 공감과 신뢰감은 그의 생애에서 무엇보다 '찬란한 불량경험' 가운데 하나라고 할 수 있다.

약육강식의 논리와 엘리트주의

김종철 선생은 구한말과 일제 식민지 시기 조선의 지식인들 가운데 "끝끝내 사회진화론의 함정을 벗어날 수 있었던" 예외적 사례로서 신채호(1880-1936)와 한용운(1879-1944)을 언급하면서, 그들이 그럴 수 있었던 것은 "엘리트로서의 자각 이전에 (…) 그들 자신이 늘 민중과 함께 있겠다는 철저한 평등주의 사상, 혹은 근원적 자유의 사상을 획득하는 데 성공하였기 때문"이라고 지적하였다.

이러한 논의를 좀더 연장하여, 특히 신채호의 경우, "최초의 얼마간의 사상적 혼란기"를 거쳐 "사회진화론의 함정"을 벗어날 수 있었던 중요한 계기로서 아나키즘의 영향을 살펴보는 것 또한 의미가 없지는 않을 것 같다.

사학자인 조세현 교수는 그의 저서 『동아시아 아나키즘, 그 반역의 역사』(책세상, 2001)에서, 신채호의 "사상적 방황"과 이론적 대안으로서 그가 접하고 흡수하게 되는 아나키즘의 영향에 관해 선행 연구들을 폭넓게 인용하면서 이를 밝히고 있다. "여기서 사상의 방황이란 그의 자강론(여기서 '자강'은 진화의 격의적인 번역어―원주)에 내재된 자기모순을 의미한다. 즉 생존경쟁과 약육강식의 국제사회에서 강자만이 살아남고 약자는 도태된다는 자강론의 발상은 조선의 부강을 위해 민중의 자각을 요구하는 데 유용하지만 다른 한편으로는 강자인 일본이 약자인 조선을 지배하는 것을 정당화하는 논리이기도 했"던 것이다. 바로 이런 "자강론의 모순을 넘어서는 데 아나키즘은 매우 매력적인 대안을 제시한" 듯하다고 조세현 교수는 분석하고 있다.

물론 신채호의 사상 속에서 민족주의와 아나키즘의 미묘한 관계, 그리고 그가 아나키즘을 자신의 사상으로 정립하게 되는 결정적인 시기 및 계기 등에 대해서는 연구자들 사이에 여전히 논란이 남아 있지만, 그가 특히 크로포트킨으로부터 깊은 영향을 받았다는 점, 특히 그러한 영향을 통해 '사회진화론'에 기초한 민족자강론자에서 '상호부조론'에 기초한 아나키스트이자 반제국주의자로 거듭나게 되었다는 점은 이론의 여지가 없는 것으로 보인다.

아무튼, 신채호가 아나키스트로의 변신을 통해 "사회진화론의 함정"에서 벗어날 수 있었던 것은 "(그가) 아마도 민중을 교화의 대상으로만 여기는 일부 엘리트주의에 심취한 이론가와는 달리, 실제 현장에서 사상을 실천한 운동가였기 때문"일지도 모른다는 조세현 교수의 추론은 충분히 설득력이 있다.

키에프의 거리를 지쳐서 걸어가는 독일과 오스트리아 포로의 모습을 본 농촌의 아낙들은 그들의 손에 빵과 사과, 때로는 동전을 쥐어주었다. 부상자를 돌봐주는 숱한 여자와 남자는 적과 우리 편, 장교와 졸병을 조금도 구별하지 않았다. 프랑스나 러시아의 농민들——마을에 남겨진 노인과 여자들은 빗발치는 적의 포화 속에서도, '거기'(전쟁터)에 있는 사람들의 논밭을 대신 경작할 것을 민회에서 결정했다. 협동취사장과 공동식당은 프랑스 전역에 확산되었다. (…) 이런 것들은 모두 자주적으로 자유롭게 조직된 방대한 노동과 에너지의 결실이고, 결코 '자선'의 성격이 아닌 순수한 '이웃돕기'였다. 인류의 먼 초기 시대의 상호부조가 뒤에 가서는 문명사회의 가장 진화된 제도의 근원이 된 것과 똑같이, 그것들은 새로운 제도를 이끌어낼 것이다.

지리학자이자 생물학자이기도 했던 크로포트킨이 철저한 '실증적' 조사와 연구를 토대로 저술한 『상호부조론』(1902)의 1914년판 서문에서, 그는 위와 같이 쓰고 있다. '약육강식'과 '적자생존'에 의한 자연과 인간사회의 '진화'(진보)라는 19세기 이래의 맹신에 맞서, 인류 역사를 통틀어 풀뿌리 민중의 가장 중요한 생활·조직 원리인 연대와 상호부조의 뿌리깊은 역사와 의의를 옹호하기 위해 씌어진 이 책은 아나키즘의 '과학적 토대'라고 평가받는 고전이며, 서구의 아나키스트들뿐만 아니라 중국·일본·조선 등 동아시아의 아나키스트들에게도 깊은 영향을 미쳤다. (이 책의 우리말 번역본이 최근 『만물은 서로 돕는다』라는 제목으로 다시 출간되었다. 위 인용은 하기락 옮

김(1991)에서)

민중을 '교화' 내지 '지배·통제'의 '대상'으로만 여기는 엘리트주의자들의 빈곤한 경험과 상상력으로는, 위에서 크로포트킨이 묘사하고 있는 민중의 삶의 에너지와 그 속에 내재해 있는 자주와 연대, 평화와 상호부조의 원리를 결코 이해할 수 없을 것이다. 더구나 그것을 신뢰한다는 것은 거의 불가능하다고 해야 할 것이다. 풀뿌리 민중(의 삶의 원리)에 대한 몰이해와 불신이야말로, 힘(권력)에 대한 숭배와 집착, 기회주의, 관료화, 폭력과 전쟁에의 경도 등으로 나아가게 되는 논리와 심리의 바탕이다. 그것은 오늘 우리 사회의 현실을 보더라도, '좌'와 '우', '보수'와 '진보'를 막론하고 근본적으로 공통하게 나타나는 현상이다.

요컨대, 민중과 약자에 대한 몰이해와 불신은 경험과 상상력의 결핍에서 비롯되는 것이며, 그것은 결국 '불량정신', '불량행동'의 부재와 관련되어 있는 것이다.

우리 사회 전체가 '교육'이라는 이름으로 — 그것도 기관과 제도를 통해 체계적으로 — 어떤 수단을 쓰든지 승자가 되어야 한다는 '전투적 사회'의 이데올로기를 아이들에게 강요하고 경쟁을 부추길 수 있는 것은, 그 전투의 결과 반드시 전사戰死할 수밖에 없는 대다수의 약자들을 철저히 외면할 수 있을 만큼 우리의 상상력이 결핍되어 있기 때문일지 모른다.

우리 사회의 지배 엘리트들이 '국익'과 '경제성장'을 위해 내부와 외부의 식민지들——천성산과 새만금갯벌, 장애인과 아이들과 여성들, 비정규직 노동자와 이주노동자, '뉴타운' 개발지역의 철거 민들, 평택 황새울의 들판과 안개, 뿌리뽑히는 소농들, 그리고 이라 크와 약소국 민중들의 신음과 절규를 얼마든지 외면할 수 있는 것 은, '경험'과 "약소한 위치에 있는 자에 대한 공감 능력"을 그들 스 스로, 조직적으로 추방해왔기 때문일지 모른다.

다시 후지타 쇼조의 말로써 마무리를 하자면, "'우등생'들——또 는 전에 '우등생'이었던 자들——은 다른 종류의 중대한 경험을 해 보지 못하는 한 완전한 무의지적 존재"이다. "선생질을 하는 사람 들"과 "불량경험조차 없는 자는 불량소년에게서 배울 점이 많"다. "그렇게 할 때 비로소 상호성의 감각이 생길 것"이며, "이처럼 상호 적 관계야말로 서로에게 무엇인가 가르침을 주고받는 것"이다.

"윌리엄 엠프슨의 말을 빌리면, '작은 자가 진실을 보는' 것"이 다. 그리고 그 '작은 자'의 자리에 기꺼이 서려는 또 다른 '불량소 년'들의 결기와 정신만이, 이 강고한 규격과 질서에 일탈의 균열을 낼 수 있을 것이다.

(2005. 9)

직접행동과 비폭력의 논리

에이프릴 카터, 『직접행동』, 조효제 옮김, 교양인, 2007년
사카이 다카시, 『폭력의 철학』, 김은주 옮김, 산눈, 2007년

'데모'가 사회안정을 위협한다고?

지난 여름, '한미FTA 저지'를 목표로 내걸고 금속노조가 총파업을 벌일 무렵, 한 텔레비전 토론 프로그램은 민주노총 이석행 위원장을 비롯해 파업 지지 쪽의 법률가, 학자들과 이 파업의 부당성·불법성을 강경하게 주장하는 소위 '보수' 쪽의 전문가, 학자들을 함께 초대하여 장시간 심야토론을 벌인 적이 있다.

그때 오고 갔던 한미FTA에 관한 양측의 입장 및 논리, 그리고 노조의 '정치파업'에 대한 견해 등은 여기서 논외로 하겠지만, 한 '보수 논객'의 다음과 같은 발언은 다시 한번 상기할 필요가 있을 것 같다. 그의 주장인즉슨, "왜 노동자들(민주노총)은 자신들의 정당이라고 하는 민주노동당이 의회에까지 버젓이 진출한 민주주의 시대에, 자신들의 주장과 이해를 의회를 통해 합법적으로 실현하려고 하지 않고 불법적인 정치파업을 일삼느냐"는 요지의 것이었다. 사실 따지고 보면 이러한 논리는 비단 그 '보수 논객' 한 사람만의 것

은 아니다. 우리 사회 구성원 상당수가 이러한 논리를 적극적으로
든 암묵적으로든 동조하고 있거나, 이미 내면화하고 있다고 보는
것이 진실일 것이다.

  아무튼 이 논리는 얼핏 보기에 흠잡을 데가 없는 것처럼 보인다.
'민주화 20년'이라는 말이 내포하는 것처럼, 우리 사회는 이미 지
난 20년 동안 절차적 민주주의, 대의민주주의를 발전시키고 확립해
왔다…… 이 사회의 성원이라면 이제 누구라도 적법한 절차, 특히
정당정치와 선거라는 확고부동한 제도적 장치와 시스템을 통해 주
권자로서의 권리를 행사할 수 있다…… 그런데도 이 제도적 틀을
벗어나 (불법적인) 정치파업이나 거리시위 같은 '폭력적' 방식으로
자신의 주장을 관철하려고 하는 것은, 우리 사회를 받치고 있는 민
주주의의 원칙을 위협하고 뒤흔드는 반ẍ사회적인, 그리고 반ẍ민
주적인 행위에 다름 아니다…….

  이러한 논리에 대해, 소위 '민주화 20년'의 출발을 가능하게 만들
었던 힘이야말로 바로 억압적인 법과 제도의 벽을 뛰어넘어 거리와
광장으로 나섰던 시민들, 그리고 온갖 방해와 폭력에 맞서 싸워온
노동자들의 투쟁이 아니었던가 하고 반문하는 것은, 앞서 말한 그
날의 심야토론 자리에서도 확인되었지만, 매우 무력한 질문이 되기
십상이다. 그만큼 '보수진영'은 말할 것도 없고, 우리 사회 전반에
는 지금 "파업과 시위가 사회의 안정과 민주주의에 이로울 것이 없
다, 피해를 준다"고 하는 완고한 논리가 그 어느 때보다도 팽배해
있는 것이 사실이다.

직접행동은 민주주의를 강화한다

옥스퍼드대학 등에서 정치학 교수를 역임한 '민주주의와 현대정치이론에 관한 세계적 권위자'인 에이프릴 카터는 『직접행동—21세기 민주주의, 거인과 싸우다』에서, 이러한 상투적 논리가 결코 정당한 것이 아니라고 반박한다. 그렇기는커녕, 대의제의 틀 바깥에서 이뤄지는 집회와 시위 등 이른바 대중들의 '직접행동'은 대의(자유)민주주의의 실질성을 오히려 강화한다고 그는 주장한다. 대중들의 직접행동은 민주주의의 대체재가 아니라 보완재이며, 직접행동이 뒤따르지 않는 민주주의는 타락하기 시작한다는 것이 그의 생각이다.

직접행동은 통상적으로 '민주주의의 결손', 그리고 시민이 느끼는 좌절감에 대한 반응으로서 나타난다. 그러므로 의회(대의)민주주의 제도 속에서도 직접행동형 저항은 결코 사라지는 것이 아니다. 특히 전 지구적 신자유주의의 확산, 세계화의 심화라는 현실 속에서 국민국가 차원의 제도정치가 드러낼 수밖에 없는 '결손'을 '보완'하기 위한 전 지구적 연대와 직접행동은 더욱 강화되는 추세이다.

나아가, 직접행동은 민주적 자력화empowerment의 한 형태이기도 하다. 실제로 직접행동은 저항을 계획하고 그러한 저항의 일부 요소인 대안 제도를 만드는 과정을 통해, 그런 운동에 참여하는 사람들에게 독특한 민주주의 사상과 실천을 발생시키는 경향이 있다. 그렇게 될 때 직접행동은 일종의 직접민주주의를 촉진한다. 즉 파업과 시위를 비롯한 다양한 형태의 직접행동은 곧 '민주주의의 실천'인 것이다.

사실 시민(대중)의 직접행동이 민주주의의 실천이자, 민주주의의 제도적 한계와 결손을 보완하는 매우 중요한 동력이라는 사실은, 눈을 멀리 돌릴 필요도 없이, 우리 사회 현대사의 경험을 통해 우리가 쉽게 이해할 수 있는 것이다. 하지만 카터의 이 책은 19세기와 20세기로부터 현재까지의 시간을 세밀하게 훑으며, 그리고 그 시야를 서구사회뿐만 아니라 '제3세계'를 아우르는 세계 전역으로까지 확대하여 수많은 직접행동의 사례들을 방대한 지면을 통해 풍부하고 흥미롭게 소개함으로써, 우리의 이해와 경험의 폭을 넓혀준다.

나아가 직접행동의 의의와 정당성을 단순히 옹호하는 것을 넘어, 이 주제를 정치학의 학술적·이론적 논의로 발전시켜 엄밀하게 다루고 있다는 데 이 책의 의의가 있다. 최근 우리 사회에서도 '거리의 정치'에 관한 토론, 특히 직접행동으로서의 집회 및 시위의 한계와 문제점, 대안 등을 둘러싼 성찰이 자주 거론되고 있지만[1], 이러한 토론과 성찰이 단순한 '집시법' 등 법제도에 대한 문제제기, 혹은 '행동양식' 및 '전술적' 논의를 넘어, 민주주의에 대한 좀더 근원적인 질문으로 나아가도록 하는 데 카터의 책은 여러모로 참고가 될 것이다.

특히 직접민주주의, 참여민주주의, 심의민주주의, 쟁의민주주의

---

1 참여사회연구소 발행 『시민과세계』 2007년 상반기호의 「동시대 논점 ─ 거리의 정치학」, 인권재단 사람 발행 『사람』 2007년 1월호 특집 「대한민국에서 데모하기」 등 참조.

등의 역사와 개념에 대한 분석·비교, '21세기 민주주의'의 중요한 개념으로서 저자가 제안하는 '직접행동 민주주의'의 개념 및 그것의 가능성에 대한 논구論究 등은 '민주화 20년'의 시점에서 우리 사회의 민주주의를 점검하고, '민民의 통제'라는 민주주의의 이상에 견주어 그것의 실질성을 확대해 나가기 위한 노력에 의미 있는 지침이 될 수도 있을 것이다. 특히 이 책을 번역한 조효제 교수의 말처럼 "정태적인 절차 민주주의의 완성이란 것은 존재하지 않고 절차 민주주의가 완성되는 순간 그것은 화석화된 민주주의로 전락한다"는 데 동의한다면 말이다.

비폭력 직접행동에 대한 오해

그럼에도 카터의 책은 독자들에게 몇 가지 의문을 던진다. 그중 하나는 직접행동과 '폭력/비폭력'에 관한 문제이다. 카터는 "하나의 전략으로서 직접행동은 의도적인 위협이나 무장봉기 또는 게릴라전과는 명백히 구분된다"고 하면서, '폭력'이 수반되는 다양한 형태의 투쟁을 대중의 직접행동과는 구분되는 '게릴라전' 혹은 '의도적 위협'의 범주로 귀속시킨다. 특히 과거 아나키스트들의 테러와 같은 '행동을 통한 선전선동'과는 단호히 선을 긋는다. 나아가 "대중의 폭력적 저항은 자유민주주의 정치의 대안이 아니"며, "자유민주주의 또는 부분적인 자유주의 국가에서 대중의 폭력투쟁은 정부로 하여금 자유를 제한하도록 유도하기 쉽고 저항자와 사회 전체에 더

216

큰 위험을 가져올 수 있다"고 못박는다. 그러므로 '비폭력 직접행동'이야말로 "훨씬 더 효과적인 잠재력을 지니고 있다"는 것이다.

우리가 카터의 이러한 '비폭력' 직접행동론에 굳이 반박할 이유는 없다. 그럼에도, 상당수 사회 구성원들이 지배 엘리트들('왕년의 민주투사'들까지 포함한)과 미디어에 의한 통제의 결과로 집회·시위 등 직접행동에 대해 맹목적인 반감을 갖고 있을 뿐만 아니라, 정당한 대중집회조차 걸핏하면 '폭력시위'로 매도하는 경직된 분위기가 만연한 우리의 현실을 생각할 때, 카터의 논조는 자칫 '평화시위'만이 허용될 수 있다는 식의 상투적인 지배 이데올로기로 이어질 수도 있지 않을까 하는 우려를 남긴다.

"폭력이니 비폭력이니 하는 말은 모두 부정확한 용어"이며 "(그 두) 어휘의 의미와 용법에 관해 누구나 인정할 수 있는 해석을 찾기는 불가능하다"고 인정하면서도, 책의 여러 곳에서 '폭력'(투쟁)과 '비폭력 직접행동'을 (개념적으로) 분리시키기 위해 그 차이를 강조하는 것은 지나치게 아카데믹한 태도로도 보인다.[2]

---

2 카터의 책이 던지는 또 다른 의문은 대의민주주의와 직접행동의 관계에 관한 것이다. 이에 대해서는 정치학자 하승우가 『시민과세계』 2007년 하반기호에 쓴 서평, 「직접행동으로 세상을 바꿀 수 있을까?」를 참고하는 것이 좋겠다. 이 서평에서 하승우는 카터가 『직접행동』에서 옹호하는, 혹은 직접행동이 그것을 보완함으로써 상호 양립이 가능하다고 보는 '대의민주주의'(또는 '자유민주주의') 자체의 근원적 한계를 날카롭게 지적하고 있다. 그러면서 결론으로 "대의정치체계와 사법권력을 근원적으로 변화시키지 않은 채 직접행동만으로 세상을 바꿀 수는 없다. 강자를 위한 법이 제정되고, 강자를 위해 법이 해석되는 현실에서 **직접행동은 대의제도 자체에 맞서야 한다**"고 주장하고 있다.(강조는 인용자)

이 대목에서는 당연하게도, "그렇다면 '폭력'이란 무엇인가", "국가기구와 지배자들의 제도적(구조적) 폭력과 풀뿌리의 저항으로서의 물리력 사이에는 차이가 없는가" 등등의 오래된 폭력/비폭력 논쟁이 재론되지 않을 수 없겠지만, 그것을 다루는 것은 이 서평의 한계를 벗어나는 것이다.

하지만 에이프릴 카터의 『직접행동』과 비슷한 시기에 번역되어 나온, 일본의 젊은 사회학자 사카이 다카시의 책 『폭력의 철학 — 지배와 저항의 논리』는 이 폭력/비폭력에 관한 논의를 이어가는 데 참고할 만하다는 점은 언급해 두는 것이 좋겠다.

물론 사카이 또한 '비폭력 직접행동'을 옹호한다. 그러나 그가 상당한 지면을 할애해 반박하고자 하는 것은 '비폭력' 혹은 '비폭력 직접행동'에 대한 '오해' 또는 왜곡된 '이미지'이다. 흔히 비폭력 직접행동의 '선구자'로 사람들은 마틴 루터 킹과 마하트마 간디를 떠올린다. 그런데 "킹 목사(혹은 간디)에 의하면 비폭력 직접행동 자체가 '평화'적인 것이라는 이미지는 완전한 오해이다."

일본에서 이라크 반전 시위가 벌어질 때 자주 접할 수 있는데, 요컨대 비폭력 시위라면 진압경찰과도 평화적으로(아주 사이좋게) 대치해야 한다는 식으로 긴장을 기피하는 것이 마치 비폭력운동인 것처럼 생각하는 것은 킹과도, 간디와도 완전히 무관하다. 킹은 비폭력 직접행동을 결코 단순한 '평화'적인 수단으로 간주하지는 않았다. (…) 평화란 단순히 '파란을 일으키지 않는' 상태인가, 아니면 역동적인 항쟁 속에서 끊임없는 행동에 의해 유지되고 확대되고 심화되어 가는 어떤 힘으로 충만한 상태인가?

한국 사회도 지금은 크게 다를 바 없지만, 특히 일본 사회는 "갈 등이나 마찰 자체가 폭력적인 것으로 간주되는 경향"이 강해지고 있다. 이러한 경향은 소위 '시민사회의 쇠퇴' 및 '매개의 장의 소멸'이라고 불리는 상황과 밀접한 관련이 있다.

이러한 상황에서 우리가 분명히 기억하지 않으면 안 되는 것은, 비폭력 직접행동이 어디까지나 '지극히 정치적인 행위'이며, 그것은 곧 '적대성'antagonism을 폭로하고, 나아가 그것을 적극적으로 구축하는 행위라는 점이다. 마틴 루터 킹에 따르면 비폭력 직접행동의 원칙은 결코 "성인聖人처럼 행동하라는 말이 아니"며, 그것이 결코 "도덕이나 종교론으로 귀착되어서는 안 된다." 오히려 폭력을 절제한다는 것은 곧 "적대성을 최대한 끌어올린다는 말"에 다름 아니다.

또한, 우리가 잘 알다시피 간디에게 비폭력이란 '직접행동' 없이는 아무런 의미도 없는 것이었다.[3] 이와 관련해 자주 인용되는 간디의 다음 말도 다시 한번 기억할 필요가 있다.

---

3 최근 철학자 김용규는 문단의 각별한 주목을 받은 황석영의 장편소설 『바리데기』와 관련해 이 문제를 지적하면서, 이 작품의 주제의식이 안고 있는 문제점을 꼬집은 바 있다. (『한겨레』 2007년 9월 29일자 18면 「직접행동 없는 눈물은 무의미한 비폭력」)

사람은 소극적으로 비폭력적일 수 없습니다. (…) 비폭력의 방법은 어떤 형태를 취하든, 수동적이거나 무기력한 방법은 아닙니다. 그것은 본질적으로 피비린내 나는 무기의 사용을 동반하는 운동보다도 훨씬 적극적인 것입니다. 진리와 비폭력은 이 세계에서 가장 적극적인 힘일 것입니다.

비폭력 직접행동과 민중의 자치관리

2004년 1월 인도 뭄바이에서 열린 제4회 세계사회포럼에서 행한 연설에서, 인도의 작가이자 반反세계화운동의 투사인 아룬다티 로이는 이렇게 말했다. "간디의 소금행진은 단순히 정치적인 쇼만은 아니었습니다. (…) 그것은 대영제국의 경제적 기반에 대한 직접적인 타격이었습니다. 그것은 진짜 행동이었습니다. (…) 비폭력 저항이 효과는 없고 느낌만 좋은 정치적 쇼가 되지 않도록 해야 합니다. (…) 단순히 매스미디어를 위한 멋진 장관이나 사진찍기용 기회로 전락해서는 안 됩니다."

비폭력 직접행동에 대한 흔한 오해 중 또 하나는 그것이 대규모 군중집회(행진)와 같은 '장관'의 연출, 활동가들에 의한 '사진찍기용' 퍼포먼스 같은 형식에 국한되는 것이라는 인식이다. 이러한 오해에 대해 사카이 다카시는 '자율로서의 직접행동(=활동)'이라는 장에서, 일본의 아나키스트 무카이 코向井 孝를 인용하여 직접행동을 다음과 같이 정의한다.[4] "직접행동이란 다른 것을 통하지 않고 자신의 힘으로 자신이 필요로 하는 것을 구하는 행동"이다. 즉, 직접행동은 단순한 저항 스타일을 말하는 것이 아니라 일상생활에서의 자율적 활동의 의미도 포함되어 있는 것이다. (무카이 코 역시 이러한 의미에서 가장 대표적인 비폭력 직접행동의 사례로 간디와 인도 민중의 '소금 행진'을 들고 있다.)

무카이 코에게 있어 비폭력 직접행동은 무엇보다 "비폭력 상황의 일상이 있어야만 가능한 생산과 노동", 즉 민중의 일상생활이다. 나아가 "생산과 노동의 결과를 누리는 것"이고, "일상생활을 즐기는 창조활동으로서 이른바 노래, 춤, 축제 등으로 확대되는 놀이"이다. 특히 비폭력으로서의 생산노동은 '자치관리'와 결부되지 않을 수 없다. 농민이 스스로의 힘으로 씨를 뿌리고 작물을 길러 수확하고, 그것을 위해 이웃과 협동하고 상호부조하며, 마을의 자치조직을 꾸려나가는 것이야말로 가장 근원적인 의미의 비폭력 직접행동이다. 이러한 생산노동이 자치관리를 벗어날 때, 그것은 임금노동, 곧 노예노동으로 전락하는 것이며, 그것은 비폭력의 상황을 벗어나, 기껏해야 '의사疑似비폭력 체제'의 일부가 될 뿐이다.

자치관리와 비폭력적 생산노동의 공동체를 침범하는 국가와 자본의 폭력에 맞서는 민중의 일체의 활동은, 단순히 '폭력'과 '비폭력'으로 구분할 수 없는, 풀뿌리의 '생명력의 발현'이자 민중의 '방

---

4 사카이 다카시가 언급하고 있는 무카이 코의 저서 『폭력론 노트─비폭력 직접행동이란 무엇인가』는 '환경과 反차별' 편집동인에 의해 우리말로 번역되어 있다. 작은 팸플릿이지만, 폭력/비폭력의 문제와 직접행동, 그리고 아나키즘운동 등과 관련하여 매우 중요한 자료이다.

어행위'라고 할 수 있다.

무카이 코의 이러한 비폭력 직접행동론을 앞서 언급한 에이프릴 카터의 책과 비교해 보면, 카터의 비폭력 직접행동론이 지극히 '근대'의 시야 안에 제한되어 있음을 확인할 수 있다. 저자 스스로 "비폭력 직접행동이 근대화 경향과 밀접한 연관을 지니면서 발생했다"고 규정하고 그것을 이 책의 '첫째 테제'로 삼고 있는 데서도 이것은 분명히 확인된다. 물론 이 책의 주요 초점이 "자유민주주의 국가와 전 지구적 맥락에서 직접행동이 어떻게 정당화될 수 있는지"를 검토하는 데 있다는 한계는 염두에 둘 필요는 있다. 그러나 우리가 단순히 '대의(자유)민주주의'라는 시스템의 결손을 보완하는 것을 넘어, 민중의 '자기조직화'에 기반한 풀뿌리 민주주의, 호혜와 상호부조의 자치사회로 정치적 상상력의 지평을 넓혀 나가고자 한다면, 민주주의와 비폭력 직접행동에 관한 논의의 범위를 '근대'의 질곡에 가두기보다 민중의 유구한 삶의 전통 속으로 적극 확장할 필요가 있을 것이다.

(2007. 11)

"누군가는 먼저 총을 내려놓아야 한다"

전쟁없는세상 외, 『총을 들지 않는 사람들』, 철수와영희, 2008년
하승우, 『군대가 없으면 나라가 망할까』, 뜨인돌, 2008년

"군번을 대라"

지난 2008년 여름 '촛불정국' 속에서 나는 '집시법' 위반 혐의로 몇 차례 경찰서에서 조사를 받은 적이 있다. 무리하게 집시법을 적용하여 '촛불'을 탄압하려는 경찰의 과잉대응 자체가 한심하고 어처구니없는 것이었지만, 지금 생각해도 쓴웃음이 나는 장면이 있다. 담당 형사가 기본적인 인적사항을 묻던 중에 나에게 군복무 여부를 물었다. (사실 이런 질문 자체가 얼마나 쓸데없는 짓인가. 지금처럼 모든 '국민'의 신상정보가 컴퓨터 자판 몇 번 두드리면 한눈에 확인되는 시대에 굳이 이런 사항을 본인에게 물어볼 필요가 있을까.) '묵비권'을 포기하고 "육군 병장 만기제대"라고 순순히 대답했더니, 대뜸 군번을 대보라고 했다. 잠시 어리둥절했다. 군번이라니! 그게 지금 여기서 무슨 필요가 있단 말인가. "기억나지 않는다"고 했다. 사실이었다. 그런데 웬걸. 담당 형사뿐만 아니라 주위의 한가한 형사들이 너도나도 한마디씩 했다. "야, 제대한 지 얼마나 됐다고 군번을 벌써 까먹냐", "군대생

활 편하게 한 모양이다. 빡세게 했으면 군번은 죽어도 안 까먹는다" 등등. 심지어 무슨 자랑처럼 자신의 군번을 직접 외워보이는 형사까지 있었다.

이런 일은 사실 한국 사회에서 특별한 에피소드가 아니다. 제대한 지 20년 가까이 된 사람이 군번을 잊어버렸다고 하면 이상한 사람 취급당할 만큼 한국 사회는 여전히 '병영국가'의 잔재가 짙게 남아있는 사회인 것이다.

이런 사회에서 자신의 종교적 양심과 사상적 신념 등에 따라 병역을 거부하는 사람들이 있다. 그들이 한국 사회에서 어떤 고초를 겪었을지, 그것은 짐작하기 어렵지 않다. 오늘 독자들에게 소개하고자 하는 책 『총을 들지 않는 사람들』과 『군대가 없으면 나라가 망할까』는 바로 그런 '병역거부자'들에 관한 책이다. 전자의 부제는 '병역거부자 30인의 평화를 위한 선택'이고, 후자는 '먼저 총을 내리겠다는 바보, 병역거부자 이야기'라는 부제가 붙어있다.

'내부 망명자'들의 인간선언

『총을 들지 않는 사람들』의 제1장 '군대 가야 진짜 남자가 된다?'에서 박노자 교수는 "준군사대국이 돼가는 오늘날 자본주의 세계질서의 '중진국' 대한민국에서 '군대'는 단순히 일개의 제도라기보다는 하나의 '생활의 코드'가" 되어있다고 진단한다. 2004년의 한 온라인 여론조사에서 '병역거부 반대' 의견이 91퍼센트로 나타났고, 2007년의 한 여론조사에서도 62퍼센트가 '반대' 의견을 낸 것을 보아도 알 수 있듯이, '병영국가의 대중화와 내면화'는 그만큼 뿌리가 깊은 것이다.

이런 '병영국가 한국'에서 양심에 따른 병역거부의 역사는 참으로 험난한 것이었다. 특히 일제시대인 1939년부터 지금까지 무려 1만 1천여 명의 병역거부자를 배출한 '여호와의 증인'들의 고난의 역사는 같은 한국 사회의 시민으로서 반드시 부끄러운 마음으로 되돌아보고 또 기억해야 할 역사이다. 이 책의 제5장 '한국의 징병제와 병역거부의 역사'에서 한홍구 교수는 "할아버지는 일제의 감옥에 갔고, 아버지는 군사독재의 감옥에 갔고, 그리고 민주화가 되었다는 마당에 아들은 '민주화된' 감옥에 여전히 가는" 여호와의 증인들의 참담한 수난사를 자세히 서술하고 있다. "극히 최근까지 여호와의 증인들에게는 여전히 일제 강점기가 계속되고 있었던 것"이다.

이뿐만 아니라 대한민국 건국과 징병제의 역사, 군부독재와 미국과의 관계 속에서 한국군의 강화 및 베트남전 파병의 역사, 병역제도의 변천과 그 배경, 특히 친일파로부터 지금까지 한국 사회 기득권 세력의 이해관계와 관련한 병역제도의 변화 등은 한국현대사의 중요한 한 측면을 이해하고, 지금 우리가 처한 한국 사회의 모순과 부조리의 중요한 뿌리를 캐내는 데 귀중한 자료들을 제공한다.

'병역거부' 혹은 '집총거부'가 여호와의 증인이라는 한 '이단'(바로 이런 주류 기독교의 규정과 병영국가의 이데올로기가 어떻게 상호작용해

왔는지를 이해하는 것도 매우 중요하다) 종파의 극단적이고 반사회적인 행태로만 오랫동안 인식되어 오던 한국 사회에서, 평화주의활동가이자 불교신자인 오태양 씨의 '병역거부 선언'은 "양심에 따른 병역거부 문제가 한국 사회에서 보편성을 획득해가는 전기를 제공한 것"이었다.

이 책 『총을 들지 않는 사람들』은 바로 이 오태양 씨를 비롯해, "2001년 이후 뒤늦게나마 이 땅에 나온 '여호와의 증인이 아닌 병역거부자' 30여 명의 글을 모은 책"이다. 그 30여 명의 목소리들을, 홍세화 씨는 이 책의 추천사에서 "내부 망명자의 길을 택한 인간의 작은 목소리"라고 부른다. "오늘날 인간은 다른 인간을 죽이는 전쟁에 익숙해져 있고 전쟁을 준비하도록 훈육되어" 있다. 특히 한국 사회에서 관리와 통제의 대상이며, 목적이 아닌 수단에 지나지 않는 피지배구성원은 '애국주의'를 골수에까지 주입받아야 했다. "이 애국주의는 적에 대한 적대감, 증오와 동의어"였다. 더구나 박노자 교수가 지적하듯이 "한국 사회에서 '군대'란 사실 '살인훈련'보다도 '복종훈련', 철저하게 위계질서적 인간관계에 대한 훈련을 의미"한다. 즉 한국의 군대가 배출하는 인간은 "장시간 고강도 노동과 독재형 직장관계에 쉽게 적용할 순응적인 '한국형 샐러리맨'"이다. 이런 사회에서 자신의 종교적 양심과 사상적 신념에 따라 "총을 들지 않겠다"고 선언하고 기꺼이 고난을 감수하는 것은 '인간선언'이자, 증오와 경쟁의 이데올로기와 그에 기반한 체제에 대한 '불복종선언'이라고 할 수 있다.

오태양 씨는 "오래 전부터 종교적 신념과 평화·봉사의 인생관에 따라 군사훈련 대신 사회봉사로써 국가와 이웃의 안녕과 행복에 기여하고 싶었고, 그것을 삶에서 직접 실천해보고자" 2001년 병역거부를 선언했다. 또 가톨릭 신자인 고동주 씨는 군대는 자신의 신앙에 반대된다고 생각해 2005년 병역을 거부하고 감옥으로의 길을 택했다. 이런 종교적 신념뿐 아니라 아이들을 가르치는 "교사로서의 양심"을 지키기 위해 병역을 거부한 김훈태 씨와 최진 씨, "농부와 전쟁이 상반된다는 생태주의 신념"에 따라 총을 들기를 거부하고 기꺼이 옥고를 치른 최준호 씨, 현역복무중 이라크 파병에 반대하여 병역거부를 선언한 강철민 씨 등 30여 명 한 사람 한 사람의 선언과 고백들을 통해 우리는 전쟁과 평화, 폭력과 비폭력, 국가와 군대, 국가주의 이데올로기와 개인의 양심·자유 등에 관한 치열하고도 심오한 고뇌와 성찰, 폭력적인 체제 앞에 굴하지 않는 용기있는 실천과 위대한 인간의 정신에 접하게 된다.

연구실이나 도서관이 아닌 삶의 현장에서, 그것도 사회적 편견과 몰이해의 장벽과 맞서 싸우며 길어올린 고뇌와 성찰, 결단의 언어들인만큼, 그 어떤 권위 있는 사상가들의 발언에도 못지않은 중후한 무게감과 깊은 감동을 준다. 더구나 군복무를 앞두었던 이들의 평균적인 나이를 생각해볼 때, 이러한 치열한 사색과 언어의 견고함은 가히 놀랍기까지 하다.

"현역병의 그것과 비교하기는 힘들겠으나 만일 더 어렵고 더 위험하며 더 긴 조건의 대체복무라 해도 신념에 어긋나지만 않는다면 기쁘게 받아들일 것"이라는 김훈태 씨의 피력처럼 이들 대부분은 병역 자체를 '기피'하려는 것은 아니었다. 그럼에도 우리 사회는 이들에게 대체복무로써 사회에 기여할 수 있는 기회를 주는 융통성을 발휘하는 대신, 그들을 모조리 감옥에 처넣음으로써 '전과자'로 만들었다. 기꺼이 감옥을 선택했던 이들은 역시 자신의 양심과 신념에 따라, 갖은 어려움을 무릅쓰고 다양한 분야에서 평화와 인권, 민주주의를 위한 활동 및 연구에 지금도 헌신하고 있다.

대체복무제를 넘어

그러나 대체복무제가 확대된다고 해서 문제가 끝나는 것은 결코 아니다. 이 책을 기획한 '전쟁없는세상'(양심에 따른 병역거부자와 지지자들의 모임)은 "병역거부라는 '문제'를 제도적으로만 '해결'함으로써 놓칠 수 있는 부분들에 대해" 고민하고 있다. 즉 양심에 따른 병역거부자의 대체복무가 허용됨으로써 "감옥에 가지 않게 됐다는 '해결'만으로 이 운동의 목적이 한정될 수는 없기 때문"이다. 이 책의 기획 의도 또한 병역거부가 한국 사회에서 병영국가의 이데올로기 및 군사주의의 극복과 평화의 진정한 의미를 둘러싼 "새로운 논쟁을 만들어내기보다는 또 하나의 '경직된 단어'로 인식되고 있는" 현실에 대한 안타까움을 확인하고, "병역을 거부하면서 가졌던 마음들을 다시 드러내 우리 사회의 여러 사람들과 서로 의견을" 나누기 위한 것이라고 밝히고 있다는 점에 유의해야 할 것이다.

예를 들어 "누군가는 먼저 총을 내려놓아야 한다"는 평화주의의 신념으로 2004년 병역을 거부한 임재성 씨는 "'평화'의 관점에서 보았을 때 대체복무에 갇힌 병역거부는 분명 한계가 있다고 할 수 있을 것이다. (…) 전쟁에 대한 대중적 저항, 전쟁의 원인을 근본적으로 없애기 위한 노력, 이런 목표를 자신의 병역거부에 담고 있으며, 이는 '대체복무제'를 요구하는 것에 담길 수 없는 지향점이다"라고 적고 있다.

양심에 따른 병역거부 운동을 '군사주의 퇴치운동', '반군사주의적 투쟁'으로 규정하는 박노자 교수는 "명실상부한 '정상적 대체복무'를 쟁취하자면 아직도 먼 길을 가야" 하지만, 설령 그것이 쟁취되더라도 멈추어질 수 없는 투쟁이라고 말한다. 즉 "군사적 폭력이 당연시되는 사회 안에서 '다름의 공간'을 만들어 일상화된 군사주의에 대한 지속적인 반성과 성찰을, 나아가서 군사주의와의 거대한 민중적 투쟁을 가능케 하는 것"이 궁극적 목표가 되어야 한다는 것이다.

'양심에 따른 병역거부'와 아나키스트의 전통

이 문제와 관련하여 『군대가 없으면 나라가 망할까』에서 정치학자 하승우 씨는 "대체복무 역시 비극의 공식에서 완전히 벗어나는 방법이라고 하기는 어렵다. 어떤 형태로든 대체복무는 전쟁을 지원할 수 있기 때문이다. (…) 국가가 대체복무를 인정하면서도 전쟁을 자유로이 치를 수 있기 때문에, 대체복무제도는 전쟁을 근본적으로 막는 대안이 되지 못한다. 양심에 따른 병역거부의 주된 목표인 평화를 실현할 수도 없다. 그런 점에서 대체복무를 넘어서 군대, 그리고 전쟁 자체를 거부해야 한다는 주장도 있다"고 적고 있다.

법학자인 김두식 교수의 책 『평화의 얼굴─총을 들지 않을 자유와 양심의 명령』(교양인, 2007) 등 '양심에 따른 병역거부'에 관한 뛰어난 선행연구가 없었던 것은 아니지만, 특히 하승우 씨의 이 책은 양심에 따른 병역거부 운동의 역사와 의의를 프루동과 바쿠닌, 헨리 데이비드 소로, 톨스토이와 크로포트킨, 간디, 에마 골드만, 피터 모린과 도로시 데이, 애먼 헤나시, 리 호이나키 등 아나키스트의 전통 속에서 규명하려는 시도라는 점에서 특히 주목할 만하다.

하승우 씨에 따르면 양심에 따른 병역거부는 "평화를 실현하겠다"는 뜻을 이루기 위한 "실천의 첫걸음"이다. 그런 실천은 결국 국가와 충돌할 수밖에 없다. 아나키스트들은 국가와 전쟁의 연관성을 지적하며 국가에 맞서왔다. 아나키스트들은 단지 군대에 가지 말자고 주장한 것만은 아니다. "톨스토이는 한 걸음 더 나아가 정부가 군대를 유지하도록 돕는 세금을 내지 말자고 주장했다. 톨스토이는 '세금을 성공적으로 거두어 들이기 위해 정부는 상비군을 유지한다'라며 국가가 국민을 착취하기 위해 군대를 유지한다고 주장했다. 그래서 톨스토이는 국가에 협력하지도, 국가권력에 참여하지도 말자고 주장한다. '정부 폭력을 없애버리는 길은 단 한 가지다. 사람들이 거기에 참여하지 않는 것이다.'"(아나키스트로서 톨스토이의 이러한 사상은 얼마 전 우리말로 번역된 책 『국가는 폭력이다』에 잘 나타나 있다.)

이러한 아나키스트들의 사상을 적극적으로 승인한다면, 전쟁과 폭력을 거부하고 진정한 평화를 실현하기 위해서 '양심에 따른 병역거부 운동'은 '양심에 따른 자본주의(노예노동과 소비)거부', '양심에 따른 국민(국가)거부' 운동으로 나아가기 위해 더욱 치열한 성찰과 투쟁을 준비해야 할지도 모른다. "내가 전쟁경제에 보다 깊이 연루되어 있을수록 나는 그만큼 더 깊이 전쟁에도 연루되어 있는 것"이라고 한 리 호이나키의 말이나 "승용차를 버리고, 아파트를 줄이고, 우리가 버려두고 떠나왔던 시골로 다시 돌아가 자기 손으로 농사짓고 살아야 파병도 안 할 수 있다"고 한 권정생 선생의 말을 우리가 반드시 기억해야 하는 이유도 여기에 있다.

환대와 상호부조의 삶

그러한 '거부의 삶'이 지향하는 것은 무엇인가. 하승우 씨에 따르면 그것은 '환대의 삶'이다. 국가와 자본, 지배자들이 끊임없이 강요하고 주입하는 '경쟁력'과 '국익'의 이데올로기를 거부하고 "스스로 충족(자급)하고 서로 보살피는(상호부조)" '환대의 삶'이야말로, 아나키스트들이 영원한 패배 속에서도 끝없는 저항을 통해 실현하고자 하는 이상인 것이다.

그런 이상은 '비현실적'인 것인가. 그렇다. 그러나 그것을 향해 오늘도 '먼저 총을 내리겠다는 바보'들이 또 한 걸음을 꿋꿋이 내딛는 한 그것은 우리 속에서, 우리와 함께 언제나 생생하게 살아 숨쉬는 이상인 것이다.

아니, '이상'으로서만의 문제가 아닐지도 모른다. 미국발 금융위기를 시작으로 한 전 세계적 경제위기에 대한 공포가 지금 우리의 일상을 엄습해오고 있다. 이러한 '위기'를 계기로 '환대의 삶', '자급과 상호부조의 사회'를 재조직하기 위한 풀뿌리 민중의 노력과 투쟁이 그 어느 때보다도 긴급하고 절실한 상황임은 길게 말할 필요조차 없으나, 역으로 이러한 '위기'와 '공포'가 극우 파시즘의 도래와 전쟁으로 이어질지도 모른다는 우려 역시 배제할 수 없다. 그런데 에릭 홉스봄의 지적을 상기할 것도 없이, 병영국가의 이데올로기와 군사주의 문화야말로 언제나 극우 파시즘의 '지지 기반'이 되어왔음을 우리는 역사를 통해 잘 알고 있다. 그러한 병영국가의 이데올로기와 군사주의의 견고한 성채에 균열을 내기 위한 '양심에 따른 병역거부 운동'은 지금과 같은 '위기'의 시기일수록 더욱 '현실'적인 의미를 지니는 것이 아닐까.

(2010. 9)

카미노, 고통과 우정의 신비

리 호이나키, 『산티아고, 거룩한 바보들의 길』, 김병순 옮김, 달팽이, 2010년

낡은 등산화 한 켤레

리 호이나키라는 이름을 기억하는 독자라면, 그가 이반 일리치와 맺었던 우정과 함께, '신발' 한 켤레에 얽힌 이야기를 떠올리는 사람들이 적지 않을 것이다. 1995년 마릴린 스넬이 쓴 글 「이반 일리치―상투성과 기계에 맞서는 현인」이라는 글이 『녹색평론』 통권 제37호(1997년 11-12월호)에 번역, 소개된 뒤로, 바로 그 '신발' 이야기는 예민한 독자들의 마음에 쉽게 지워지지 않는 발자국을 남겨 두었을 거라고 믿는다.

1993년에 그 자신 전에는 사제司祭이기도 했던 호이나키는 일리치의 조언을 받아들여 스페인의 산티아고 데 콤포스텔라까지 천 킬로미터에 이르는 순례를 하기로 결정하였다. 이 스페인의 도시는 9세기 이래 유럽의 순례자들이 찾아가는 주요 목적지였다. 일리치는 그러한 친구의 결정을 축하하여 자신의 벽장에서 오래된 튼튼한 보행용步行用 신발 한 켤레

를 꺼내어서 그것을 친구에게 선물로 주었다. 일리치가 그 신발을 샀던 것은 1973년 칠레의 대통령 살바도르 아옌데가 살해된 날이었다. (…) 20년 동안 아주 드물게 사용되었던 그 신발은 호이나키에게 썩 잘 맞았다. 그러나 순례는 육체뿐만 아니라 영혼을 시험하는 일이다. 맨 첫날 호이나키는 깎아지른 산길이 아직 눈에 뒤덮여 있는 모습을 올려다보면서, 그가 산티아고 데 콤포스텔라까지는 고사하고 그 산길을 통과할 수 있으리라고 생각하지 않았다. 그는 바위에 기댄 채, 이미 이 지점을 지나간 수천, 아마도 수백만의 사람들을 골똘히 생각해보았다. 그는 이 순례자들을 북부 스페인으로 이끌었던 신앙의 위대한 신비와 자기 자신을 거기로 이끌었던 우정友情의 위대한 신비를 골똘히 생각해보았다.

예순다섯 살의 리 호이나키가 이반 일리치의 권유로, 그리고 그로부터 선물받은 20년 된 낡은 신발('낡았지만 튼튼해 보이는 이탈리아제 등산화'였다고 한다)을 신고 떠났던 30여 일간의 순례, '신앙의 위대한 신비'와 '우정의 위대한 신비'에 대한 기록이 바로 『산티아고, 거룩한 바보들의 길』이다. 이미 번역 출간된 『正義의 길로 비틀거리며 가다』(녹색평론사, 2007)와 함께, 또 한 편의 '뛰어난 이야기체 담론'을 접할 기회가 온 것이다. 『正義의 길로 비틀거리며 가다』를 번역한 김종철 선생은 그 책의 역자 후기에서 "이 책 전체를 하나의 장편 산문시로 읽는 것도 가능하다고 생각한다"고 썼다.

시적 언어는 본질적으로 육화肉化된 언어이다. 그리고 육화된 언어는 특정한 장소에 뿌리를 내리고 사는 삶의 체험 혹은 뿌리를 내리고 살아가는 것의 중요성에 대한 인식 없이는 성립하기 어렵다. 왜냐하면 일반화된 논리, 추상적이거나 관념적인 세계인식으로는 결코 삶의 구체적인 진실에 도달할 수 없기 때문이다.

좀 성급하게 말하자면, 『산티아고, 거룩한 바보들의 길』은 바로 이 '육화된 언어'와 '참된 인식'에 대한 핍진逼眞한 탐구의 기록에 다름 아니다. 그리고 이 책이야말로 '하나의 장편 산문시'로 읽는 것이 가능하다고 할 수 있겠다. 이베리아 반도를 중심으로 한 유럽의 역사, 가톨릭과 유대교 그리고 이슬람의 갈등과 투쟁, 가톨릭 신앙과 종교의 역사 등에 관한 풍부한 '사실'과 저자의 '해석'들이 이 책의 상당 부분을 차지하고 있긴 하지만, 이 책을 다른 여행기나 역사해설서와 구별짓는 탁월함은 바로 거기에 있다고 할 수 있다.

순례와 뿌리내리기

스페인을 관통하여 산티아고에 이르는 순례길을 '카미노'라고 한다. "카미노는 말 그대로 '길' 또는 '도로'를 뜻한다. 카미노라는 말은 여러 가지 강력하고 풍부한 의미를 함축하고 있는데 진흙 먼지 길을 가리키는 것에서 '나는 길이요……'(요한복음 14:6)처럼 그리스도 자신을 지칭하는 의미까지 다양하다." 그리고 그 카미노의 종착지인 산티아고 데 콤포스텔라('땅 끝')는 중세 전성기 동안 서양에서 가장 많은 사람들이 찾아간 도시였다. 많은 사람들은 스페인까지 가서 이 지역을 '복음화'했던 성 야고보의 무덤이 그곳에 있다고 믿었다.

그 '성지'에 이르는 길은 수많은 산과 언덕, 숲을 지나야 하고, 때로는 오직 지평선밖에 보이는 것이 없는 들길을 지나야 하는 험난한 길이다. 그리고 과거 거기에는 순례자들의 금품을 노리는 도둑들에서부터 간교한 여관 주인들, 그리고 늑대를 비롯한 산짐승들과 순례자들을 타락의 길로 이끄는 창녀들의 유혹에 이르기까지 수많은 위험들이 길모퉁이마다 도사리고 있었다. 지금이야 스페인 정부뿐 아니라 유럽 국가들 전체가 나서서 이 카미노를 '문화유산'으로 지정하고 '관광 코스'로서 '제도화'하기에 여념이 없지만(1987년 10월 27일에 이미 카미노는 '유럽 제일의 문화 탐방지'로 선정되었다), 천 년 전 카미노는 결코 순탄치 않은 고난의 순례길이었다.

그런데도 왜 그 많은 순례자들이, 멀리는 "아일랜드의 서쪽 해안에 있는 골웨이처럼 먼 곳에서조차 그곳을 찾아왔을까?" 리 호이나키는 의문을 던진다. 그리고 "그 의문을 풀 수 있는 길은 한 가지뿐이라고 결론지었다. 내 스스로 콤포스텔라까지 걸어가는 것."

예수회 회원이자 가톨릭 주간지인 『아메리카』의 부편집장인 제임스 마틴 신부는 『루르드 일기』(가톨릭출판사, 2007)에서 "순례는 하느님을 의지하는 자세를 키워주는 유서 깊은 관행으로, 순례자는 동료 순례자나 길에서 만난 이들의 자애와 친절로 나타나는 하느님의 은총에 온전히 몸을 맡기게 된다"고 썼다. 그리고 이어서 순례는 "우리가 소유 면에서 아주 적은 것으로 살아갈 수 있음을 흔치 않은 방식으로 일깨워주는 수단이 된다"라고도 적고 있다.

『산티아고, 거룩한 바보들의 길』을 읽다 보면, 카미노가 단지 지도 위에 선으로 표시된 길이 아니라, 지난 천 년 동안 먼저 이 길을 걸어간 헤아릴 수 없이 많은 순례자들, 그리고 그 길 주변에 '뿌리내리고' 살면서 순례자들을 돕고 보살펴 온 역시 헤아릴 수 없이 많은 사람들이 일구어온 역사적 '공동체'라는 것을 생생하게 느끼게 된다. 그리고 순례(걷기)라는 행위 자체가 이 카미노라는 공간에서는 '노마드'가 아닌 전통과 대지, 신앙 공동체에 대한 헌신이자 '뿌리내리기'가 된다는 것을 이해하게 된다. 순례의 초입에서 리 호이나키는 이렇게 간구한다. "일찍이 순례자들이 쉬어갔던 바로 그 하늘 아래서 그들이 밟았던 바로 그 땅에 내 발을 뿌리내리고 싶다."

무엇보다 카미노의 순례자들이 쉬거나 묵어갈 수 있도록 마련된 쉼터인 '알베르게'에 관한 많은 에피소드들은 깊은 인상과 감동을 준다. 알베르게(공식적으로는 '오스피탈'이라고 부른다)는 마을마다 그 모양과 역사가 다를 뿐만 아니라, 수도원과 교회 혹은 신도회가 운영하는 것에서부터 순례자를 돌보는 것을 자신의 소명으로 여기는 개인(가족)이 운영하는 것에 이르기까지 다양하다. 그러나 대부분의 알베르게에서 리 호이나키는 더없이 따뜻한 친절과 환대를 받는다. 그리고 앞서거니 뒤서거니 하면서 카미노에서 만나게 되는 다른 순례자들과 먹을 것을 나누고, 서로를 위로하고 돌본다. 배낭 하나와 낡은 등산화 한 켤레, 그리고 지팡이 하나만을 의지하고 수백 킬로미터를 걸어가는 순례자들에게 이들 소박한 쉼터의 환대와 동료 순례자들끼리 나누는 우정은 곧 '하느님의 은총'으로 '체험'된다.

알베르게에 조용히 앉아 있으면 내가 어떤 특별한 차원의 고귀함 속에 잠겨 있는 참 공간에 있는 것 같은 느낌이 든다. 이곳은 거대한 존재를 구성하는 사슬과 같다. 로사리오 묵주의 구슬처럼 각각 독립된 장소들이 서로 둥글게 거대한 원을 그리며 연결되어 있다.

기도와 걷기

이러한 깨달음은 두말할 것도 없이, 오직 자신의 발로 고통스럽게, 겸손하게 걸어가는 고독한 순례자에게만 허락되는 것이다. 한 걸음 한 걸음 걸을 때마다 발바닥에 와닿는 길의 느낌, 변화무쌍한 하늘과 땅과 햇빛의 표정을 느끼고 발견하면서, 리 호이나키는 아버지의 유품遺品인 묵주를 꺼내어 오랫동안 잊고 있었던 로사리오 기도를 바친다. 순례 첫날부터 시작된 무릎의 통증을 인내하면서 걷는 그 길 위에서 그는 "이제 비로소 기도하는 법을 배우고 있는지도 모른다", "기도는 새로운 방식으로 내 신체의 일부가 된다"고 털어놓는다. 한때 사제이기도 했던 예순다섯의 지식인이 마치 기도를 처음 배우는 순진무구한 아이마냥 "기도하는 한 마디 한 마디가 생생하게 살아나며 마음속 깊이 짙은 향내를 풍긴다"고 기뻐하는 장면, 그리고 오랜 세월 지녀왔던 '회의론자'의 태도와 '범신론'의 공허함을 돌이켜 반성하는 대목은 묵직한 감동마저 준다.

이러한 기도의 발견, 새로운 '인식'은 결코 '논리'나 추상적인 '관념'으로 찾아오는 것이 아니다.

내가 스스로 내 육신의 존재를 믿기 전까지는 하느님이 인간의 몸으로 이 땅에 오셨다는 것을 믿을 수 없었다. (…) 어쩌면 사람들은 이 모진 고통과 피곤함을 통해 비로소 자기 육신의 존재를 믿게 되는지도 모른다.

그러면서 가톨릭의 수많은 기도문과 성경에 '걷는 것'이 나온다는 사실을 떠올리고, 이것들은 바로 "사람들에게 하느님이 인간으로 육화肉化했음을 알리는 소박하고 비밀스러운 중요한 행사"들이자, 그 행위 자체가 바로 성육신成肉身 자체를 의미하거나 성육신을 찾아가는 과정을 상징하는 것인지도 모른다는 생각에 이른다.

감각과 인식

"고요와 경이로 가득찬 고독" 속에서, "이 길을 앞서 걸었던 옛 순례자들과 함께", 보폭에 맞추어 로사리오 기도를 바치며 걷는 이 순례가 반드시 기쁨과 평화로만 이어지는 것은 아니다. 전 세계 어디를 가든 목격하게 되는 '환경 파괴'와 '지형 변형'이라는 불경不敬의 현장은 이 카미노에서도 역시 예외가 아니다. 전통적인 농촌 공동체들과 마을 장인들이 일구어 온 소박하고 품위 있는 삶의 양식들은 스페인의 오래된 마을들이라고 해서 더 이상 온전할 수는 없다.

거기다가 카미노의 일부인 주요 '간선도로'들에서는 무서운 속도로 달리는 자동차들이 순례자들의 안전을 위협하고 묵상을 방해한다. 이런 현실들이 '개발'에 대해 일관되게 비판해온 리 호이나키의 '타고난 비판 본능'을 수시로 일깨운다. 그리고 이 비타협적인 순례자는 그때마다 '분노'와 '증오'의 감정을 숨기지 않는다.

1차선 아스팔트 도로를 따라 2~3킬로미터를 걷고 있다. (…) '산티아고 가는 길' 이렇게 쓰인 표지판이 나올 때마다 지팡이로 그 표지판을 거칠게 두드리며 "안 돼! 안 돼! 카미노는 자동차를 타고 가는 길이 아니라고" 하면서 큰 소리로 외친다. 아무도 내 목소리를 못 듣겠지만 그래도 속에서 치밀어 오르는 분노를 밖으로 분출시키지 않을 수 없다. (…) 이 표지판들은 그들이 카미노를 달리고 있다고 알려준다. 그들은 실제로 카미노를 달리고 있는 것이 아니다. 카미노는 실제로 자기 발로 땅을 밟고 가는 사람들만이 접근할 수 있다.

더욱 참담한 것은 스페인 정부와 '유럽 공동체'가 카미노를 문화유산으로 지정하고 전 세계의 관광객들을 끌어오기 위해 벌이고 있는 '현대화'된 프로젝트들이다. 많은 구간의 길들이 볼썽사납게 포장되고, 카미노와 순례자들을 '이미지화'한 경박한 홍보물과 상품들이 등장하기 시작했다.

잘 포장된 길을 따라 자동차를 타고 다니면서 '유적지'를 둘러보는 것이 사람들에게 어떤 '의미'를 주고, 조금이라도 새로운 지식과 깨달음을 줄 수 있을까. 리 호이나키는 절대로 그렇지 않다고 말한다. "진정한 지식은 접촉하는 것에서 얻어"지기 때문이다. "세계는 오직 느끼고 만지는 것으로만 알 수 있"는 것이다. 현대문명은 사람들의 그런 감각을 변형시키고 '정제'하여 마비시켰다. 리 호이나키에게 카미노를 날마다 터벅터벅 걷는 힘겨운 몸부림은 그 감각들을 복원시키고 그 기능을 되살리는 과정이기도 했다. 비트겐슈타인은 "의미를 (인간 내면의) 정신적 활동이라고 부르는 것만큼 그릇된 생각은 없다"고 말한다. 리 호이나키는 이렇게 화답한다. "의미란 내 의식의 내면에 있는 신비스러운 상태를 말하는 것이 아니다. 오히려 그것은 나라고 하는 역사적 자아가 주변 세계와 물질적, 사회적으로 상호작용하는 것을 말한다."

다시, 낡은 등산화

마릴린 스넬이 말한 대로 "가장 단순하게 말하면, 이것은 한 켤레의 소박한 신발을 예외적으로 이용한 이야기라고 할 수 있다." 그리고 이 이야기는 "절제, 고통의 감내, 그리고 '걸음'에 관해" 말해 주고 있다.

책을 덮으며, 지금 낙동강을 비롯해 소위 '4대강 사업'이 추진되고 있는 '파괴'와 '변형'의 현장들에서, 풀뿌리 시민과 활동가들이 벌이고 있는 힘겨운 저항을 떠올려 본다. 지율 스님을 비롯한 몇몇 예민한 영혼들로부터 영감을 받은 많은 시민과 학생들이 이 삼복의 무더위 속에서도 강을 따라가는 '도보순례'를 이어가고 있다. 이것은 '항의행진'이 아닌, 진정한 의미의 순례들이다. 지금껏 우리가 감각의 왜곡과 마비로 인해 그 '의미'를 깨닫지 못하고 있던 이 땅의 '강'들과의 접촉을 통해, 우리가 잃어버렸던 '이야기'를 다시 찾고 회복시키고자 하는 고통스러운, 그러나 겸손한 발걸음이기 때문이다.

그러나 사실 따지고 보면, 이 순례길에 먼저 나섰어야 할 사람들은 이 가공할 프로젝트를 입안하고 추진하는 사람들이 아닐까. "강을 살리겠다"는 그들의 말을 믿는 사람이야 물론 많지 않겠지만, 그러나 당분간 공사와 일방적인 선전, 정치적 협잡을 멈추고 대통령을 위시한 주요 책임자들이 순전히 '걸어서' 4대강의 전 구간을 터벅터벅 '순례'한 다음, 이 사업의 계속적인 추진 여부를 시민들과 토론하겠다고 선언한다면, 우선 나부터라도 '낡은 등산화'를 손질해 그들에게 기꺼이 빌려줄 용의가 있다.

사족

『산티아고, 거룩한 바보들의 길』의 역자 후기에 따르면, 마침 올해 2010년이 '성 야고보의 축제일'인 7월 25일과 일요일이 겹치는 카미노의 성년聖年이라고 한다. 그리고 이 책의 초판 번역 출간일은 그 축제일을 며칠 앞둔 7월 16일이다. 시점이 절묘하다. 그런데 혹시 그것을 기념하기 위해 이 책의 출간 시점을 '서둘러' 잡기라도 한 것일까. 자세한 사정이야 알 수 없지만, 책 앞날개의 저자 소개에 저자 이름이 잘못 적힌 것에서부터 장^{章}의 제목에 터무니없는 오기가 있는 것까지, 평소 내가 신뢰하고 존경하는 출판사의 작품답지 않은 실수가 눈에 너무 자주 띄어 아쉬웠다는 점을 사족으로 붙이지 않을 수 없다. 다음 쇄에서는 이런 오류들이 바로잡아지길 바란다.

(2010. 8)

수난과 부활의 알레고리

김곰치, 『지하철을 탄 개미』, 산지니, 2011년

소설가 김곰치가 두 번째 '르포·산문집'을 내었다. "탐욕으로 일 그러진 이 어리석은 시대에 대한 가장 정직한 문학적 증언의 하나"(김종철)로서 주목받았던 『발바닥, 내 발바닥』(녹색평론사, 2005) 이후 약 6년 만이다. 2008년 여름 장편소설 『빛』(산지니)을 발표하긴 했으나, 그는 그동안 자신의 글쓰기 작업의 상당 부분을 르포에 할애해 왔다. 이번 책의 서문에서 저자는 "가장 직접적이고 진실하고 또 가장 겸손한 어떤 것을" 담아내는 데 르포 글쓰기가 매우 적합한 장르라는 생각을 비치고 있다. 저자의 견해에 대해서는 이견이 있을 수도 있겠지만, 어쨌든 이번 책 역시 전작의 르포·산문집과 마찬가지로, '근대문학(소설)의 종언'이 운위되는 이 시대에 '새로운 문학의 가능성'을 탐색해 볼 수 있는 의미 있는 텍스트인 것은 분명해 보인다.

다른 누군가가 저지른 죄업으로 대신 죽는, 성자들의 가없는 대속代贖의

행렬을 지금 한국의 새만금갯벌이 잇고 있는 것이다. (…) '사람 예수', 즉 '신의 인격화'라는 고루한 관념을 떨쳐내고 새만금갯벌을 다시 보면, '새만금갯벌에 생명으로 오신 예수님'이 아니라 아무런 수식어가 필요 없는 '새만금예수님'이 눈앞에 나타나던 것이다. 새만금갯벌이 인자한 표정을 짓고 우리를 바라보고 있는 것이다.

새만금 방조제의 완공으로 해수 유통이 완전히 차단된 지금 꺼내 읽어도 그때의 전율이 또다시 일어나는 탁월한 르포 「새만금예수님을 죽이지 마라」(『발바닥, 내 발바닥』)의 한 대목이다. 그때의 강한 인상과 감동 때문일까. 나는 이번에 나온 『지하철을 탄 개미』에 실린 르포와 산문들을 '죄업'과 '대속', '수난'과 '부활'의 알레고리로 읽었다.

특히 저자 스스로 "이번 책의 알짜"라고 언급한 고故 김형율 씨에 관한 르포 두 편(「"글마를 생각하면 지금도 가슴이 너무 아파요"」, 「"나는 아프다!"」)은 그런 독법讀法을 한층 뒷받침한다.

2005년 5월 말 세상을 떠나기 전까지, 자신의 마지막 생애 3년을 김형율 씨는 '원폭 피해자 2세'들의 참담한 실상을 세상에 알리는 데 바쳤다. 원폭 1세대들 중에도 질병이 발현되지 않고 '건강하게' 살아가는 사람이 있을 뿐만 아니라, 2세들 역시 겉으로 아무런 증상이 나타나지 않는 경우가 많다고 한다. 그래서이겠지만, 일본과 한국의 정부들은 원폭피해의 '대물림 현상'을 아직도 공식적으로 인정하지 않고 있다. 1세 환우들에 대한 보상과 지원조차 형편없는 상황이다 보니, 김형율 씨처럼 유전적인 질병을 안고 태어나 평생을 끔찍한 고통 속에 살아야 하는 2세들에 대해, 세상 그 어느 누구도 관심을 기울이지 않는 것이 현실이다. 이러한 신체적 고통에 덧붙여진 사회적 '불인정'의 어둠 속에서 한 왜소하고 힘없는 청년이 세상을 향해 "나는 아프다!"라고 외치며 자신의 작고 마른 몸뚱이를 촛불 삼아 외치기 시작한 것이다. ("나는 아프다!"라고 외치며 죽어간 김형율 씨의 절규에 귀 기울였던 저자의 귀는, 보도블록과 콘크리트에 덮여 숨막히고 죽어가는 흙이 "나는 숨 쉬고 싶다!"(「숨 쉬고 싶다」)고 외치는 소리에 조차 민감하게 반응한다.)

저자는 김형율 씨의 마지막 불꽃 같았던 삶과 "비극적이고 또 의미심장했던" 죽음에 대한 '진상보고서'이자 '추모의 글'로서 르포를 쓴다. 김형율 씨의 삶과 죽음을 둘러싼 여러 사람들을, 발품을 팔아 끈질기게 취재하면서 저자는 "알 수 없는 분노"가 치밀게 된다. 숨가쁘고 격렬하게 몰아치는 의문의 연쇄(특히 81~82쪽) 끝에서 그는 자신의 분노를 감추지 않은 채 이렇게 적고 있다. "그것이 서글픈 구걸이라고 한다면 다른 누구도 아닌 한국 정부가 그들이 그렇게 구걸할 수밖에 없도록 방치하고 있었기 때문이다." 그러면서도 "이 글쓰기가 누군가를 비판하는 것이라면, 비판은 나 자신에게 먼저 향해야 한다. 나는 김형율의 존재를 최근까지 알지 못했다"고 고백하고, 참회하기도 한다.

이 두 편의 르포뿐 아니라, 책에 실린 대부분의 르포와 산문들은 이처럼 우리의 무심과 무지, 방치와 망각이라는 '죄업'으로 인해 고통받고, 묻히고, 죽어가는 수많은 존재들(사람과 자연과 사물들)에 대한 연민과 참회로 이어진다.

그러나 그런 존재들이 단지 약자의 얼굴로 '대상화' 되고 있지 않다는 것이 김곰치 르포의 탁월함이다. 그의 눈에 그런 고통받고, 묻히고, 죽어가는 수많은 존재들은 오히려 그들의 수난受難을 통해 우리의 죄업을 대속함으로써, 우리를 참회와 회심回心으로 이끄는 생명과 구원의 '빛'이기도 하다. 마치 죽어가는 새만금갯벌이 '새만금예수님'의 얼굴로 저자의 눈앞에 나타났듯이.

을숙도대교의 건설로 고요와 평화, 생존의 터전을 잃어버릴 위기에 처한 새들의 슬프고 아름다운 모습을 바라보면서 "지구라는 구슬을 소행성이라는 구슬로 밎혀 버리려다가 변함 없이 날고 있는 죄 없는 새들이 눈에 밟혀 재앙의 하느님이 손가락을 몇 번이나 거두었다고 생각하기도"(「을숙도에서」) 하는 저자는, 그 새들처럼 힘없고 고통받는 존재들이 "평화롭게 깃을 칠 때, 을숙도에 와서 인간이 고요를 배울 때, 신은 인간을 언제나 용서한다"는 믿음을 고백한다. 새만금갯벌에 마지막 물막이 공사가 단행된 2006년 4월 21일 발표한 에세이(「새만금갯벌은 죽지 않는다, 다시 산다」)에서도 저자는 이렇게 쓰고 있다.

내부 간척사업의 진척보다 이 나라 국민의 환경의식의 성숙이 더 빠른 속도로 진행될 것이라고 나는 낙관하고 싶다. 남은 일은 새만금갯벌 생태계 복원 공사. 그때 토목공학자 집단 일부에서나마 회심이 일어나겠지. 청계천 복원은 서울 사람들만의 축제였지만, 새만금갯벌 복원사업은 온 국민의 축제가 될 것이다. (…) 새만금갯벌은 죽지 않는다. 다시 산다.

그리스도의 수난과 부활은 복음福音 기록자들의 '현장으로 달려감'과 목격, 그리고 기억과 기록이 없었다면 인류 역사에 아무런 의미도 없는 사건이었을 것이다. 아니 어쩌면 그러한 현장에의 참여와 목격, 믿음과 증언이야말로 부활을 진정으로 가능하게 한 '기억을 향한 투쟁'(『발바닥, 내 발바닥』)의 완성이었을 것이다. ('믿음'이 부족한 자들이라면, 하다 못해 그리스도의 상처에 손가락이라도 넣어 보아야 했다!) 소설가 김곰치의 끈기 있는 르포 작업은 바로 이러한 수난과 부활의 역사라는, 오늘도 우리 눈앞에서 생생하게 이어지고 있는 역사적·사회적 현실에 관계하고 참여하려는 문학적 노력으로 기억할 만하다.

부산의료원 병상에서 죽음을 준비하고 있는 환자들과 그들의 영혼을 돕고 있는 호스피스들을 취재한 르포 「아름다운 이별도우미, 호스피스」에서 그가 말한 대로 "누군가 잊지 않고 있다는 것"은 우리 모두에게 더없이 큰 "위로의 힘"이 되기도 하고, 희망의 근거가 되기도 하기 때문이다.

가톨릭의 달력으로 다음 주인 3월 9일은 '재의 수요일'이고, 그로부터 그리스도의 수난을 묵상하며 부활을 준비하는 사순四旬시기가 시작된다. 4대강 물줄기와 300만 마리가 넘는 동물들의 생명을 틀

어막고 땅속에 생매장시키고 있는 이 고통과 죽음의 땅 위에 사는 우리 모두의 죄업을 참회하면서, 그리고 우리를 대신해 죄 없이 죽어가며 "나는 아프다", "나는 숨 쉬고 싶다"고 외치는 모든 힘없는 존재들의 절규에 귀 기울이면서, 종교와 신념의 차이를 넘어 평화와 구원을 간구하는 모든 양심적인 독자들의 책상 위에, 작은 촛불과 함께, 이제 작가 김곰치의 두 번째 르포·산문집이 놓이기를 바란다.

(2011. 3)

'긴 여름의 끝'에서 '희망'을 생각한다

다이앤 듀마노스키, 『긴 여름의 끝』, 황성원 옮김, 아카이브, 2011년

'긴 여름'이 끝나가고 있다

'기상 관측 이래 최대(최고)'라는 수사修辭에 어느덧 둔감해질 만큼 최근 '이상기후'에 따른 재해가 세계적으로 잇따르고 있다. 특히 우리나라에서는 잦은 비와 일조량의 절대적인 부족으로 작년에 이어 올해에도 벼 대흉작이 예상된다고 농민들은 우려하고 있다. 물론 정부는 작황이 '양호'하다고 아직도 우기고 있지만. (『한겨레』 8월 20일자 기사 참고) 물난리와 산사태 같은 기습적인 재해도 문제이지만, 각종 농작물의 연이은 흉작에 따른 사회적 불안이 갈수록 높아지면서, 기후변화의 문제가 바야흐로 우리 생활에 어두운 그림자를 뚜렷이 드리우기 시작하고 있다.

그런데 최근 출간된 『긴 여름의 끝』은 이러한 상황이 일시적이거나 비정상적인 '이변'이 아니라, 21세기의 '일상'이 될 것이라고 예고하고 있다. 물론 처음 듣는 이야기는 아니지만, 그러나 이 책의 메시지가 특별히 묵직하고 설득력 있게 느껴지는 것은 아마도 이

책의 저자인 다이앤 듀마노스키가 철저한 과학적 탐사를 통해 환경 호르몬의 위험성을 경고함으로써 '현대의 고전' 반열에 오른 『도둑 맞은 미래』(권복규 옮김, 사이언스북스, 1997)의 공저자이기 때문일 것이다.

'긴 여름' The Long Summer은 미국의 선사학 권위자 브라이언 페이건이 처음 쓴 말로서 과학자들에게는 '홀로세'라고 알려진 "비정상적일 정도로 길고 안정된 간빙기間氷期"를 일컫는 말이다. 약 1만 2천년간 지속된 이 예외적으로 온후하고 은혜로운 시기 동안 인류는 지금 우리가 '문명'이라고 부르는 지구적 규모의 '실험'을 이어올 수 있었다. 특히 저자가 이 책에서 여러 번 강조하고 있듯이 현재 70억 인구를 먹여 살릴 수 있을 만한 규모로 확대된 '농업'이야말로 이 '긴 여름'의 축복 없이는 불가능한 것이었다. 과학의 발달과 현대 산업문명, 인구의 증가 등은 말할 것도 없다.

정치학자인 한나 아렌트는 『인간의 조건』(이진우 외 옮김, 한길사, 1996)에서 "지구는 인간 조건에 있어 핵심적 본질이며, 우리 모두가 알고 있듯이 지구의 자연은 인류에게 노력하지 않고도, 또 도구가 없이도 움직이고 숨쉴 수 있는 주거지를 제공하고 있다는 점에서 우주에서도 독특한 곳이라고 할 수 있다"고 말한 바 있다. 바로 그 인간 조건의 '핵심적 본질'이자 '우주에서도 독특한 곳'의 조건은 바로 '긴 여름'의 온후함 때문에 가능했던 것이다. 그리고 이 예외적인 간빙기는 '전체로서의 지구'가 거대한 "물질대사를 통해 스스로를 생성해 내고 꾸준히 유지하는 과정에서 생명의 근원이 되는 행위"를 지속해 온 과정의 일부이다. 대기의 진화를 비롯한 지구 행성의 물질대사의 역사를 방대한 과학 지식을 동원해 묘사하고 있는 이 책의 전반부는 마치 한 편의 대서사시를 읽는 듯 장엄하기까지 하다.

그러나 "인류가 이 행성 전체에 미치는 영향 때문에 이제 이 온후한 시기는 끝나가고 있다. 오늘날 산업자본주의의 지나친 성장과 인구 증가에서 비롯된 부담은 그 파괴력에서 지구의 역사를 뒤바꿔 놓았던 소행성 충돌과 빙하기에 비견될 만한 '행성 수준의 힘'을 발휘하고 있다." 바야흐로 '문명의 세기'에서 '행성의 세기'로 진입하고 있는 것이다. 지금 우리 눈앞에 연일 등장하고 있는 기상이변은 바로 이러한 새로운 세기로 진입하는 과정에서 나타나는 전조들에 불과하다. "우리는 앞으로 몇십 년 안에, 20만 년 인류의 진화에서 단 한 번도 존재하지 않았던 조건과 마주칠 것"이라고 저자는 경고한다.

진부한 선내방송?

재일在日 정치학자 더글러스 러미스는 『경제성장이 안되면 우리는 풍요롭지 못할 것인가』(김종철 옮김, 녹색평론사, 2002)에서 현대문명 시스템 속의 인류를 '타이타닉호'에 타고 있는 승객들에 비유하면서도, 실제 일어난 타이타닉호의 재난과 비유로서의 타이타닉 얘기 사이에는 차이가 있다고 덧붙인다. 오늘날 타이타닉호에 타고 있는 우리들은 빙산을 향해서 가고 있다는 것을 이미 알고 있다는 것이다. "선내방송에서 몇 번이나 '빙산에 부딪힙니다'라는 말이 나오고 있습니다. 모두가 귀에 못이 박힐 만큼 들어왔습니다. 그 말이 진부할 정도로, 더 듣고 싶지 않을 정도로 말입니다. 그 말을 하면 사람들은 '또 그 얘기?'라고 말합니다." 나아가 더글러스 러미스는 타이타닉호의 비유가 갖는 한계를 지적한다. "타이타닉호의 경우는 하나의 빙산이 있고, 거기에 부딪힌다는 것입니다. 비유적인 타이타닉호, 즉 우리들의 정치경제 시스템의 경우, 빙산은 장래에 기다리고 있는 게 아닙니다. 재난은 이미 시작되었고, 말하자면 차례차례 빙산에 부딪히기 시작하고 있는 셈입니다."

『긴 여름의 끝』은 바로 우리가 탄 타이타닉호(이 책이 묘사하고 있는 장구한 지구의 역사와 행성의 거대한 물질대사의 규모를 읽다 보면, 우리의 타이타닉호는 그야말로 망망대해에 떠있는 가랑잎 같은 배라는 실감이 든다)가 이미 부딪히고 있는 수많은 빙산들에 대한 보고서이자, 임박한 충돌과 좌초를 경고하는 다급한 '선내방송'인 셈이다.

경제성장의 '성대한 잔치'와도 같았던 최근 20년간, 우리는 "오존층 파괴, 기후변화, 세계적인 규모의 종의 상실, 해양에 대한 위협의 증가, 지구의 모든 곳에서 광범위하게 펼쳐지는 먹이사슬에 대한 화학적인 오염"과 같은 빙산들에 끊임없이 부딪혀 왔다. (이 책에서는 언급하고 있지 않지만 체르노빌과 후쿠시마의 핵참사로 인한 '행성적 규모'의 방사능 대재앙은 말할 것도 없다.)

그러나 저자 듀마노스키는 "이런 것들은 더 폭넓은 행성 수준의 고통 가운데 빙산의 일각일 뿐"이라고 단언한다. "근본적으로 우리를 괴롭히는 것이 무엇인지를 밝혀내고, 지금 우리가 어디에 있는가를 정확히 파악하기 위해서는 이런 특정 증세 이상의 것들을 살펴볼 필요가 있다"는 것이다. 바로 이러한 관점이야말로 이 책에 '진부한 선내방송' 이상의 의미를 부여한다고 할 수 있다.

왜 타이타닉호의 엔진을 멈추지 못하는가

무엇이 "엔진을 멈추고 이 배를 세워야 한다"는 경고를 무시하게 만드는가. 비근한 예로 "북극의 얼음이 예상보다 세 배나 빨리 사라지"고 있는데도 "1992년 기후변화협약 이래로 탄소 배출 총량은 연간 61억 톤에서 2007년 85억 톤으로 오히려 증가" 했다. 여기에는 근원적으로 "낡고 위험한 두 가지 오해가 자리잡고 있다." 첫째는 "인간이 가지고 있는 힘의 범위"에 대한 오해이고, 두 번째는 "우리가 기대어 살아가고 있는 자연의 성격"에 대한 오해이다.

　과학기술의 힘이 자연의 위기를 '통제'할 수 있을 것이라는 오래된 통념은 우리가 상황을 직시할 수 있는 눈을 여전히 가로막고 있다. 그 때문에 온갖 지구공학적 처방들(가령 햇볕 차단이나 공기 중의 탄소포집 같은 거대한 계획들)이 끊임없이 제기되면서 사태의 본질을 호도하고 있다. 저자는 이러한 공학적 프로그램들을 "경솔하고 무책임하며 비도덕적"인 것이라고 일축한다. 무엇보다도 "전 세계 이산화탄소 배출량의 절반을 차지하는 부유한 5억 명이 가장 큰 부담을" 지는 정치적 노력이 앞서야 함에도, 국제정치의 현실은 이러한 합의를 끝없이 유보하고 있다.

기후변화에 대한 '상식' 역시 문제의 본질을 흐리고 있다. 가령 "지구온난화가 에스컬레이터처럼 진행" 될 것이기 때문에 이에 '적응'하는 것이 경제적으로 더 합당하다는 오래된 주장은 저자가 보기에 '자연의 성격'을 오해한 데서 비롯된 것이다. 고기후학^{古氣候學}의 최신 연구결과들은 지구의 기후가 "점진적으로 변화한 것이 아니라 급격하게 바뀌었다는 사실을 보여주는 분명한 증거"를 충분히 갖추고 있다. 여기서 '급격하다'는 표현은 지구의 시간대, 즉 '지질학적 시간대'에 비추어 급격하다는 것이 아니라, "인간의 생애라는 시간 폭에서 급격하다는 것이다. 이것은 '10년 이내' 정도로 아주 갑작스러울 수도 있다."

후쿠시마

이 지점에서 잠시 의문을 하나 제기해야겠다. 이 책 전체를 관통하는 '전체로서의 지구'(살아있는 유기체와 유사한 물질대사를 통해 스스로를 유지하는 지구 시스템)라는 아이디어는 제임스 러브록의 '가이아 이론'에 바탕을 둔 것이다. 당연하게도 이 책에서 가장 자주 인용되는 학자 중 한 사람도 역시 제임스 러브록이다. 그런데 우리가 이미 알고 있다시피 러브록은 꽤 오래 전부터 핵발전의 불가피성을 역설하고 있는 인물이다. 그가 핵발전을 옹호하는 논리는 단순하다.

"(비록 여전히 위험하긴 하지만) 핵발전이 온실 기체를 방출하지 않으므로, 지구온난화가 초래하는 기후변화를 막는 가장 효과적인 방법"이라는 것이다.

여기에서 길게 말할 여유는 없지만, 이 문제는 이미 완전한 '난센스'라고 비판받고 있는 논리이다. (강양구, 「원자력을 둘러싼 일곱 가지 신화」, 『녹색평론』 2010년 5-6월호 참고) 아니 길게 말할 것도 없이 이것이야말로 듀마노스키가 비판하고 있는 "인간이 가지고 있는 힘의 범위"에 대한 가장 대표적인 오해가 아닌가.

그런데 이 책에서 듀마노스키는 시종일관 제임스 러브록의 이론과 언급들에 기대고 있으면서도, 러브록의 이러한 치명적 오해에 대해서는 일언반구도 하고 있지 않다. 혹시 이 책의 원서가 '후쿠시마 이전'의 시대에 나온 것이기 때문에 이 문제에 대해 굳이 주목할 필요가 없었던 것일까? '후쿠시마'야말로 지구 행성에 대한 인간의 과도한 개입이 얼마나 무서운 비극을 '기습적으로' 불러올 수 있는가를 보여주는 극명한 사태가 아닌가? 듀마노스키든 러브록이든 이제 이런 의문에 대해 해명할 필요가 있을 것 같다.

종말은 시간문제?

우리의 '항로 수정'을 가로막는 또 다른 장애는 "인간과 인류의 미래에 대한 절망과 숙명론"이다. 이러한 인식은 환경문제에 관한 연구와 실천에서 상당한 업적을 쌓아온 사람들에게서도 나타난다.

환경의 가치에 관한 하버드 세미나에서 "인간은 자멸할 운명인가?"라는 질문이 튀어나왔을 때, 한 저명한 생물학자는 "묘한 만족감을 드러내며 인간의 종말은 시간문제"라고 예견했다. 또 어떤 사람은 호모사피엔스가 '잡초 같은 종'이며 인간은 '지구상의 암' 같은 치명적인 질병이라고 '선언'하기도 했다. 이러한 풍경은 결코 낯선 것이 아니다. 저자도 말하듯이 "그런 어두운 생각의 유혹"을 우리는 충분히 짐작할 수 있거니와, 실제로 이러한 방향으로 논의가 전개되곤 하는 장면을 자주 보게 된다.

저자가 동시에 비판하고 있는 장밋빛 낙관이나 숙명론(또는 환경종말론)은 따지고 보면 모두 엘리트주의의 산물이다. 그것은 결코 '책임' 있는 태도가 아니다. 이 책의 결론부에 해당하는 제9장의 제목처럼, 아이를 낳고 키우며 일상을 영위해 가는 전 세계의 풀뿌리들에게 무엇보다 절실한 문제는 "그럼에도 삶은 계속되어야 한다"는 것이다. 물론 "안락하고 친숙한 세계의 문은 이미 우리 뒤에서 쾅 하고 닫혀버렸다. 지구온난화를 '예방'하거나 기후위기를 '해결'하기에는 이미 너무 늦었다." 그러나, 아니 오히려 그렇기 때문에, "공포, 절망, 부정 따위"는 지금 "우리에게 걸맞지 않은 사치다. 이제 고개를 들고 눈앞의 미래를 바로 볼 때가" 온 것이다.

정직한 희망, 희망의 근거

이 책에서 우리가 주목해야 할 또 하나의 메시지는 '희망의 근거'

에 관한 것이다. 물론 이때 '희망'은 '타이타닉 현실주의'(더글러스 러미스)가 아닌 '냉철한 현실주의'에 바탕을 둔, '정직한 희망'이다. 저자는 25년간 수많은 환경문제의 현장을 취재하면서 절망이라는 '어두운 생각의 유혹'에 익숙할 만큼 참담한 현실들을 수없이 경험해 왔다. "하지만 동시에 아주 폭넓은 인간의 행적과 문화들을 접하다 보니 '인간 종'에 대한 판단에 더욱 신중을 기하게 되었다"고 한다. 즉 인류의 진화사進化史를 통해 보건대, 지금의 인류는 급격한 기후변화와 같은 위기에 대처해 가면서, 온갖 시련에 굴하지 않음으로써 진화하고, 단련되고, 살아남아 온 저력(복원력)을 가지고 있다는 것이다. 이러한 연구를 통해 저자는 종말 운운하는 "본질적인 숙명론에 굴복할 수 없었다"고 고백한다. "이것이 사실이라면 전례 없는 도전에 대응하는 능력이 우리 안에 있다. 그것은 우리의 진화 유산의 일부이다."

특수한 환경에 이미 적응해 있는 '적자'適者보다는 '유연성'을 갖춘 종이 '기후지옥'의 여러 사건을 견디고 살아남는 데 훨씬 유리하다는 것을 생물학과 인류학의 연구결과들은 보여주고 있다. 그런데 이미 행성 차원의 위기라는 급격한 환경변화 앞에서 도시화·산업화·기계화된 현대문명에 '적응'한 존재로서 안주하고 거기에 집착하는 것은 생존의 가능성 측면에서 너무나도 취약한 태도이다. "놀랍게도 사람들은 세상이 바뀌었으며 현 상황을 유지하는 것이 얼마나 위험하기 짝이 없는 짓인지 인정하려 들지 않는다." 그리고 경제성장과 같은 "현대 문화의 실험이 근거하고 있는 가치와 목적을 문제 삼기를 꺼린다."

그러나 인간의 진화 유산 속에는 "곤경을 피할 수 있는 유연성, 상상력, 창의력 같은 내재적인 능력"이 있다는 것을 기억해야 한다. '정직한 희망'은 무엇보다도 소중한 자산이다. '희망의 근거'를 당위나 신념, 종교적 열망이 아닌 인류 진화의 역사 속에서 발견하고자 하는 대목들은 말로 표현하기 어려운 숙연함과 감동을 준다.

길게 말할 필요도 없지만, 그러한 '희망'은 때가 되면 저절로 현실로 드러나는 것은 결코 아니다. 저자가 강조하는 '정직한 희망'은 우리의 '용기'와 '선택'에 달린 것이다. 이 대목에서 몇 해 전 출간된 레베카 솔닛의 『어둠 속의 희망』(설준규 옮김, 창비, 2006)의 한 대목을 다시 떠올려 보는 것도 나쁘지 않을 것 같다.

전쟁이 터질 것이고, 지구의 온도가 올라갈 것이며, 종들이 죽어 없어질 것이다. 그렇지만 얼마나 많은 전쟁이 터지고, 얼마나 지구가 뜨거워지고, 무엇이 살아남을 것인가는 우리의 행동 여부에 달려 있다. 미래는 어둡지만, 그 어둠은 무덤의 어둠인 동시에 자궁의 어둠이다.

당연히 새로운 항로를 모색하는 '생존 가능성 전략'이 필요하다. 저자는 "오로지 효율만을 추구하는 세계화"에서 시급히 탈출할 것을 권한다. "진화의 관점에서 보았을 때 이런 식의 세계화는 특히나 요즘처럼 불안정과 불확실성이 증가하는 시대에 위험"하기 짝이 없다. 그것은 "국지적 위기가 단 일주일 만에 선 지구를 마비시킬 수도 있는 위험한 통합"인 것이다. 특히 저자는 에너지 고갈과 아울러 세계화된 농업과 식량체계의 위험성에 대해 상당한 지면을 할애해 경고하고 있다. "문화적 다양성은 점점 줄어들고 수천 년의 시험을 견뎌온 국지적인 생존 전략을 잃어버렸기 때문이다."

저자는 "기능적 잉여와 다양성, 모듈식 구조(구획화)" 같은 생태계의 생존 비법이야말로 '행성의 세기'에 우리가 다시 주목하고 선택해야 할 방책이라고 강조한다. 생태계 안에서는 다양한 종들이 똑같거나 서로 비슷한 역할을 수행함으로써 '기능적 잉여', 즉 일종의 보험 역할을 한다. 만일 주요한 행위자였던 어떤 종이 기후가 변해 쇠퇴하면 새로운 조건에 더 잘 견디는 종들이 그 역할을 맡아 같은 기능을 담당하는 것이다. 또 생태계의 종들은 서로 연결되어 있다고는 하지만, 완전히 단일한 시스템 속에 통합되지 않고, 다른 무리와의 연결을 어느 정도 범위 내에서 제한한다. 마치 선박의 하부를 여러 개의 구획으로 나누어, 한 곳에 물이 새 들어오더라도 다른 칸까지 쉽게 잠기지는 않도록 하는 원리와 마찬가지이다. 이러한 전략은 세계화의 추진력과는 정반대의 해법이다. 이것은 전 세계의 가난한 소농과 풀뿌리들이 자신과 후손의 생존을 위해 취했던 전략, 즉 "계란을 결코 한 바구니에 담지 말라"는 오래된 지혜와 "농사꾼은 굶어 죽더라도 씨앗자루를 베고 죽는다"는 도저到底한 희망의 원리를 닮은 것이다.

(2011. 8)

무엇이 우리를 미치게 하는가

에단 와터스, 『미국처럼 미쳐가는 세계』, 김한영 옮김, 아카이브, 2011년

아이들의 정신건강

서울시교육청이 '2011 서울 학생 정서·행동발달검사 계획'을 통해 실시하려던 주의력결핍 과잉행동장애ADHD와 우울증 전수검사 방침을 며칠 전 철회하였다.

작년 11월 서울시교육청은 "학생들의 정신건강 문제를 내버려 둘 수 없다"는 취지에서 서울 시내 모든 초등학교 1, 4학년을 대상으로 ADHD 검사를, 중·고교 1학년 전원을 대상으로 우울증 검사를 실시하겠다는 계획을 발표한 바 있다. '학생들의 정신건강 문제'가 심각하다는 것은 전혀 새로운 이야기가 아니다. 비근한 예로, 서울시내 87개 학교 중·고등학생 약 8,000명을 대상으로 실시한 '2009 청소년 건강행태 조사' 결과를 보면, 청소년들의 20퍼센트가 "심각하게 자살을 고려"한 적이 있다고 대답했다. 이러한 현실을 감안하여 서울시교육청은 2008년에는 87개교, 2009년에는 90개교, 그리고 2010년에는 220개교로 범위를 확대해 가면서 ADHD와 우

울증 검사를 실시해 왔다고 한다.

교육청이 지난 11월 전수검사 계획을 발표한 이후 교육계와 의료계의 반발이 끊이지 않았고, 논란 끝에 결국 며칠 전 이를 백지화하기에 이른 것이다. 이번 계획에 문제를 제기해온 측의 주요 반대 논리는 "검진 전문가가 아닌 사람(교사)이 정신질환을 진단해서는 안 되며, 의료기관이 아닌 학교에서 실시하는 검사는 인권침해 소지가 있다"는 것이었다. 물론 일리 있는 문제제기이다. 또 충분한 검토 없이 무리한 전수검사를 그대로 강행하기보다는, 문제제기에 귀를 기울여 늦게나마 이를 철회한 교육청의 결정 역시 환영할 만하다.

그런데, 과연 학교에서 실시하는 전수검사가 아닌, '검진 전문가'가 '의료기관'에서 실시하는 검사라면 무조건 그 결과를 신뢰할 수 있는 것일까? 또 그러한 검사를 통해 ADHD나 우울증이 있는 것으로 판명된 학생들에게 지금의 의료계가 취할 수 있는 처방(약물 치료 등)은 효과가 있는 것일까? 나아가 그러한 '질병'을 가진 학생들을 찾아내어 '치료'하기만 한다면 우리 아이들의 '정신건강'은 더 이상 문제가 없는 것일까? '전문성'과 '인권문제'만 해결된다면 우리는 아이들의 정신건강에 대해 우리가 지금 갖고 있는 관념과 우려를 정당화해도 좋은 것일까?

미국의 저널리스트인 에단 와터스가 쓴 『미국처럼 미쳐가는 세계』*Crazy Like Us*는 문제가 결코 그렇게 단순하지 않다는 것을 보여주는, 충격적이면서도 흥미진진한 탐사 보고서이다.

다국적 제약회사들의 질병 판매전략

이 책의 서론에서 저자는 "누가 정상과 비정상을 결정하는가"라고 묻는다. 지금 우리 사회뿐만 아니라 세계적으로 정신질환의 의미와 공식적인 범주들, 치료법에 결정적으로 영향을 미치는 것은 미국의 정신의학계이다. '정신의학의 성서'로 불리는 『DSM』, 즉 '정신질환 진단분류체계'는 미국 정신의학협회가 발간하는 것이다. 다시 말해 미국의 정신의학 전문가들이 전 세계 사람들을 '정상'과 '비정상'으로 결정하고 분류할 수 있는 '권력', 즉 '글로벌 스탠다드'를 틀어쥐고 있는 것이다. (물론 우리 아이들의 '정상/비정상'도 당연히 이 분류체계에 따라 나뉘어질 것이다.)

그렇다면 이들 미국 정신의학 전문가들의 연구와 학회 소집, 논문 출간 등에 드는 비용을 대고 그들을 '관리'하는 것은 누구인가. 두말할 것도 없이 다국적 제약회사들이다. 자산 규모가 수십억 달러에 이르는 이 복합기업들은 엄청난 마케팅을 통해 새로운 질병들을 '증상 풀' 속에 계속 추가해 나가도록 영향을 미치면서, 그 질환들을 치료할 수 있다는 약들을 팔아 막대한 수익을 올리고 있다. 다시 말해 제약회사들은 치료약뿐만 아니라, 전통적으로 한 사회에서 질병으로 취급되지 않던 '마음의 고통'들을 새로운 질병으로 개발하여 팔아먹고 있는 것이다.

이 책의 제4장 '우울증을 팝니다'에서 저자는, '우울증'이라는 정신질환의 개념이 보편화되어 있지 않던 일본 사회에 이 새로운 질병을 유행시키기 위해 다국적 제약회사가 전문가들을 매수·동원하여 벌여온 메가마케팅의 추악한 진상을 낱낱이 폭로하고 있다. 그들은 마치 보통 사람들이 감기약을 손쉽게 구입하듯 일본 시민들이 '우울증' 치료제(항우울제 '팍실')를 부담 없이 복용하도록 이 병을 '마음의 감기'라고 이름 붙여 선전해댔다. 제약회사의 이러한 상술 덕분에 일본에서 우울증은 이제 너무나도 '친근'하고 보편적인 정신질환으로 부상해 있다. 장기 불황 속에서 갈수록 높아지고 있는 일본의 자살률조차도 바로 이 우울증의 만연에서 비롯된 현상으로 받아들여지고 있는 추세이다.

우리 사회의 현실은 어떤가. 향정신성 의약품에 속하는 염산메첼데니데이트 성분을 함유하고 있어 남용할 경우 약물 의존성 등 비정상적인 행동을 일으킬 수 있는 ADHD 치료제가 일반 병원에서 '성적 향상'과 '집중력 강화'를 위한 약, 즉 '공부 잘하는 약'으로 둔갑하여 어린 학생들에게 처방되고 있는 현실은 이미 보도를 통해 알려진 바 있다.(『경향신문』 2007년 11월 1일자 기사 참고) 주의가 산만하고 좀처럼 가만히 있지 못하는 아이들의 행동(대부분은 지극히 자연스런 행동 범주에 속한다)조차도 새로운 질병으로 '판매' 되고 있는 것이다. 이러한 우리 사회의 현실이 제약회사들의 마케팅과 무관하다고 할 수 있을까?

그런데 다국적 제약회사들의 '질병 판매산업' 실태는 그다지 새로울 것이 없는 이야기일지도 모른다. 몇 해 전 번역 출간되었던 『질병 판매학』에서 의학 저널리스트인 레이 모이니헌과 앨런 커셀스는 "마음이 아니라 뇌에 문제가 있음을 인식(우울증)" 시키고, "환자와 그 가족들을 통해 병을 홍보(주의력결핍장애)"하도록 하는 등 제약회사들이 약을 팔아먹기 위해 쓰는 '질병 판매전략'을, 방대한 자료조사와 인터뷰를 통해 생생하게 폭로한 바 있다. 또한 우리 사회는 한미FTA 협상과 체결을 둘러싼 사회적 논쟁 속에서 다국적 제약회사들의 탐욕스럽고 무자비한 이익추구 전략들에 대해 이미 충분히 학습한 경험도 있다.

마음의 세계화, 영혼의 획일화

따라서, 이 책 『미국처럼 미쳐가는 세계』에서 우리가 주목해야 할 부분은 오히려 다른 데 있다. 그것은 바로 '경제의 세계화'와 함께 진행되고 있는 '마음의 건강'과 '인간관계'에 대한 세계화 — 인간 영혼에 대한 식민주의적 공격과 획일화, 그리고 전통적인 '보살핌의 문화'의 파괴라는 문제를 이 책이 매우 깊이 있고 설득력 있게 다루고 있다는 점이다. 이 책의 원래 부제가 'The Globalization of the American Psyche'라는 점 역시 의미심장하다.

저자는 이러한 세계화의 또 다른 측면을 "전 세계를 우리(미국)처럼 생각하게 만들려는 지구적 노력"이라고 표현하고 있다. 가령 홍콩의 초기 거식증(섭식장애) 환자들은 미국을 비롯한 서구의 환자들과는 증상에 대한 자기진술 등에서 명백한 차이를 보였다. 한마디로 날씬하고 예뻐지려는 욕망, 자신의 신체에 대한 왜곡된 이미지 등이 이들 홍콩의 환자들에게서는 처음에 나타나지 않았다. 그것은 다른 어느 사회와도 다른 사회적·문화적 맥락을 지니고 있는 홍콩 여성들의 '심적 고통'의 호소였다. 그런데, 미국식 거식증 개념이 이 사회에 도입되자마자, 홍콩의 환자들도 자신의 병을 그 수입된 개념의 병에 맞추어 진술하고, 또 그러한 거식증 환자들의 수가 놀랄 만큼 늘어났다. 병의 이름과 개념이 오히려 그 질병을 한 사회에 유포하고 전염시킨 대표적인 사례인 것이다.

쓰나미가 덮친 스리랑카 주민들을 지원한다는 명목으로, 그 나라의 언어와 문화에 대한 이해가 전무한 '외상후 스트레스장애' 전문가들이 마치 쓰나미처럼 난민캠프들로 밀려들어간 사례에서는 '사회심리적 원조'라는 '선의'善意 뒤에 도사리고 있는 서구 전문가들의 독선과 오만이 적나라하게 드러난다. 인도주의적 수사修辭들에도 불구하고 사실상 그들의 행태는 '점령군'의 그것과 다를 바 없다. 자신의 비참한 마음 상태와 고통스런 경험을 그대로 드러내도록 권유하는 전문가들의 상담과 치료는 스리랑카 토착공동체의 문화 기준에 전혀 맞지 않는 '폭력적인 방식'이다. 스리랑카 전통사회에서 사람들은 심리적 고통과 육체적 고통, 개인적 고통과 사회적 고통을 구분하지 않으며, '신중한 단어들'로 구성된 완곡 어법을 통해 두려움이나 도덕적 분노를 일으킬 수 있는 위험을 스스로 피한다. 이러한 고유의 언어와 문화를 이해하지 못한 채 이루어지는 상담과 진단은 당연히 정확성이 의심스러울 수밖에 없다. 그뿐만 아니라 스리랑카 전통사회에서 만약 누군가가 서구 전문가들이 권하는 방식대로 자신의 심적 고통과 경험을 날것 그대로 드러낸다면, 그런 '대담함'은 공동체를 위협하는 언행으로 간주된다. 따라서 서구 전문가들의 "외상 상담 서비스가 심각한 폭력 발생을 억제하는 현지의 순환고리를 더욱 불안정하게 만들 수" 있는 것이다. 그런데도 미국식 정신의학으로 무장한 전문가들은 인간심리를 자신들의 교과서대로, 오직 획일적인 것으로만 다룬다. 그리고 자신들의 매뉴얼대로 스리랑카에 수많은 상담치료사들을 교육하고 배출한다.

사회들마다 고통의 의미를 이해하고 받아들이는 믿음의 체계와 고유한 서사敍事, 인간적 척도가 있게 마련이다. 특히나 심적인 고통의 경우에 그것을 치료하고 보살피는 전통적인 방식과 문화가 엄연히 존재한다. 탄자니아 잔지바르 지역에 사는 한 남성이 자신의 어린 딸을 잃은 슬픔과 마음의 상처를 코란의 기도문을 암송함으로써 치유하는 사례는 전통문화가 삶에 큰 영향을 미치고 있는 사회에서 결코 예외적인 모습이 아니다. 정신분열병을 앓는 환자의 가족들이 간섭과 비판, 염려 등으로 환자에게 지나치게 개입하지 않고 관대한 분위기에서 함께 살아가고 보살피는 모습 역시 '미국화'된 사회가 아니라면 세계 어디에서든 볼 수 있는 자연스러운 모습이다.

이처럼 저자는 건강과 문화에 대한 인류학적 교차연구들을 통해, 정신질환을 규정하고 다루는 미국식 정신의학의 세계화가 얼마나 위험한 것인가를 풍부하게 증언하고 있다. 다음과 같은 저자의 말은 '마음의 에콜로지'라고 부를 만한 탁월한 견해가 이 책의 바탕이 되고 있음을 짐작할 수 있게 한다.

서로 다른 정신병 개념과 다양한 치료법이 사라지는 현상에 대해, 우리는 생물학적 다양성이 사라지는 현상을 대할 때처럼 심각하게 걱정해야 한다. 치유법들 그리고 정신건강을 유지하는 방법에 대한 문화 고유의 믿음들은 멸종해 가는 동식물처럼 한번 사라지면 다시는 우리 곁에 돌아오지 않는다. (…) 정신건강과 질환에 대한 문화적 이해의 다양성 안에는 우리가 절대로 잃어버려서는 안 되는 지식이 존재할 수 있다. 이 다양성을 지우면 우리 자신이 위험해진다.

한판 푸닥거리가 필요하다

이러한 '마음의 세계화'의 주요한 동력이 되는 것은 길게 말할 것도 없이 현대과학의 패러다임과 그에 대한 맹신이다. 마음의 고통과 인간관계의 불화는 미국식 정신의학에 의해 뇌의 화학작용, 호르몬의 불균형 문제로 환원되었다. "현대사회의 좌절, 분노, 불행은 사회적인 영역(사람들이 희생을 정당화하기 위해 도덕적 분노, 민족적 정당성 또는 종교적 의미를 찾을 수 있는 영역)에서 심리생의학적인 영역으로 이동"했다. 그리하여 "서양의 마음은 여러 세대에 걸친 철학자들, 이론가들, 연구자들에 의해 끊임없이 분해되어 이제는 믹싱볼 같은 우리의 두개골에 담고 다니는 화학물질들의 반죽으로 축소되었다."

또 하나 반드시 기억해야 할 것은 이 책에서 저자가 누차 강조하듯이, 우리는 "사회적 불안이나 불화의 시대"에 "마음과 정신이상에 관한 '새로운 믿음'에 특히 취약'하다는 점이다. 다국적 제약회사들과 의료전문가들이 한통속이 되어 퍼뜨리는 마음과 질병, 문화에 대한 제국주의적 개념의 씨앗들은 "세계 금융위기와 사회적 변화의 속도 때문에 취약해진 문화들"(바로 지금의 한국 사회가 그 대표적인 사례이다!)에서 "분명 비옥한 토양을 발견할 것이다." 그리고 우리 아이들을 포함한 사회적 약자들이 그러한 공격의 일차적 타깃이 될 것은 불을 보듯 뻔하다.

이러한 '글로벌 스탠다드'에 따라, 우리 아이들이 '학교'라는 제도 속에서 날마다 당하는 폭력과 그에 따른 마음의 고통을 사회적 맥락에서 분리하여 개인적인 질환, 뇌 속 화학작용의 부전不全으로 '처리'하려는 발상이나 프로젝트는 그것이 비록 일말의 '선의'善意를 지니고 있는 것이라고 하더라도 쉽게 용납해서는 안 되는 것이다.

역시 그런 의미에서 최근 쌍용자동차 노조를 비롯한 해고노동자들, 장기투쟁 사업장들, 불안정 고용의 고통에 시달리는 비정규직 노동자들에 대한 정신의학적 접근은, 그것이 물론 노동자들의 잇따른 자살 등 고통의 심각성에 대한 사회적 관심에서 비롯된 긴급 처방이라고는 하더라도, 한편으로 그 한계와 잠재적 부작용에 대해서도 우리가 예민하게 인식하지 않으면 안 될 문제이다.

그것은 '전문성'이나 '인권'의 문제 — 프라이버시나 낙인의 문제를 포함한 — 이전에 인간의 영혼과 사회에 대한 우리의 근본 인식에 관련된 문제이기 때문이다. 이미 우리 사회에도 익숙해진 개념들 — 외상후 스트레스장애, 우울증, 주의력결핍 과잉행동장애

등— 로써 고통받는 노동자들과 청소년들을 '규정'하고 '연민'의 시선을 보내는 것으로는 우리 모두를 옥죄고 있는 '구조적 폭력'의 실체를 제대로 규명할 수도, 그것을 무너뜨릴 수도 없다. 이제 우리에게는 우리가 당하고 있는 이 고통의 의미를 우리 스스로 설명하고 우리 스스로를 치유할 수 있는 사회적 언어, 즉 '혁명의 서사'가 그 어느 때보다도 절실하다. 물론 그 혁명의 서사는 과거 '운동권 언어'와 같은 폐쇄적이고 권위적인 서사, 엘리트주의적인 언어를 넘어서는 것이어야 함은 두말할 필요도 없다.

그것은 아마도 2008년 여름의 광장을 달구었던 '촛불의 서사', 지난 6월 11일 한진중공업 담장을 넘어 작은 해방구를 열었던 '날나리들의 언어와 상상력'을 잇는 전 사회적인 '한판 푸닥거리'가 될 것이다. 그런 사회적 치유의 신명 나는 푸닥거리가 학교와 공장의 담장을 무너뜨리고 우리 사회 전체를 한바탕 뒤흔들지 않고서, 아이들과 노동자들에게 항우울제를 처방하는 것이 어떻게 궁극적인 치유책이 될 수 있겠는가.

우리 모두는 아프다. 우리 모두는 지금 병든 마음을 부둥켜안고 하루하루 힘겹게 살아가고 있다. 누가, 무엇이 우리를 미치게 하는가. 이제 그 고통의 뿌리를 직시하면서 서로의 손을 맞잡는 '연대'가, 자살의 충동을 달래는 항우울제를 대신해야 한다.

(2011. 7)

역사란 무엇인가, 그것은 직선인가

E. H. 카, 『미하일 바쿠닌』, 이태규 옮김, 이매진, 2012년

생명의 자발성, 인간의 능동성

공교롭게도 지금 이 서평을 쓰기 시작하는 7월 1일은 '아나키즘의 아버지'라 불리는 러시아 출신의 혁명가 미하일 바쿠닌이 1876년, 스위스 베른에서 사망한 날이다. '20세기의 위대한 역사가'이자 전기 작가인 E. H. 카는 평전 『미하일 바쿠닌』의 마지막 대목, 즉 바쿠닌이 "세상과 자신을 이어주던 끈을 놓"기 직전의 장면에서 이렇게 기록하고 있다.

> (바쿠닌은) 회고록을 읽으려는 사람들을 위해 회고록을 쓰고 싶지는 않았다. 모든 민족은 혁명의 본능을 잃어버렸다. 순종적이고 무기력해지다 보니 자신들이 가진 것을 잃을지도 모른다는 생각에 겁을 집어먹고 있었다. 바쿠닌은 병마를 털고 일어설 수만 있다면 집단의 원리를 토대로 한 윤리학에 관한 논문을 쓸 생각이었다.

그러나 바쿠닌은 그 윤리학 논문 집필에 손도 대지 못했다. 평생 수많은 집필 계획을 세워 놓고도 번번이 '혁명의 불꽃'을 좇아 전 유럽을 누비느라, 자신의 사상을 체계적으로 정리할 여력이 없었던 것처럼. 아니 '망명'이 그의 유일한 직업이었던 혁명가 바쿠닌은, 어쩌면 '사상의 체계화'라는 것 자체를 그렇게 완벽히 거부했던 것인지도 모른다. 그는 평생 "이론이 아니라 생명의 자발성"을, 그리고 "우발적인 외부 세계에 반응하는 인간의 능동성"을 믿으며 살고 투쟁했다.

아나키즘에 대해, 아니 19세기 이후 유럽과 러시아의 역사에 대해 조금이라도 관심이 있는 사람이라면 바쿠닌이라는 이름을 들어 보지 않았을 리가 없다. E. H. 카의 말대로 "미하일 바쿠닌과 칼 마르크스는 자신만의 명성과 교의를 지니고 19세기 후반의 혁명운동을 주도한 주역"이었으며, "바쿠닌만큼 한 개인의 인생과 사상이 세계에 강력한 영향을 끼친 사람도 드물"다.

프루동, 크로포트킨 등과 함께 아나키즘의 창시자 중 한 사람으로서 수많은 문헌에 등장하는 그의 이름을 한 번이라도 들어 보았던 사람들에게, 특히 마르크스와 제1차 인터내셔널에서 쌍벽을 이루는 지도자로 활동하다 결국 주도권 다툼에서 패하고 1872년 '제명'되기까지 했다는 드라마틱한 역사를 잠깐이라도 들어 본 사람들에게, 그의 생애를 다룬 평전은 더할 나위 없이 호기심을 자극하는 책이다.

E. H. 카와는 숙적 관계이던 이사야 벌린이 "전기의 모범이자 최

고의 기본 사료를 바탕으로 훌륭하게 쓰인 이 시대의 가장 중요한 평전"이라고 찬사를 보낼 만큼 "전기 문학의 백미로 손꼽힌다"는 출판사 서평은 결코 과장이 아니다. "과연 E. H. 카"라고 감탄할 만큼, 한 인간의 생애를 치밀하게 복원해 놓았을 뿐만 아니라, 19세기 유럽의 역사, 특히 사상사로서 이 책이 지니는 가치는 높다.

패배한 혁명가

그러나 이 책을 읽는 것은 즐겁기만 한 일은 아니다. 700쪽이 넘는 방대한 분량 때문만은 아니다. 이 책 속의 바쿠닌은 열정적이고 매력적인 인물임에는 분명하지만 너무나 충동적이고 모순적일 뿐만 아니라, 때로는 경솔하고 책임감도 부족하다. 활력 넘치는 실천가이긴 하지만 이론가나 저술가로서는 한심할 정도로 태만해서, 치밀하고 계획적인 이론가였던 마르크스에게 '패배'한 것은 너무나도 당연해 보인다.

물론 카가 바쿠닌을 악의적으로만 그리고 있는 것은 아니다. "아웃사이더의 정서를 공유하는 공감의 변호론이 짙게 깔려" 있다고 출판사 서평도 적고 있지만, 국내외의 많은 아나키즘 연구자들이 바쿠닌의 생애와 사상에 대해 논할 때마다 이 작품을 수시로 인용하는 것만 보더라도, 이 책 전체에는 학술적으로 중요한 자료들(바쿠닌의 글과 발언들)이 방대하게 포함되어 있을 뿐만 아니라, 바쿠닌의 생애와 사상에 카 자신이 '공감'하고 '변호'하는 평가들도 수시로 등장한다.

그럼에도 이 책에서 카가 바쿠닌에 대해 전반적으로 취하고 있는 관점이 비판적이고, 그 태도는 냉소적이라는 사실은 분명하다. 이러한 관점과 태도는 독자를 상당히 불편하게 만든다. 그것은 바쿠닌이나 아나키즘에 우호적인 입장을 가진 사람들만 느끼는 것은 아닐 것이다. 문제는 오히려 "왜 카는 이토록 방대한 자료들을 수집하고 추적해가며, 굳이 이렇게 비판적이고 냉소적인 평전을 집필하려고 했을까?" 하는 '동기'에 대한 의문이 책을 읽는 내내 머리에서 떠나지 않기 때문일 것이다. 단지 바쿠닌이나 아나키즘을 깎아내리기 위해서?

더구나 이 책은 1937년도에 영국에서 출판되었다. 1937년이라면 스페인 내전이 한창이던 시기이다. 바로 이듬해에 출판된 조지 오웰의 『카탈로니아 찬가』 같은 작품들 덕분에 일반 독자들도 어느 정도 알고 있겠지만, 이 무렵 스페인의 노동자·농민운동에서 아나키즘의 영향력은 결코 작은 것이 아니었다. 특히 '스페인 내전의 신화적인 인물'인 아나키스트 혁명가 두루티의 생애를 다룬 H. M. 엔첸스베르거의 독특하면서도 탁월한 작품 『어느 무정부주의자의 죽음』(변상출 옮김, 실천문학사, 1999)의 다음 대목은 기억할 만하다.

스페인 노동자운동은 1870년에 열린 제1차 회의에서 이미 바쿠닌을 지지하고 마르크스를 반대했다. 2년 뒤, 코르도바의 모임에 적극적으로 참석한 무정부주의자연합 회원의 수는 4만 5천 명에 달했다. 안달루시아

전 지역으로 확산된 1873년의 농민봉기는 이미 무정부주의의 지도를 확실하게 받고 있었다. 스페인은 세계에서 바쿠닌의 혁명이론이 현실적 세력을 획득한 유일한 나라였다. 무정부주의자들은 1936년까지 스페인 노동자운동 내에서 지도적 역할을 확보하였다. 그들은 숫자 면에서만 다수를 확보한 것이 아니라 전투력도 가장 막강했다.

이러한 스페인의 노동자·농민운동의 힘을 바탕으로 수립된 '공화국'과 프랑코의 '반란군' 사이에 벌어진 내전이 전 유럽을 흔들고 있었을 뿐만 아니라, 이탈리아와 독일의 전체주의가 위협적인 존재로 떠오르고 있던 20세기의 격동기에, 왜 영국의 외교관이자 역사가였던 카는 19세기의 '패배한 혁명가' 바쿠닌을 엄청난 자료 더미 속에서 다시 불러내었던 것일까?

바쿠닌에게 찬물 뿌리기?

『역사란 무엇인가』로 우리에게 잘 알려진 카의 생애와 사상, 학문적·정치적 입장 등은, 그의 제자인 조너선 해슬럼이 쓴 『E. H. 카 평전—사회적 통념을 거부한 역사가』(박원용 옮김, 삼천리, 2012)를 통해 어느 정도 파악할 수 있다.

1911년 케임브리지대학 트리니티 칼리지에 전액 장학생으로 입학하여 역사학을 공부한 카는 20세기 초반, 1차 세계대전과 러시아혁명을 겪은 격변기에 영국 외무부의 외교관으로 사회생활을 시작하였다. 1918년 4월 이후, 러시아어에 능통하지 못했음에도 "확실히 러시아 전문가로 평가받"을 정도로 실력을 인정받고 있었다. 그리고 소비에트 혁명은 "도전을 이겨내고 성공을 거두"고 있었다. "1920년대 중반에 경제는 전쟁 이전의 생산수준을 회복하였고 모스크바는 간섭 전쟁 이후 놓여 있던 외교적 고립 상태에서 벗어났다." 1925년 라트비아의 수도 리가에 외교관으로 부임한 카는 본격적으로 러시아어를 배우고 톨스토이, 투르게네프, 푸시킨 등 러시아 작가들의 작품에 빠져들었다. 영국과 소련의 관계는 위기를 향해 치닫고 있었지만, 카는 러시아가 주는 매력에 젖어들었다.

물론 이 무렵 카는 볼셰비키에 대해 전적으로 동조하지 않았고 '지지'와 '반대' 사이에서 균형을 유지하려고 애썼지만, 그들에 대해 "지나치게 두려움을 갖는 것은 다소 어리석은 태도라고 생각"했다. 그가 모스크바를 직접 방문하고 한 달 뒤, 영국은 모스크바와 외교관계를 단절하게 된다. 이 무렵 카는 이렇게 말했다. "러시아가 전혀 달랐다는 점이 러시아가 나에게 준 매력이었다. 그들은 내가 성장해 온 전통적인 세계와는 완전히 다른 방식으로 사고했다. 그들의 세계는 우리가 살아가는 세계와 정말 달랐다."

이러한 러시아에 대한 관심 때문에 카는 도스토옙스키 전기를 쓰게 된다. "카의 표현에 따르면, 도스토옙스키가 준 가장 큰 충격은 그가 17세기와 18세기로부터 물려받은 '합리주의의 예견된 해악'을 근본적이고도 강력하게 거부한 점에 있다." 이 책의 집필은 "카를 성장 환경이 가져다준 한계로부터 해방" 시켰고, 자신에게 숨겨져 있던 "저항의 정신"을 발견하는 인생의 전환점이 되었다.

이어서 그는 러시아의 혁명적 지식인인 알렉산드르 게르첸의 전기 『낭만의 망명객들』과 『미하일 바쿠닌』을 잇따라 집필한다. 그는 이 전기들을 통해 "등장인물과 그들의 결점, 동기, 정열에 대해 주체할 수 없는 애정을 드러냈다." 이러한 작품을 쓸 때 카는 자신의 내부에 숨겨져 있던 낭만주의가 해방되는 것을 느꼈다. 『낭만의 망명객들』 서문에서 카는 바쿠닌을 "혁명적 아나키즘에 사로잡힌 놀랄 만한 광신자, 인간 이하이기도 하면서 초인이기도 한 인물"이라고 언급한다. 칼 마르크스의 전기까지 모두 네 권의 전기를 집필했지만, 그 가운데 세 권이 러시아인이라는 사실은 카가 얼마나 러시아적 '낭만'과 '열정'에 심취했는지를 잘 말해 준다. "모든 전기 작가들은 아무리 주도면밀하게 자신을 지우려고 해도, 자신이 집필하는 전기의 주인공한테 스스로를 투영하게 마련"이라고 카 자신이 쓰고 있듯이, 이들 전기의 주인공들에게 카는 자기 내부의 '낭만'과 '저항'을 투사함으로써, '모범생'으로 살아온 자신의 학창시절과 외교관의 무미건조한 삶의 한계를 넘어서고자 했던 것이다.

그러나 그는 바쿠닌을 비롯한 전기의 주인공들을 다루면서 그들의 '정치'나 '철학'보다는 '사람 그 자체', 또는 그들의 '개성'과 '기질'에 주로 사로잡혔다. 또 러시아라는 이국異國의 망명객들에게서 느껴지는 '낭만적 요소'에 심취하였다. 이 때문에 특히 『미하일 바쿠닌』에 대한 평가는 극단적으로 엇갈렸다. 앞서 언급했듯이 이사야 벌린은 찬사를 표하면서도 이 책이 "(바쿠닌의) 이념적인 문제에 관심을 기울이지 않았다는 점"을 지적했다. '바쿠닌의 영향은 비록 그 개성이 강렬하긴 했지만 개성이라는 차원으로 축소될 수 없다"는 게 벌린의 생각이었다. "결국 이러한 접근은 바쿠닌한테서 역사적 인물로서의 위대함을 제거하는 것"이라고 그는 주장했다. 미국의 역사학자 에드먼드 윌슨은 이 책에 대한 서평의 제목을 '바쿠닌에게 찬물 뿌리기'라고 붙일 만큼 적대적이었다. 그는 "카가 바쿠닌에게 관심을 가질 만한 분명한 정치적 입장을 가지고 있지 않다는 사실도 결함 가운데 하나"라고 지적했다. 이처럼 『미하일 바쿠닌』은 이미 출간 당시부터 "책을 쓴 동기"가 의아스러운 작품이라는 평가를 받았다.

E. H. 카의 역사관

그러나 『E. H. 카 평전』을 계속 읽어 나가다 보면, 단지 이러한 '낭만주의적 접근의 한계'를 넘어서는 좀더 근본적인 문제를 발견하게 된다. 그것은 이 책을 집필하고 출판한 1930년대 이후, 그가 평생에 걸쳐 가지고 있었던 '역사 진보에 대한 믿음'이라는 문제와도 관련되는 것이다. 카는 비록 저 러시아인들—게르첸, 바쿠닌과 같은 혁명적 망명객들의 낭만과 열정, 부조리함에 매료되긴 했지만, 역사는 '단계적으로 진보'하는 것이라는 '역사적 필연성'에 대한 믿음을 결코 포기하지는 않았다. 그런데 이것은 카가 전기에서 다룬 러시아인들과는 화해하기 어려운 믿음이었다. 카는 "진정한 마르

크스주의자로 불린 적이 없"지만, "이제 우리는 모두 마르크스주의
자라는 점이 어느 정도 현실화됐다. 누구를 막론하고 경제적 현실
이라는 토대에 바탕을 두고 정치사를 설명하려 한다는 점에서 그렇
다"고 주장한 바 있다.

특히 카는 1차 세계대전 이후(특히 1930년대) 영국을 비롯한 서유
럽이 빠져있던 무기력중과 허무주의적 분위기를 '질병'으로 비판
하면서, "진보의 정신이 충만한 스탈린의 러시아와 대비시키며 안
타까워했다." 이러한 태도는 독일을 평가하면서 "히틀러가 독일을
다시 궤도 위에 올려놓았다는 점"을 긍정적으로 평가하는 데까지
나아갔다. 이 무렵 그에게 "그 궤도가 어디로 향하고 있는지는 어
쨌든 비판적 검토 대상이 아니었다." 카가 보기에 스탈린이나 히틀
러는 모두 국민들의 열의와 자발성을 최대한 끌어내어 진흙탕에 빠
져 있던 국가의 경제를 발전시킴으로써 역사를 진보시키는 데 기여
한 "위대한 업적"을 이룬 것이다.

이러한 카의 생각은 평생 동안 이어진 것이다. 1967년 발표한 논
문 「역사의 전환점―마르크스, 레닌, 스탈린」에서 카는 "러시아혁
명의 업적 가운데 가장 중요한 점은 소비에트의 공업화 전략이 성
공했다는 점이다. 이런 성공을 통해 소비에트 러시아는 미개한 농
촌 사회에서 세계에서 둘째가는 공업국가의 위치뿐 아니라, 일부
선진적인 기술 부문을 이끌어 가는 지위로까지 성장하였다"고 평
가하였다. (혹시 핵무기도 '선진적인 기술 부문'에 포함되는 것일까?) 물론
카는 이 과정에서 스탈린의 독재정치에 의해 "러시아인들이 겪은

공포와 고통을 최소화하거나 용인하는 것은 잘못"이라고 하면서도 "역사 과정에 대한 대차대조표를 적용하는 방식을 지지"했다. 한마디로 실*보다는 득得이 더 크다는 것을 부정할 수는 없다는 '역사적 실용주의'이다.

E. H. 카가 1982년에 세상을 떠나지 않고 이후의 역사, 즉 소련의 해체와 '현실 사회주의'의 몰락까지 지켜보았다면(그의 사후 불과 4년 뒤에 일어난 체르노빌 핵발전소 사고도 포함해야겠다), 그것을 어떻게 평가했을지는 정확히 알 수 없지만, 그는 말년에 이르기까지 "(소비에트 체제의) 어두운 면에 대해서는 사고할 필요가 없"으며, 인민들의 고통은 "자연적 질서의 필연적 일부이고 진보의 비용"이라고 보는 입장에는 변함이 없었다. "히틀러가 대공황으로부터 독일을 벗어나게 하고 독일의 민족적 자존심을 회복시킴으로써 무언가를 이루었다는 생각" 역시 카에게는 여전히 남아 있었다. 조너선 해슬럼은 날카롭게도 "카는 역사에 대한 다원주의 견해를 받아들였"으며, 그의 '진보' 개념은 "마르크스에 가까운 개념"으로서 "카가 역사 과정에서 개념을 파악하는 데 중요한 역할을 했다"고 지적하고 있다.

농민은 무식하고 미개한 집단?

다시 『미하일 바쿠닌』으로 돌아가 보자. "1848년 혁명의 충격과 실망에 젖어 있던" 바쿠닌이 「슬라브 민족에게 보내는 호소」를 통해 자신의 정치적 견해를 밝히던 무렵이다.

첫째, 바쿠닌은 부르주아지가 명확하게 반혁명적 세력으로 자신을 드러내고 있다는 점과 미래의 혁명을 향한 희망은 노동계급에 달려 있다는 점을 믿었다. 둘째, 혁명의 전제조건은 오스트리아 제국의 해체와 중부유럽과 동유럽에서 자유 슬라브 공화국 연방을 건설하는 것이라고 믿었다. 셋째, 최후에는 농민, 특히 러시아 농민이 혁명을 성공시키는 데 결정적인 세력이라는 사실이 입증될 것이라고 믿었다. 이 세 가지 개념은 이 무렵 바쿠닌이 하고 있는 모든 행동의 기초였다.

그러나 카가 보기에 농민에 대한 바쿠닌의 생각은 터무니없는 것이었다. '진보에 대한 믿음'에 비추어 볼 때 그것은 당연한 논리적 귀결이었다. 1966년에 그의 동료인 데이비스에게 보낸 편지에서 카는 데이비스가 "네프(소비에트의 신경제정책)의 방탕아이자 경제개발 계획의 문제아로서 농민"이라는 생각을 받아들이지 않았다고 비판했다. "마르크스가 농민을 좋아하지 않았기 때문에" 오히려 "(혁명 후 소련과 마르크스를 혐오하는—인용자) 서유럽에서 농민은 신성시되었고 언제나 옳았을 것"이라고 비꼬기도 한다.

또 리투아니아 출신으로서 소련의 박해를 피해 파리에 망명해 있던 학자 레윈이 러시아혁명 후 농민의 문제를 다룬 논문 「농민과 소비에트 권력」에서 농민을 너무 관대하게 다루었다고 가혹하게 비판하면서, "농민은 원시적이고 사악하며, 무식하고 미개한 집단입니다. (역사상 그들을 다른 무엇이라고 말할 수 있겠습니까?) 농민을 교육하고 농업을 기계화하고 근대화하고 조직한다는 사회주의 체제의

최초 계획은 완전히 합리적이었고 계몽적이었습니다"라고 편지에
쓰기도 했다. 이것은 마르크스주의의 농민관과 근본적으로 일치하
는 것이라고 할 수 있다.

그런데 길게 말할 것도 없이 이러한 '진보주의'는 아나키즘과는
결코 양립하기 어려운 것이다. 엔첸스베르거의 『어느 무정부주의자
의 죽음』에 인용된 아나키스트들의 입장은 뚜렷한 대조를 이룬다.

스페인 무정부주의는 자본주의의 발전에 대한 깊은 저항의 표현이다.
이 저항은 주로 유럽의 산업국가에서 이해했던 물질적 진보에 대한 것
이다. 그것은 또한 역사 발전의 마르크스주의적 도식에 대한 저항이기
도 하다. 이 도식에 의하면 부르주아지가 일시적 혁명세력으로, 생산력
의 자본주의적 발전은 산업화의 불가피한 현상인 규격화와 축적의 필연
적 단계로 나타난다. 따라서 스페인의 무정부주의적 노동자들과 농민들
은 이러한 '진보'를 폭력의 요소를 지닌 진보로 이해하고 거부한다. 그
들은 영국과 독일, 프랑스 프롤레타리아트의 업적과 성과에 대해 감탄
하지 않는다. 그리하여 그들은 이들의 노선을 따르는 것을 거절한다. 그
들은 이들의 상품물신주의뿐만 아니라 자본주의 발전의 합목적성도 내
면화시키지 않았다. 그들은 자신들에게 비인간적으로 보이는 하나의 체
제에 대하여, 그리고 이 체제가 낳는 소외에 대하여 필사적으로 저항한
다. 그들은 동시대 서유럽 동지들이 가질 수 없었던 그런 증오심을 갖고
자본주의를 증오한다.

혁명의 임신기간은?

역사란 무엇인가. 카에게 역사의 발전은 단선적인 것이었다. 그것은 『E. H. 카 평전』에서 조너선 해슬럼이 말한 대로 "가슴보다는 머리로 역사를 본 결과"였다. 그러나 바쿠닌의 혁명은 '머리'보다는 '가슴'으로 판단하는 것이었다. 카는 『미하일 바쿠닌』에 이렇게 냉소적으로 적어 놓았다.

바쿠닌은 늘 성급하게 일했다. 언제나 혁명이 임박했다고 생각했으며, "임신 3개월을 9개월로 착각했다." 인내심을 가지라고 조언하던 오가료프는 또 다른 직유형 표현을 사용해서 바쿠닌을 묘사했다. 혁명과 사랑에 빠진 바쿠닌은 마치 아직 미숙한 어린 소녀가 사랑에 빠진 것 같다고 했다.

인간의 임신기간은 10개월이다. 그렇다면 '혁명의 임신기간'은 몇 개월인가. 그것은 도대체 누가 정해 놓은 것인가. 그리고 과학은 '혁명의 정상적인 분만시기'를 확정할 만큼 '진보'했는가. "모든 민족은 혁명의 본능을 잃어버렸다. 순종적이고 무기력해지다 보니 자신들이 가진 것을 잃을지도 모른다는 생각에 겁을 집어먹고 있"다는 바쿠닌의 말은 그가 생애를 마감한 19세기 후반 유럽의 상황에만 해당하는 것은 아닌 것 같다. 21세기, 전 지구적인 야만의 전체주의와 물신주의 앞에서 "순종적이고 무기력해"진 우리 모두에게 부족한 것은 20세기의 '과학' 또는 '역사 발전의 도식'이 아니라, 바쿠닌이 빠져들었던 '사랑'과 '혁명의 본능'이 아닐까. 또 지금 우리에게 필요한 것은 합리적인 '표 계산'이 아니라, 바쿠닌이 말한 '파괴를 향한 열정'(곧 '창조적인 열정')이 아닐까. 그리고 바쿠닌의 다음과 같은 호소는 과연 '과거의 유물'에 불과한 것일까.

"우리와 함께 자유, 정의, 평화를 수립하기를 바라는 사람, 인간성의 승리와 인민의 완전한 해방을 바라는 사람은 우리와 함께 모든 국가를 파괴하고, 모든 나라의 자유로운 생산자 연합이라는 세계 연방을 국가의 폐허 위에서 수립하기를 소망하지 않으면 안 됩니다."

(2012. 7)

파국 앞에서

제임스 하워드 쿤슬러, 『장기 비상시대』, 이한중 옮김, 갈라파고스, 2011년

또 하나의 파국, 장기 비상시대

2011년 3월 11일 후쿠시마 사고는, 우리가 발 딛고 서 있는 현대문명의 토대가 얼마나 허약하며 또한 비윤리적인 것인가를 극적으로 보여주었다. 그 사고는 우리의 현실이 언제라도 파국을 맞을 수 있는, 시한폭탄을 안고 살아가는 위험천만하고 불안하기 짝이 없는 것임을 너무도 뚜렷이 증명했다.

　여기서 핵발전의 위험성과 비윤리성을 새삼 길게 논할 필요는 없을 것이다. 그러나 그것이 초래하는 피해는 현재진행형일 뿐만 아니라 앞으로 매우 오랜 시간 동안, 그것도 전 세계에 걸쳐 영향을 미칠 것이라는 점은 다시 한번 기억해야 할 것이다. 조정환이 『후쿠시마에서 부는 바람』(갈무리, 2012)의 서문에서 적절하게 말했듯이, "하나의 지역적 사건이 아닌 전 지구적 사건"으로, 그리고 "특수한 사건이 아닌 보편적 사건"으로 우리는 후쿠시마를 이해해야 한다.

그런데 우리 삶의 근원을 뒤흔드는 사건, 즉 파국은 후쿠시마와 같이 '급격한' 형식으로만 얼굴을 드러내는 것이 결코 아니다. 그것은 '석유의 고갈'과 같이 (상대적으로) 완만하게, 그러나 매우 분명하고 돌이킬 수 없는 모습으로도 이미 시작되고 있다.

최근 번역 출간된 제레미 리프킨의 『3차 산업혁명』(안진환 옮김, 민음사, 2012)에서 한 대목을 인용해 보자.

파리에 사무국을 둔 국제에너지기구IEA는 세계 주요 석유 소비국들이 설립한 OECD 산하의 에너지 집단 안보체제로서 각국 정부에 에너지에 관한 정보와 예측을 전달하는 기관이다. IEA는 2010년 세계 에너지 전망 보고서에서 글로벌 피크오일 생산에 관한 논란을 잠재우는 듯한 내용을 밝혔다. 즉, 원유의 글로벌 피크 생산은 추정컨대 2006년 하루 생산량이 7000만 배럴에 다다르면서 이미 발생했을 가능성이 높다는 것이다.

더군다나 영국석유회사BP가 시행한 연구와 이후 동일한 결과를 보여준 다른 연구에 따르면 '1인당 피크오일', 즉 "공평하게 분배한다는 전제" 아래 이용 가능한 1인당 석유 소비의 정점은 이미 1979년에 지났다는 것이다. 그럼에도 불구하고 1979년 이후 전 세계 주요 산업국가들(한국을 포함해) 대중들의 석유소비량이 계속 증가할 수 있었던 것은 오직 '불공평한 분배' 덕분이었다는 것을 알 수 있다.

'석유 생산 정점'을 지났다는 것은 무엇을 의미하는가? 미국의 저널리스트이자 사회비평가인 제임스 하워드 쿤슬러는 2005년에 펴낸 『장기 비상시대』에서 이렇게 설명하고 있다.

그것은 우리가 이 세상에 묻혀 있는 모든 석유의 절반을 뽑아낸 시점을 뜻한다. 이 절반은 가장 취하기 쉬웠던 절반, 가장 경제적으로(싸게) 생산할 수 있었던 절반, 가장 질이 좋고 값싸게 정유할 수 있었던 절반이었다. 남아 있는 석유는 북극이나 바다 밑 깊숙한 곳과 같이 쉽게 접근할 수 없는 데에 묻혀 있다. 남아 있는 절반 중 상당량은 추출하기 어려울뿐더러, 추출하는 데 에너지가 너무 많이 들어서 사실상 취할 가치가 없을지 모른다.

2005년에 펴낸 이 책에서 쿤슬러는 다양한 연구결과를 참고하여 '석유 생산 정점'이 2001년에서 2010년 사이쯤이 될 것이라고 예측하면서, 그것은 사후에나 증명될 수 있을 것, 즉 '백미러'를 통해서만 정확히 볼 수 있을 것이라고 말했다. 그런데 이 책이 출간되고 5년이 지난 2010년, 앞에서 언급한 대로 국제에너지기구IEA가 2006년에 '정점'을 이미 지났을 가능성이 있음을 시인했다고 하는 것은, 이 책에서 저자가 다루고 있는 정보들에 대한 신뢰도를 한층 높여 준다.

그렇다면 '석유 생산 정점 이후'의 세계는 어떤 모습일까? 쿤슬러는 그것을 '장기 비상시대'long emergency, 즉 '상시적인 긴급 상황'으로 규정한다. 거기에는 "지금껏 누구도 목격한 적이 없는 어마어마한 규모의 경제적, 정치적 혼란의 심연"이 놓여 있다. 무엇보다 "세계 석유 생산 정점은 국가경제에 파탄을 초래하고, 정부는 전복되고, 국경이 달라지고, 군사분쟁의 가능성이 커지고, 문명생활의 지속이 위태로워지는 전대미문의 경제위기를 의미한다." 그리고 "경제적 조건들만큼이나 모든 면에서 극단적인 정치적 격동이 유발할 가능성이 높다." 왜냐하면 "우리가 현대 생활의 혜택으로 여기는 모든 것의 바탕이 값싼 석유와 천연가스라고 해도 결코 과장이 아니"기 때문이다.

'피크오일'을 다룬 책들은 국내외에서 이미 여러 권이 출간되었지만, 이 책은 석유문명 자체의 역사와 의미를 매우 폭넓은 시야에서 되짚고 있을 뿐만 아니라, '장기 비상시대'에 실제 예측되는 사회 각 부문의 다양한 양상들을 저널리스트다운 치밀함과 과학적 상상력으로 탁월하게 묘사하고 있다는 점에서 돋보인다. 그 묘사는 지구적 차원에서부터 국가와 지역사회, 가정과 개인에 이르기까지 삶의 여러 범주에 걸쳐 있다. 특히 경제와 정치, 지정학적 측면, 기후변화, 새로운 질병과 전염병, 금융을 비롯한 세계 자본주의의 위기, 농업과 식량생산 위기와 같은 다양한 요인들과 결부시켜, 그 '전망'에 두렵도록 선명한 입체감과 설득력을 부여하고 있다. (저자의 관심사는 결론부에서 '장기 비상시대'의 '교육'과 '사상, 도덕, 태도' 등 철학적·윤리적 문제에까지 확장된다.)

더구나 그것은 먼 장래의 문제가 결코 아니다. 이 책이 나오고 얼마 뒤, 저자는 강연을 할 때마다 "장기 비상시대가 정확히 언제 시작되는 거냐"는 질문을 받곤 했다. 그는 "이미 시작됐다고 생각"한 다는 답변을 했다. 청중들을 안심시키기 위해 사태의 진실을 감출 수는 없기 때문이다.

합의된 최면상태, 타이타닉 현실주의

"이런 파국이 임박했는데도, 자유로운 언론과 투명한 기관을 가진 자유 국가들의 교육받은 교양인들은 어쩌면 그런 정보에 그리도 어 두울 수 있는가" 하는 것은 하나의 미스터리이다. 카를 융은 "사람 들은 너무 많은 진실을 견디지 못한다"고 했거니와, 저자는 이처럼 "많은 나라의 대중들이 왜 미래를 향해 몽유병 환자처럼 걸어가고 있는지를 설명"하기 위해 '인지부조화'cognitive dissonance라는 개념을 사용한다. 그것은 "(현실에 대한 올바른) 이해를 가로막는 집단심리적 인 전파 방해"를 뜻하는, "발달심리학에서 빌려온 용어"이다. 또 에 릭 데이비스는 이러한 현상에 대해, "문화적 관성의 문제로, 집단망 상 때문에 악화되었고 안락과 만족이라는 성장환경 속에서 길러" 진 '합의된 최면상태'consensus trance라고 부르기도 했다.

　아마도 이러한 개념들은 일찍이 재일 정치학자 더글러스 러미스 가 『경제성장이 안되면 우리는 풍요롭지 못할 것인가』에서 '타이 타닉 현실주의'라고 불렀던 것과 같은 맥락일 것이다. 즉, 눈앞에 있는 '안락의 거품'에 취해, 우리가 타고 있는 타이타닉이라는 배 밖의 현실을 철저하게 망각하고, 오직 배 안의 일상만이 '현실'이라고 믿는 환각상태 말이다.

배 밖에는 망망대해가 있고, 무엇보다 이 배가 언제 부딪칠지 모르는(아니 이미 부딪쳐 가고 있는) 빙산이 어둠 속에 도사리고 있는 것이 '진정한 현실'인데도 그것을 인식하지 못하는 '인지부조화' 또는 '합의된 최면상태'는, 기업과 그들이 고용한 경제학자들에게서 대표적으로 나타난다.

이 학자들이란 끊임없는 성장을 바탕으로 하지 않는 경제모델에 격렬히 반대하는 사람들이다. 석유 생산 정점 현상은 본질적으로 우리가 익숙해져 있는 유형의 산업 성장을 더 이상은 불가능하게 만드는 것인 만큼, 그것이 시사하는 바는 그들의 경제 패러다임과는 근본적으로 동떨어졌다. 때문에 석유 생산 정점 현상은 기존 경제학자들 사이에선 거의 전적으로 도외시되어 왔다.

이러한 현실은 특히 새로운 '기술'에 대한 환상으로 더욱 강화되어 왔다. "시장의 요구에 따라 다른 연료나 시스템이나 '기술'이 나타나서 우릴 구해줄 것이니 걱정할 것 없다는 태도"는 전 세계의 일반 대중들뿐만 아니라 각국의 정치인들에게도 만연해 있다. 부자들은 말할 것도 없다. 저자가 실리콘밸리에 있는 구글 본사에 강연하러 가서 만난 직원들, 즉 "컴퓨터 화면상의 작은 화소들을 조작하는 데 워낙 뛰어나서 (또 그래서 부자가 되어서) 에너지 문제는 마우스 클릭 몇 번이면 해결된다고 여기는" 엘리트 집단들이 '석유 생산 정점'에 관한 강연을 듣고 보인 반응──혼란과 냉소, 그리고 외면은 결코 남의 이야기 같지 않다. 우리는 그런 의미에서 모두가 '합의된 최면상태'를 적극적으로 용인하고 있는 것일지도 모른다.

영화 〈매트릭스〉에는, 비록 '스테이크'의 맛이 '가짜'(허상)라고 하더라도, 고통스런 현실을 직시하며 그것과 날마다 투쟁해야 하는 '반군'叛軍으로서의 삶보다는 차라리 달콤하고 안락한, 매트릭스가 제공하는 '허상'을 선택하겠다는 '사이퍼'라는 반동적 인물이 나온다. 지금 우리 가운데 누가 이 사이퍼의 '욕망'에서 자유로울 수 있을까.

기술에 대한 대중의 환상은 석유를 대체할 '새로운 에너지원'에 대한 막연한 기대로 이어진다. 그러나 대체 연료에 대한 저자의 입장은 매우 부정적이다. "천연가스와 석탄, 타르샌드(역청모래), 혈암유, 에탄올, 핵분열, 태양광, 풍력, 수력, 조력, 메탄하이드레이트" 같은 이미 알려진 석유의 대체물들 중 상당수와 그에 따르는 다양한 시스템을 앞으로 인류는 최대한 이용하려고 노력하겠지만, 그것들이 지금 우리가 공급받는 석유의 고갈을 메워주지는 못할 것이라는 것이 저자의 견해다. "화석연료 아닌 에너지원은 모두가 그 기반이 되는 화석연료 경제에 일정 부분 의존하고" 있기 때문이다. "심지어 원자력발전소라는 것도 건설이나 정비, 핵연료의 추출이나 가공의 모든 과정을 값싼 석유와 천연가스에 의존하고 있다." 한마디로 석유가 없으면 대체 연료와 그에 따르는 시스템은 무용지물일 뿐이다.

특히, 서두에서 얘기했던 핵발전의 위험성을 후쿠시마 사고를 통해 생생하게 목도하고도, 그것을 '대체 에너지', 나아가 '신성장 동력'으로 계속 확대하고 수출까지 하겠다는 것은, 사실은 에너지와 미래 세대에 대한 진지한 고민과 과학적 연구의 결과라기보다는, '전 지구적 핵 체제'(이것은 핵발전뿐 아니라 핵무기까지를 아우르는 것이다)의 정치적 이데올로기에 불과한 것이다.

핵발전의 위험에 의한 것이든, 석유 고갈에 의한 것이든, 파국은 이제 우리 삶에 임박해 있다.

장기 비상시대의 교육

쿤슬러의 『장기 비상시대』가 다루는 내용은 단순히 에너지와 경제 문제에만 국한되지 않는다. 이 책에서 우리가 특별히 눈여겨볼 주제 중 하나는 '장기 비상시대'라는 파국이 교육에 시사하는 점이다.

저자가 보기에 "미국식 고등학교 교육보다 무익한 것은 없"다. 그것은 "사실상 성인인 사람들을 위한 탁아소나 마찬가지다." 수천 명이 모여 일과를 엄격히 통제받는 공장을 모델로 한 학교의 주된 목적은 보호감독이다. (한국의 교육도 마찬가지라는 것은 길게 말할 것도 없다.)

학교는 아동과 청소년을 한곳에 잡아두고 하루의 상당 부분을 거기서만 보내게 한다. 그리고 성인에 가까운 사람들을 한결같이 어린아이 취급한다. 그런 여건 속에서 성공하는 청소년도 꽤 있으나, 나머지 대다수에게 학교생활은 고역일 뿐이다. 학교에서 그들은 괴로움을 겪을 뿐만 아니라, 손을 써서 일하는 기술을 배워 사회의 유익한 일원이 될 기회를 박탈당한다. 이런 시스템은 이런 식으로는 (장기 비상시대에) 오래가지 못할 것이다.

이 시스템은 인간의 육체적·정신적 능력을 끊임없이 왜소화시키고, '진정한 현실'로부터 눈을 돌리도록 만든다. 앞서 말한 '인지부조화'와 '합의된 최면상태'야말로 현대 학교교육의 목적에 다름아니다.

파국을 깊이 사유한다면, 우리는 이러한 무익한 학교 시스템과 교육으로부터 벗어나기 위한 준비를 서둘러야 한다. 아니, 쿤슬러의 예측대로 '장기 비상시대'의 상황이 변화를 불가피하도록 강제할 것이다. 무엇보다 석유 시장 붕괴가 본격화되면 교통수단의 문제 때문에라도 "웬만한 감옥 수준으로 학생들을 감금하는 거대하고 집중화된" 학교들은 금세 "구경제의 유물이 되고 말 것이다." 그리고 "학교는 지역을 기반으로 학생 수도 건물도 보다 작게 재편되어야 할 것이며, 아이들은 다니는 학교와 더 가까운 곳에 살아야 할 것이다."

석유의 고갈로 인해 "세계는 좁아지기를 멈추고 다시 넓어질 것이다." 좋든 싫든 '세계화'는 역전될 것이고, "삶은 점점 더, 그리고 매우 지역적인 것이 될 터이다." 농업을 중심으로 한 지역순환 사회로의 전환이 불가피한 것과 마찬가지로 어린이와 청소년의 배움과 삶도 지역에 밀착한 것이 되지 않으면 안 될 것이다.

"장기 비상 경제의 학교교육은 연수年數도 짧아져야 할 것이다. 아이들은 하루나 한 해의 일부 동안 일을 해야 할지도 모른다." 당연히 "나이가 든 아이들은 보다 많은 책임을 맡게 되어 더 빨리 어른이 될 것"이며 "직업훈련은 학교보다는 작업장 환경에서 이루어질 가능성이 많으며, 아마도 도제 방식과 비슷할 것이다." "근본적으로 변하게 될 일자리 시장은 지금처럼 많은 대졸자와 박사를 필요로 하지 않게 될 것이며, 일반 대중은 웬만하면 자식을 대학에 보낼 경제적 형편이 못 될 것이다." 쿤슬러의 전망대로라면 청소년들은 '장기 비상시대'를 통해, 리 호이나키가 『正義의 길로 비틀거리며 가다』에서 "지식인들이 만든 근대적 형태의 면역결핍증"이라고 불렀던 "아동기兒童期라는 중독현상"에서, 원하든 원하지 않든, 비로소 벗어날 계기를 맞을지도 모른다.

비폭력적 사회혁명

'장기 비상시대'에 대한 전망은 위협적이며 두려움을 불러일으킨다. 하지만 쿤슬러의 말대로 "급격한 변화로 인한 긍정적인 측면"도 있을 것이다. "공동체적인 친밀한 관계가 회복되고, 이웃과 친근하게 어울려 일하게 될 것이며, 정말 중요한 일에 동참하게 되고, 주어지는 오락거리를 수동적으로 즐기기보다는 의미 있는 사회행사에 열심히 참여할 수 있게 될 것이다."

그러나 이러한 긍정적인 측면은 대중의 정치적 노력과 준비 없이는 결코 보장될 수 없다. 파국에 대한 사유와 대비가 없을 때, 사람들은 "자신들을 공격적으로 이끌어 줄 누군가가 나타나기를 바라게 될 수도" 있고 "이래라 저래라 하며 강력하게 밀어붙이는 지도자를 얼떨결에 선택"할 수도 있다. 인류가 피나는 투쟁과 시련을 통해 일구어 온 고귀한 가치들, 예컨대 자유와 평등, 우정과 환대, 협동과 연대, 민주주의와 평화, 인권 같은 가치들을 '생존에 대한 두려움' 앞에서 포기하거나 희생시켜 버릴 가능성도 배제할 수 없다. 교육과 정치가 제 역할을 포기할 때 '장기 비상시대'는 "죽을 먹어도 함께 살자"(권정생)는 상호부조와 공생共生의 힘 대신 사회적 약자들에 대한 차별과 배제, 폭력과 야만, 집단자살과도 같은 전쟁과 파시즘으로 우리를 몰아붙일 수도 있다.

따라서 '장기 비상시대'에 대한 전망은 단순히 '에너지'에 관련된 문제가 아니다. 그것은 결국 정치와 그것을 가능하게 하는 교육에 대한 성찰로 이어지지 않으면 안 된다. 특히 교육을 통해 '생존의 지혜'와 아울러, '인간 존엄에 대한 이해'와 '연대의 힘'을 함께 키우고 북돋움으로써, 파국을 오히려 '비폭력적 사회혁명'의 기회로 만드는 것, 이것이 지금 우리 모두의 과제가 아닐까?

따지고 보면, 지난 100년, 길게는 200년간의 화석연료를 기반으로 한 서구식 산업문명과 자본주의 체제야말로 인류사에서 예외적으로 동료 인간과 자연에 대해 가혹하고 착취적이었던 '비상'非常

시대였을지도 모른다. 그리고 이제 그것을 다시 조율調律할 기회가 우리에게 다가오고 있는 것인지도 모른다.

(몇 세기 뒤) 새롭고 신나는 무언가가 시작되고 있을지도 모른다. 그때쯤이면 분명 하느님도 스스로를 축복하사 다시 살아나실 것이다. 인간의 조건이란 신비 그 자체다. 우리는 우리가 어디로 가고 있는지는 잘 모르지만, 적어도 우리가 어디서 이리로 왔는지는 알 수 있다. 때로는 그것만으로도 충분한 게 아닌가 싶다.

(2012. 7)

'좋은 노동'과 인문교육

E. F. 슈마허, 『작은 것이 아름답다』, 이상호 옮김, 문예출판사, 2002년

E. F. 슈마허, 『굿 워크』, 박혜영 옮김, 느린걸음, 2011년

신발끈을 다시 조여 매는 마음으로

지난 대선 기간 동안 여러 후보들이 '경제민주화'를 공약으로 내세
웠다. '일자리 문제'도 핵심적인 화두였다. 그런데 이러한 구호와
화두를 둘러싼 논쟁들 속에서, 그렇다면 도대체 '경제'가 무엇인지,
'노동'의 의미는 무엇인지에 대한 깊이 있는 사유와 성찰의 기회는
갖지 못했다.

　물론 선거라는 격렬한 현실정치의 장에서 어떤 관념에 대한 근본
적 사유와 성찰을 기대하는 것은 무리일지 모른다. 그러나 그러한
근본적 사유와 성찰의 부재는 결국 언어를 공허하게 만든다. 또 미
디어와 권력을 쥔 기득권 세력에 의해 언어는 끊임없이 왜곡된다.
공허하고 왜곡된 언어로는 현실에 맞는 '정책'을 생산할 수 없다.
아니, 소통과 토론 자체가 불가능해진다.

　사유와 성찰, 그리고 민주적 토론이 없는 상황에서, 언어가 너무
도 쉽게 일방적 선전의 도구로 전락해 버리는 것을 우리 모두는

고통스럽게 목격하며 살아왔다. 가령 이명박 정부 5년간 '녹색'은 토건세력의 무분별한 자연착취와 이윤추구를 포장하는 말로 동원되었고, 강과 생태계를 무참히 훼손하는 일이 '4대강 살리기'라는 터무니없는 이름으로 불리었다. 이것은 무엇보다 언어에 대한 모욕이고, 그 언어를 사용하는 사회 구성원들의 정신에 대한 테러이다.

어쨌든 대선이 끝났다. 정권 교체를 열망했던 시민들에게는 매우 실망스러운 결과가 나오고 말았지만, 그럴수록 우리의 언어를 근본적으로 다시 성찰하려는 사회적 노력은 더욱 절실하다. 특히나 역사와 기억을 둘러싼 투쟁은 앞으로 더욱 날카로운 전선을 형성할 것이 분명해 보인다. 하루속히 좌절감을 떨쳐버리고, 저마다 신발끈을 다시 조여 매는 마음으로 각자의 진지를 점검하고 방비해야할 때이다.

이러한 때에 슈마허를 읽는 것은 어떤 의미가 있을까? 결론부터 말하자면, 그것은 우리가 흔히 쓰고 있는 언어의 의미를 근본적으로 사유하고 성찰하기 위한 것이라고 할 수 있겠다. 언어야말로 우리의 가장 중요한 '무기'가 아닌가. 한 명의 시민으로서, 새롭게 시작하지 않으면 안 될 투쟁에 참여하는 마음으로, 현대의 고전이라고 불리는 『작은 것이 아름답다』와 『굿 워크』를 동료 시민들과 함께 읽고 싶다.

경제와 경제학

슈마허는 『작은 것이 아름답다』에서 "오늘날 비난할 때 사용하는 어휘 가운데, '비경제적'이라는 말만큼 결정적인 것은 거의 없다"고 지적한다. '비경제적'이라는 것은 무엇을 의미하는가. "어떤 것이 화폐 기준으로 적절한 이익을 올리는 데 실패했을 경우에 비경제적인 것이 되며, 경제학 방법에서는 이와 다른 의미가 산출되지도 않고 그럴 수도 없다." 한마디로 돈이 되지 않는 모든 것은 비경제적이라는 낙인이 찍혀 '구조조정' 당하게 된다.

기계 앞에서 인간의 노동력이 그래 왔고, 비옥한 농지와 갯벌, 숲과 습지들이 콘크리트와 아스팔트 아래로 사라졌다. 오래된 마을 공동체와 작은 학교들 역시 비경제적이라는 비난을 받으며 퇴출되었고, 소농과 비정규직 노동자들, 재개발지역 주민과 가난한 세입자들, 장애인들은 이윤을 낳지 못하는 '비국민'으로 몰려 언제든 삶의 터전에서 추방되었다.

이러한 구조조정과 퇴출(배제)의 목록을 정하고 집행하는 것이 경제학, 그리고 그것을 등에 업은 전문가와 관료들의 역할이다. 그런데 슈마허가 보기에 "경제학의 판단은 대단히 부분적인 판단이며, 실제 생활에서는 좀더 다양한 측면을 함께 고려해 판단한 후에 결정하지만, 경제학은 어떤 것이 그것을 담당한 사람에게 화폐 이익을 제공하는가라는 오직 하나의 측면만을 제공할 뿐이다."

그러나 이러한 명백한 진실은 산업사회의 일상 속에서 수시로 망각된다. 우리는 대개 "특정 사회집단의 행동이 사회 전체에 이익을 가져오는가를 판가름하는 데 통상적으로 경제학의 방법이 사용된다"고 착각한다. 그러나 "이는 커다란 오산이다. 국영기업조차 이러한 포괄적인 측면을 고려하지 않는다"고 슈마허는 날카롭게 지적한다.

여기서 분명히 짚고 넘어가야 할 것은 슈마허가 결코 연구실이나 강의실에만 머물렀던 학자가 아니라는 점이다. 그는 실제 경험이 없는 이론화에 불만을 느끼고 다양한 분야의 '현장'에서 조사와 연구, 기업의 경영실무를 경험했다. 영국 석탄공사 경제 자문관, 영국 토양협회 의장, 스코드 바더 사의 경영이사 등을 역임했으며, 중간기술개발집단을 설립하고 의장을 맡아 개발도상국을 지원하고 농촌의 개발을 돕는 활동에 평생을 헌신한 실천적 지식인이다. 따라서 경제학자이자 언론인, 사상가로서 슈마허가 1970년대에 현대 산업사회에 대해 분석하고 진단한 내용들은 결코 이상주의자나 근본주의자의 발언으로 치부할 수 없는 '진정한 현실주의자'의 발언이라는 점에 주목해야 한다.

슈마허의 말대로, 우리는 정부든 기업이든 그들이 '경제(정책)'를 말할 때, 그들의 판단기준이 오직 그것을 입안하고 수행하는(그것을 담당하는) 주체들에게 "화폐이익을 제공하는가" 하는 측면에만 있다는 것을 반드시 기억해야 한다. 그것이 경제학의 유일한 방법론이기 때문이다. 그렇게 본다면 소위 '국민경제'니 '경제성장률'이니 하는 개념들은 얼마나 허구적인 것인가.

경제학의 판단이 '부분적'이라는 것은 무엇을 말하는가. 첫째,

경제학의 판단은 장기長期보다 단기短期를 훨씬 중시한다. 가령 수십만 년이라는 지질학적 시간대를 고려해야 하는 고준위 핵폐기물의 처리 문제 같은 것은 경제학의 관심 영역이 결코 될 수 없다. 따라서 핵발전의 문제를 소위 전문가들이 '경제성'이라는 잣대로 현명하게 판단할 수 있을 것이라고 기대하는 것은 돌팔이에게 자신의 목숨을 맡기는 것이나 다를 바 없다.

둘째, 경제학의 개념은 모든 '자유재', 즉 신으로부터 부여받은 환경을 '비용'에서 배제한다. 슈마허의 말대로 "경제학의 방법론에서는 모든 재화가 동일하게 취급되는데, 이는 경제학의 방법론에 자연 세계에 대한 인간의 의존성을 무시하는 관점이 깔려" 있다는 것을 의미한다. 따라서 자원과 에너지 위기, 환경위기 같은 지구적 차원의 문제를 경제학이 해결할 수 있을 거라고 믿는 것 역시 완전한 난센스다.

슈마허가 '불교경제학'이라는 탁월한 개념을 통해 인류에게 말하고자 한 것은, 근대 경제학이 마치 인류의 삶, 즉 생산과 노동, 분배의 문제를 책임질 수 있는 것인 양 허세를 부리는 것에 더 이상 속아서는 안 된다는 호소였을지도 모른다. 경제학은 "제 발로 서 있는 학문이 아니"며 "파생된 사유체계", 즉 "메타경제학으로부터 파생된 것"에 불과하다.

슈마허가 말하는 메타경제학은 세계와 인간을 보는 관점, 즉 형이상학과 윤리학이다. 이 형이상학과 윤리학의 내용이 달라지면 그로부터 파생되는 '경제학'의 내용도 달라진다. 따라서 문제는 올바른 형이상학과 윤리학을 정립하는 것이다.

부의 극단적인 양극화, 빈곤과 실업, 지속불가능성과 같은 우리 사회가 부닥친 문제는 경제학의 기준과 판단으로는 결코 해결할 수 없다. 진정한 해법은 세계와 인간, 그리고 '더 높은 존재'를 이해하고 대하는 우리의 형이상학적 각성과 윤리학의 전환에 있다. 그리고 지금 '정치'의 진정한 역할은 이러한 각성과 전환을 위한 사회적 토론의 물꼬를 여는 데 있을지도 모른다. 올바른 메타경제학의 재정립 없이 기존의 경제학에 바탕을 둔 '정책'들만으로 지금의 '위기'를 돌파할 수 있을 것이라고 믿는 것은 너무도 안이하고 비현실적인 태도이다.

특히 값싼 석유에 의존해 온 현대 산업사회는 이제 '종말'을 맞고 있다. 값싼 석유가 있었기 때문에 가능했던 대량생산과 성장주의, 세계화 체제는 자연(자원)의 한계로 인해 더 이상 유지될 수 없다. 가장 먼저 현대식 농업이 타격을 받고 인류는 식량위기에 봉착하게 될 것이다. 맬더스의 예언은 틀린 것이 아니라, 값싼 석유에 뒷받침된 비약적인 농업생산성의 증가 때문에 '일시적으로' 유예되었던 것에 불과하다.

노동과 적정기술

좌파와 우파, 보수와 진보를 막론하고 지금 우리 사회는 고용(일자리)의 문제 앞에서 쩔쩔매며, 온갖 미봉책들을 내놓고 있다. 그러면서도 '노동'의 목적과 의미에 관한 사유와 담론은 언젠가부터 우리 사회에서 사라져 버렸다. 한때 '노동해방'을 으뜸의 구호로 내걸었던 노동운동 진영에서조차도 그것은 마찬가지이다. 물론 살인적인 정리해고와 비정규직의 확대, 불안정 노동의 만연 속에서 당장 생존권을 방어해야 하는 것이 사활적인 문제가 되어버린 참담한 현실 때문이라는 것은 길게 말할 것도 없다. 그러나 '노동'의 목적과 의미에 대한 근본적인 질문 없이 '좋은 일자리'를 기업과 정부에 '요구'하는 것은 결국 투쟁의 왜소화로 귀결될 수밖에 없다.

그런 의미에서 나는 슈마허의 『굿 워크』가 단지 생태주의자들만의 고전이 아니라, 현재 노동운동의 위기와 한계를 넘어서는 '새로운 노동운동'을 위한 학습교재로서, 특히 현장 노동자들과 일자리 문제로 고통받고 있는 청년들이 널리 읽어야 할 텍스트라고 생각한다.

슈마허는 "노동을 하지 않으면 삶은 부패한다. 그러나 영혼 없는 노동을 하면 삶은 질식되어 죽어간다"라는 알베르 카뮈의 말을 인용하고 있다. '영혼 없는 노동'은 현대 산업사회의 가장 심각한 병폐이다.

그렇다면 노동의 목적은 무엇인가.

첫째는 인간 삶에 꼭 필요하고 유용한 상품이나 서비스를 제공하기 위해서입니다.

둘째는 선한 청지기처럼 신이 주신 재능을 잘 발휘하여 타고난 각사의 재능을 완성하기 위해서입니다.

셋째는 태생적인 자기중심주의에서 해방될 수 있도록 다른 사람들에게
봉사하고 협력하기 위해서입니다.

세 가지 차원에서 이런 역할을 통해 노동은 인간 삶의 중심이 됩니다. 그
러므로 노동이 없는 인간의 삶은 생각조차 할 수 없습니다.

— 『굿 워크』 중에서

이러한 노동의 '목적'을 외면하고, 오직 '돈을 위한 노동'만을 목
표로 하는 정책들은 인간 본성에 대해 매우 냉소적이고 천박한 태
도를 반영한다. 그러한 정책으로는 지금 우리가 처한 위기를 헤쳐
갈 가장 귀중한 자원인 "인간의 자발성과 상상력, 그리고 지력知力"
을 결코 계발할 수 없을 것이며, 혹여 일시적으로 '고용률'을 높이
는 단기적인 미봉책을 강구할 수 있을지는 몰라도, 근본적인 각성
과 전환의 길을 찾는 데는 실패할 것이 분명하다.

슈마허에게 있어 노동은 단지 '빵'만을 벌기 위한 것이 아니다.
그것은 무엇보다 노동자 스스로, 이웃과 동료들과 더불어, 자신의
영혼을 돌보고 인간과 세계에 대해 배움으로써 신성神性에 다가가
기 위한 과정이다. 그런데 현대 산업사회에 이르러 경이로울 정도
로 노동시간을 단축시켜 줄 기술적 장치가 다양하게 쏟아져 나왔지
만, 정작 이 기술들은 사람들이 "영적으로 중요하게 여기는 일에 헌
신할 수 있는 시간"은 충분히 만들어 주지 못했다. 아니 오히려 "현
대 산업사회에서 참된 여가는 노동시간을 절약해주는 기계의 증가

량과 오히려 반비례"해 왔다. 그런 한편으로 일자리 수는 줄어들고 실업률은 갈수록 높아진다. "이 모순은 우리가 지금과는 다른 방향으로 가려고 의식적으로 노력하지 않는 한 결핍은 결핍을 충족시켜 줄 기술 향상보다 언제나 더 빨리 증가한다는 것을 의미"한다.

육체노동과 정신노동의 극단적인 분리, 육체노동에 대한 천시도 현대 산업사회의 중요한 측면이다. 슈마허가 보기에 정신노동을 선호하는 추세는 결코 문제 해결에 도움이 되지 않는다. "적당한 육체노동은 설령 힘들다 하더라도 그다지 많은 집중력이 필요하지 않지만 정신노동은 엄청난 집중력을 요구"한다. 따라서 "정신노동을 하는 경우 영적인 일에 매진할 집중력이 남아있기" 어렵다. "고된 육체노동을 하는 농부가 긴장감에 시달리는 사무직 노동자보다 마음을 훨씬 잘 조절하여 신성神性에 쉽게 다가갈 수 있"다.

이러한 노동의 문제를 해결하기 위해서는 "거대기술의 노예 상태"에서 벗어나기 위해 노력하지 않으면 안 된다. 우리는 흔히 '체제'의 변화가 노동의 성격과 생산관계를 가져올 수 있을 것이라고 생각하지만, 슈마허가 보기에 '체제' 역시 '기술'의 산물이다. 따라서 "기술이라는 토대가 바뀌지 않는 한, 상부구조에서의 진정한 변화는 불가능"하다.

기술은 값싼 석유 때문에 네 가지 방향에서 "잘못된 길로 접어들었"다. (1) 모든 것이 점점 더 커지는 경향. (2) 물건을 점점 더 복잡하게 만드는 흐름. 이러한 흐름은 "핵발전소와 같이 실제로 어떤 작업이 완성되고 나면 얼마나 무익한지 위험한지 상관없이 그 일을 운영할 마피아 집단"을 만들어 낸다. (3) 생산에 드는 자본 비용의 증가. 그러다 보니 무슨 일을 시작하기도 전에(심지어 농사도!) 미리 부자가 되어 있지 않으면 안 되는 딜레마가 생기고, 가난한 나라와 개인은 점점 더 부자와 거대기술에 의존하는 노예로 전락할 수밖에 없다. (4) 기술의 폭력성.

이에 맞서 노동자와 소농들, 가난한 사람들은 정반대의 방향에서 스스로 길을 찾아야만 한다. 더 작게, 더욱 간단한 방법으로, 좀더 저렴하게, 그리고 비폭력적으로 생산하고 스스로 노동을 조직할 수 있어야 한다. 이것은 반드시 과거(전통)로의 회귀를 의미하는 것이 아니다. 지배 엘리트들과 기술자(공학자)들은 "평생 반대 방향으로 만 달리도록 교육받고 세뇌되었기에 이 점을 믿으려 하지 않"지만, 오히려 "지난 100년간 물질에 관한 우리의 과학적 지식에도 상당한 진보가 있었기 때문"에 이것은 얼마든지 가능하다. 문제는 '경제' 에서와 마찬가지로 '기술'도 그것을 파생한 형이상학과 윤리학이 문제인 것이다. 이것이 바로 슈마허가 제창한 적정기술(중간기술) 개념의 핵심이다.

그런 면에서 볼 때, 슈마허의 사상과 개념은 과학과 물질적 진보를 맹목적으로 거부하는 관념론과는 인연이 없다. 『작은 것이 아름답다』에 실린 「불교경제학」에서 슈마허 스스로 말했듯이 "오히려 그것은 물질주의자의 부주의heedlessness와 전통주의자의 부동성immobility 사이에서 올바른 발전 경로인 중도, 즉 '올바른 생활'을 발견하는 문제"이다.

우리는 물론 정부의 정책을 바꾸도록 요구해야 한다. 좋은 일자리를 늘리고 복지예산을 확대하도록 압력을 행사해야 한다. 그러나 그것만으로 지금의 위기를 극복할 수 있는 전환의 길이 열리는 것은 아니다. 그저 "성장을 위한 성장을 계속할 뿐"인 산업시스템과 그것의 상부구조인 국가는 결코 스스로 반성하거나 성찰하지 않는다.

실업은 늘고 있는데, 실업자들은 자동으로 고도의 자본집약적 일자리로 흡수되지 않습니다. 이들은 어떻게 될까요? 실업은 늘어나는데도 복지예산 배당은 더욱 줄어듭니다. 실업을 막는 데 필요한 조치가 다 나오지도 않습니다. 우리는 언제까지나 '고도'Godot를 기다릴 수 없으며, '고도'는 결코 오지 않을 것입니다. 다시 말해 정부의 조치만 마냥 앉아서 기다릴 수 없습니다. 이제 우리의 두 발로 일어서 공동체 내에서 할 수 있는 일을 찾아내야 합니다. 할 수 있다는 자기암시가 필요한 순간이 다가옵니다. 지적인 노력을 기울여 필요한 것을 효율적으로 생산할 수 있는 적정기술을 개발해야 합니다.

―『굿 워크』중에서

교육과 형이상학

현대산업은 인류 역사상 전례가 없는 안락을 만들어낸 반면, 일상의 노동이 수행했던 진정한 교육적 기능을 파괴했다. "산업사회의 압도적인 유혹 앞에서도 우리가 영적 통찰력을 잃지 않을 방법은 무엇인가" 하는 가장 난해한 문제가 우리 앞에 놓여 있다. 슈마허가 반복해서 강조했듯이, 산업사회는 앞으로 급격히 바뀌지 않는 한 파국으로 치닫게 될 것이다.

그런데 "산업사회의 생사가 걸린 문제들이 정치개혁이나 경제개혁, 혹은 과학기술의 발전으로 해결된다고 더는 믿을 수 없"다. "이 문제들은 우리 각자의 마음과 영혼 깊이 놓여 있"으며, 그러므로 "드러나지 않게 내밀한 개혁이 일어나야 할 곳은 바로 우리의 마음과 영혼"이다.

이것은 슈마허의 '노동관'과 '교육관'에서 가장 핵심적인 문제이다. 교육을 통해 우리는 청소년들에게 '좋은 노동'을 할 수 있도록 준비를 시켜야 한다.

우리는 먼저 젊은이들에게 좋은 노동과 나쁜 노동을 구별할 수 있도록 가르치고, 이들에게 나쁜 노동을 받아들이지 않도록 독려해야 합니다. 인간을 기계나 시스템의 노예로 전락시키는 지겹고, 무의미하며, 신경만 괴롭히는 멍청한 일을 젊은이들이 거부하도록 독려해야 합니다.

— 『굿 워크』 중에서

모두가 '교육의 위기'를 걱정하고 변화가 필요하다고 입을 모으지만, 그 누구도 지금 우리 청소년들이 앞으로 살아가야 할 세상의 물적 토대, 거대기술의 노예가 되어버린 노동의 현실에 대해서는 성찰하지 않는다. 이러한 성찰도 없이, 오직 지금 주어져 있는 시스템 안에서만 도모하는 '제도'의 변화라는 것은, 침몰 직전의 타이타 닉호에서 의자 몇 개의 위치를 바꾸려는 허망한 시도에 불과하다.

특히 "인간이 먹고사는 데 교육이 필요하다는 것은 수긍하면서 자기중심주의, 소심함, 세속적 무지 같은 어두운 숲으로부터 인간 을 구원하는 데 교육이 필요하다고 하면 이런 교육은 기껏해야 순 전히 개인적인 것으로 취급"하는 속악한 현실은 '교육'의 진정한 의미를 끊임없이 우리 시야 밖으로 밀쳐냄으로써, 결국 파국을 직 시할 수 있는 힘도, 그것을 극복할 수 있는 지혜도 구하기 어렵도록 만든다.

현대 산업사회의 유물론적 형이상학에는 좋은 노동에 대한 개념, 노동이란 노동자에게 좋은 것이라는 개념은 들어설 자리가 없다. "좋은 노동을 하게 되면 노동자의 자아^{ego}는 사라"지고 "내면의 신 성한 힘이 되살아나게" 된다는 생각은 몽상가의 넋두리쯤으로나 치부된다. 현대의 형이상학이 우리에게 보여주는 '노동의 세계'는 끔찍한 것이다. 그리고 고등교육은 이런 세계에 들어갈 준비를 시 키고 있다.

취득해야 할 유일한 기술은 시스템이 요구하는 기술밖에 없으며 이 기술 들은 시스템 밖에서는 아무 쓸모가 없습니다. (…) 하지만 가령 에너지 부족으로 태엽기계가 멈추게 된다면 태엽으로 무슨 일을 할 수 있을까 요? 아니면 컴퓨터 없이 컴퓨터 프로그래머는 무슨 일을 할 수 있을까요?

『굿 워크』 중에서

지금의 노동세계와 다른 '좋은 노동'의 세계로 우리는 나아갈 수 있을까? 슈마허가 보기에 "지금처럼 고등교육이 유물론적 과학주의와 무심한 진화법칙에 매달려 있는 한 불가능"하다. 이런 형이상학에서는 '좋은 노동'이 결코 나올 수 없다. 그러므로 '교육'에서도 가장 시급히 요청되는 일은 "새로운 형이상학의 재건"이다. "인간이란 무엇인가? 인간은 어디에서 오는가? 삶의 목적은 무엇인가?" 같은 물음을 던지고 "혼신의 힘을 다해 우리의 깊은 신념이 선명히 드러나도록 만드는 일"이다. 그것은 『작은 것이 아름답다』의 한 장인 「최대의 자원―교육」에서 슈마허가 열정적으로 주장하고 있는 바, 인문학humanities으로 눈을 돌리는 것이다.

슈마허에 따르면 오늘날 전 인류가 직면한 파국의 위기는 "우리가 과학기술의 노하우를 부족하게 갖고 있어서가 아니라 지혜가 결여된 채 이 지식을 파괴적으로 사용하려는 경향이 있기 때문"이다. "좀더 많은 교육은 그것이 좀더 많은 지혜를 산출하는 경우에만 우리에게 도움을 줄 수 있다."

'한 세기의 종말' 앞에서

모두가 '위기'를 말하고 있지만, 정작 현대 형이상학에서 파생한 경제학과 노동의 개념, 그리고 교육은 그 '위기'의 근본 원인을 직시할 능력이 없다. 슈마허의 탁월한 점은 이러한 '위기'를 오히려 단절과 희망의 언어, 즉 「복음서」의 메시지로써 우리가 정직하게 직시할 수 있는 '용기'를 준다는 데 있다.

분명히 이 지구에서 이런 가속 곡선은 무한정 진행될 수 없습니다. 가속 곡선은 머지않아 멈춰야 합니다. 그날이 바로 한 세기의 종말이며 "모든 가치가 재평가" 받는 날이자 「복음서」의 우화대로 밀과 가라지를 서로 갈라놓을 추수의 시기가 될 것입니다.

— 『굿 워크』 중에서

'비경제적'이라는 낙인이 찍혀 구조조정 당하고 추방되어야 했던 '작은 존재'들에게 '한 세기의 종말'은 결코 절망의 이미지로 다가오지 않는다. 그것은 '새로운 가치'에 의해 열리는 새 하늘, 새 땅의 기쁜 소식이다. 다만 문제는 기존의 낡은 가치에 지배받으며 그것을 내면화해 온 우리들 일상, '배와 그물'을 버리고, 시몬의 형제들처럼 새로운 가르침을 선뜻 따라나서는 '회개'의 능력이 우리에게 있는가 하는 것이다. 이때에는 슈마허의 말대로 "경제적으로 살다가 죽고 싶은지, 아니면 경제적이지 못해도 살고 싶은지" 선택하고 결단을 내려야만 할 것이다.

(2013. 1)

詩와 공화국

변홍철 산문집

초판 1쇄 발행 2015년 3월 1일

지은이 변홍철
펴낸이 오은지
편집 이은경 | 표지디자인 박대성
펴낸곳 도서출판 한티재 | 등록 2010년 4월 12일 제2010-000010호
주소 706-821 대구시 수성구 달구벌대로 492길 15
전화 053-743-8368 | 팩스 053-743-8367
블로그 www.hantibooks.com | 전자우편 hantibooks@gmail.com

ⓒ 변홍철 2015
ISBN 978-89-97090-43-3 03810

이 도서의 국립중앙도서관 출판예정도서목록(CIP)은 서지정보유통지원시스템 홈페이지
(http://seoji.nl.go.kr)와 국가자료공동목록시스템(http://www.nl.go.kr/kolisnet)에서
이용하실 수 있습니다. (CIP제어번호: CIP2015003993)